KB267057

過香積寺
향적사를 찾아가다

향적사 어딘지 알지 못하여
구름 봉우리 속으로 몇 리나 들어간다
고목 우거져 사람 다니는 길 없건만
깊은 산 속 어딘가의 종소리
샘물 소리 가파른 바위에서 흐느끼고
햇살은 푸른 소나무를 차갑게 비치고 있네
해질녘 고요한 연못 굽이에 앉아
편안히 참선하며 잡념을 걷어 낸다네

不知香積寺　數里入雲峰
古木無人徑　深山何處鍾
泉聲咽危石　日色冷青松
薄暮空潭曲　安禪制毒龍

촌부 新무협 판타지 소설

우화등선 3

촌부 新무협 판타지소설

초판 1쇄 찍은 날 § 2006년 3월 21일
초판 1쇄 펴낸 날 § 2006년 3월 31일

지은이 § 촌부
펴낸이 § 서경석

편집장 § 문혜영
편집책임 § 이재권
편집 § 서지현

펴낸곳 § 도서출판 청어람
등록번호 § 제1081-1-89호
등록일자 § 1999. 5. 31
어람번호 § 제2-0851호

주소 § 경기도 부천시 원미구 심곡1동 350-1 남성B/D 3F (우) 420-011
전화 § 032-656-4452 팩스 § 032-656-4453
http://www.chungeoram.com
E-mail § eoram99@chollian.net

ⓒ 촌부, 2006

ISBN 89-5831-957-7 04810
ISBN 89-5831-954-2 (세트)

※ 파본은 본사나 구입하신 서점에서 교환하여 드립니다.
※ 저자와 협의하여 인지를 붙이지 않습니다.

3
연인지정(戀人之情)
우화등선
꾸러놓仙
Fantastic Oriental Heroes
촌부 新무협 판타지 소설
도서출판 처럼

목차

3장

제2화 장로원(長老院)

천문금쇄진(天門禁碎陣)은 천기신사(天記神士) 경추추(庚聚鶖)의 최고 걸작이라 칭해지는 진법이었다. 팔괘를 기본 축으로 두고 구궁을 역으로 풀어 배치한 방식은 '하늘의 문을 막아 부순다'는 광오한 이름에 어울리는 절진을 창조해 냈다.

은거에 들어가기 이십오 년 전, 백련교(白蓮敎)의 제일장로 경추추는 완성된 진을 염마산(炎魔山)의 입구에 설치해 두었는데, 설치한 이후로 진을 파훼한 사람은 한 명도 없었다.

아니, 방금 한 명 생겼다.

천기신사의 진을 파훼한 장본인, 청명은 멀뚱멀뚱 서서 눈앞에 서 있는 작고 쭈글쭈글한 노인을 바라보고 있었다. 청명은 호기심 어린 눈으로 경추추를 바라보며 중얼거렸다.

"저, 왜 그러시는 건가요?"

“……."

경추추는 무표정한 얼굴로 청명을 노려보았다. 아무리 봐도 알 수 없는 일이다. 비록 지금은 은거에 들어가 소일거리나 하고 있는 신세라지만, 한때 천기수사의 명성과 그의 진법은 공포 그 자체로써 이름을 널리 알렸었다. 사천대회전 때에 그의 진을 파훼하지 못해 죽어간 정도무림의 강호인들이 얼마나 많았던가! 그런데 오늘 그 진이 한순간에 파훼되고 말았다, 그것도 어린 소년의 손에서.

“네놈은 누구냐?”

경추추의 나직한, 무거운 음성이 꽃밭에 울려 퍼졌다.

청명은 고개를 갸웃거렸다. 사실 이상하기 짝이 없었다. 어디선가 불쑥 나타난 노인은 진을 모른다는 말에 한동안 웃음을 터뜨리더니, 이제는 갑자기 표정을 바꾸어 심각한 표정으로 자신을 노려보고 있었다.

“나는 청명인데… 왜 그러시는 건가요?”

“어떻게 나의 진을 파훼했느냐?”

청명은 불만스러운 얼굴로 경추추를 바라보며 중얼거렸다. 저 노인은 아까부터 진이 뭔지 가르쳐 주지도 않고 계속 이상한 질문만 하고 있었다.

“저는 진을 모른다니까요.”

“……."

경추추는 입을 다물었다. 씨알머리도 먹히지 않는 말이다. 진을 하나도 모른다는 어린놈이 천고의 절진이라는 천문금쇄진을 단순간에 파훼(破毁)할 수는 없는 노릇이었다.

경추추는 청명을 노려보며 소매에서 돌을 꺼내어 들었다.

휘익—

꽃밭 사이로 경추추의 모습이 사라졌다.

돌을 건(乾)의 위치에 놓음에 따라 사문과 생문의 위치를 뒤바꾸어 놓은 것이다. 이렇게 되면 저 어린 소년의 위치에서는…

"저, 지금 뭘 하시는 건가요?"

자신을 볼 수 없어야 한다.

"……."

경추추의 얼굴이 딱딱하게 굳어갔다.

"내가 보이느냐?"

"네."

"……."

청명은 노인의 얼굴이 딱딱하게 변하는 것을 보고 고개를 갸웃했다. 노인은 번개 같은 손놀림으로 소매에서 돌을 꺼내어 바닥에 툭 던지고는 의미심장한 눈으로 자신을 바라보더니, 왜 그러냐고 묻자 표정이 변해 버렸다.

"지금… 불[火]이 아니라 내가 보인단 말이냐?"

"그럼요."

당연한 걸 뭘 물어보느냐는 듯한 청명의 목소리에 경추추의 얼굴은 더욱 딱딱하게 변해갔다.

휘익—

이번엔 정말로 경추추의 모습이 사라졌다.

갑작스레 사라진 경추추를 본 청명은 눈을 동그랗게 떴다. 예전의 기억을 떠올린 탓이었다. 예전에 마 도우는 저렇게 갑자기 사라졌다가 등 뒤에서 불쑥 나타나 자신의 뒷목을 꼬집었다.

"앗!"

청명은 얼른 손을 들어 뒷목을 감추었다. 또 꼬집히기는 싫은 것이다. 하지만 청명의 예상과는 달리, 경추추는 청명의 바로 앞에 나타났다.

“읍—”

경추추는 뒷목을 감추고 서 있는 청명의 얼굴을 움켜잡았다. 볼이 눌린 청명의 얼굴이 우스꽝스럽게 변했지만, 경추추는 표정 변화 하나 없는 냉막한 얼굴로 청명을 노려볼 뿐이었다.

“…너는 무공을 익혔느냐?”

“아, 앙이요.”

볼이 눌려 발음이 이상하게 나온다.

경추추의 눈이 심각하게 변해갔다. 무공을 익히지 못했다는 말은 사실인 것 같다. 만약 무인이라면 자신이 신법을 펼칠 때 미리 방비를 했어야 했다. 그리고 지금처럼 협거혈(頰車穴)이 잡혔을 때 이렇듯 평안하지 못하리라.

‘심안(心眼)?’

경추추의 눈이 이번엔 다른 의미로 깊어졌다.

사실 기관 장치가 없는 환상미로진은 의지가 견정하거나 미혹되지 않는 눈을 가지면 파훼할 수 있다. 다만 그 정도로 의지가 강하거나, 미혹되지 않는 사람은 세상에 없다. 본시 사람의 마음이 항상 선하지 않고 항상 악하지 않으니 전설에나 나오는 신인이 아닌 바에야 흔들리지 않을 사람이 없는 것이다.

‘혹시…….’

경추추는 입을 열었다.

“내 눈을 똑바로 보거라.”

“…뉘—”

얼굴이 눌리긴 했지만 버틸 만했는지, 청명은 순순히 대답했다.

경추추는 청명의 눈을 훑어보았다. 검다. 검은 눈이 빛을 받아 영롱히 빛나고 있었다. 검디검은 동공 뒤에는 이상한 기운이 자리잡고 있었다.

'선기(仙氣)?'

경추추는 다시 충격을 받은 듯 입을 벌렸다. 검은 눈의 뒤에는 선기가 꿈틀대고 있었다. 그것을 보는 순간 근 칠십여 년을 키워왔던 마기(魔氣)가 짓눌리고 있었다.

경추추의 손이 천천히 청명의 얼굴에서 떼어졌다.

볼을 누르던 손이 떨어지자 얼얼한 기분이 들어 청명은 볼을 어루만졌다. 눈에는 눈물이 살짝 배어 있었다.

"우우— 아파요."

"너……."

청명을 바라보던 경추추의 눈이 크게 떠졌다.

"도대체……."

불만스러운 얼굴로 볼을 어루만지던 청명은 경추추의 목소리를 듣고는 그 얼굴을 바라보았다. 놀란 듯 치켜뜬 경추추의 눈을 바라본 청명은 고개를 갸웃했다.

경추추의 눈에는 마기와, 사기(邪氣), 선기가 서려 있었다. 마기와 사기가 올올히 얽혀 돌아다니는 뒤로, 선기가 조금 엿보였다. 마기와 사기는 그 속으로 조금씩 녹아들어 가고 있었다.

그 눈에 청명의 기분이 좋아졌다.

"도우는 눈이 참 예쁘군요!"

"…뭐?"

청명의 난데없는 말에 경추추의 얼굴이 당황으로 물들었다.

"뭐라고 했느냐?"

"새카맣고 동글동글하고……."

청명은 중얼거리다 말고 말을 멈추고는 살짝 인상을 찌푸리며 눈을 데굴데굴 굴려 하늘을 바라보았다. 뭐라고 해야 하지?

“음, 여하튼 예뻐요.”

“…….”

경추추는 멍한 표정으로 청명을 바라보았다.

아무리 봐도 심안이다. 고작 열일고여덟 되어 보이는 소년이 심안을 가졌다는 것은 아직도 믿어지지 않았지만, 분명히 심안이었다. 그 뒤에 보이는 선기는 소년의 깨달음이 얕지 않다는 것을 뜻했다. 하지만 그 나이가 어리니 기가 막힐 노릇이었다.

“눈이 예쁘다고?”

“네.”

청명은 경추추가 무슨 생각을 하는지도 모른 채 벙긋벙긋 웃으며 고개를 끄덕였다.

경추추의 눈이 심유해졌다.

사실 경추추는 정사대전 이후로 모든 강호 활동을 멈추고 장로원에 은거해 있었다. 은거한 이후부터는 어떠한 타인도 장로원에 들이지 않았는데, 살아남은 네 명의 장로 역시 그것에 찬성했다.

결국 장로원은 교주의 명이 아니면 아무도 다가갈 수 없는 금지가 되고 말았고, 그 규칙은 이십오 년간 깨어진 적이 한 번도 없었다. 장로들의 허락은 별개로 치더라도 장로원의 앞에는 천문금쇄진이 버티고 있는 것이다.

“헐헐헐…….”

경추추는 웃음을 터뜨렸다. 천문금쇄진에 걸려들지 않았으며, 눈에서는 선기가 엿보이는 소년이니 이만하면 자격 조건은 충분한 셈이다. 아무래도…

‘데리고 가야겠다.’

생각을 정리한 경추추는 크게 웃음을 터뜨렸다.

“으헐헐… 아무래도 너는 노부와 함께 가봐야겠다.”

“네?”

청명의 눈이 의아한 듯 동그래졌다. 자신은 마 도우와 함께 백련교로 가야 하는 것이다. 이 사람과 어딜 갈 수는 없다.

“하지만 저는 마 도우와 함께… 헛?”

청명의 입에서 헛바람이 튀어나왔다. 눈앞에 있던 경추추의 모습이 갑자기 사라져 버렸다.

“아앗!”

청명은 얼른 손을 들어 이번엔 볼을 막았다. 저렇게 사라지고 난 다음에 볼이 형편없이 찌푸려지게 되었으니, 미리 방비를 해두는 것이다.

“아야!”

하지만 이번에 경추추가 나타난 곳은 청명의 뒤였다. 청명은 서둘러 뒷목을 가리려 했지만, 경추추보다 손이 빠르지는 못했다. 결국 청명은 예전처럼 목이 꼬집혀지는 느낌을 받아야 했다.

청명은 불만스러운 얼굴로 경추추를 바라보았다.

“따가워요.”

“……”

청명의 옥침혈(玉枕穴)을 짚었던 경추추는 난감한 얼굴로 청명을 바라보았다.

반 각 후.

청명의 볼은 부풀대로 부풀어 있었다. 쭈글쭈글한 노인은 진이 뭔지도 알려주지도 않고 길이 어딘지도 알려주지 않았다. 결국 마 도우와는 헤어지게 되었고 자신은 작은 모옥으로 오게 되고 말았다. 쭈글쭈글한 노인이 강제로 자신을 업고 이곳으로 와버린 것이다. 청명은 자신이 도착한 작은 모옥의 모습을 바라보았다.

작다고 말은 하지만 제법 그럴듯한 마당도 있었고, 방도 네 개가 넘는, 갖출 것은 다 갖춘 모옥이었다.

청명은 모르고 있었지만, 이곳이 바로 염마산 연희평(堜僖平)에 위치한 장로원이었다. 백련교 내에서도 금지로 지정되어 타인의 접근이 불허된 곳.

경추추는 불만스러운 청명의 얼굴을 보고는 아무런 말 없이 웃음을 지었다. 뾰로통한 꼬마의 얼굴이 제법 귀엽다.

"헐헐헐……."

"홍!"

청명은 뾰로통한 얼굴로 시선을 돌렸다. 하지만 노인은 여전히 귀엽다는 듯 자신을 바라보고 있을 뿐이다.

"헐헐헐……."

청명은 입술을 비죽이며 노인을 바라보았다.

"나는 마 도우를 찾으러 가봐야 하는데."

경추추는 잔뜩 쉰 목소리로 홍소를 터뜨렸다.

"헐헐헐, 네가 어디를 가야 하는지는 모르지만 가지 않아도 될 게다. 추후에 만나도 내가 데리고 있었다면 아무 말 안 할 것이야."

사실이 그랬다. 백련교 내에서 경추추보다 서열이 높은 사람은 교주와 호교법사(護敎法師) 한 명밖에 없으니, 자신이 이 아이를 데리고 있었다면 아무도 말을 못할 것이었다.

"그래도 나는 가봐야 하는데."

청명은 여전히 뾰로통한 얼굴로 중얼거렸다. 얼른 백련교에서의 인연을 확인하고 운혜 사손에게 돌아가야 하는 것이다.

"나는 얼른 운혜 사손에게 돌아가 봐야 해요."

바스락―

청명이 말을 맺을 즈음에 그의 뒤에서 자그마한 소리가 들렸다. 청명과 경추추는 의아한 시선으로 고개를 돌렸다.

"음?"

뒤에는 어느 노파가 서 있었다. 흰머리에 주름진 얼굴, 조금 굽어진 허리와 수수한 마의를 입은 것까지 마치 시골 동네의 촌로를 연상케 하는 모습의 고운 노파였다.

경추추는 부드러운 미소를 지으며 앞에 서 있는 노파를 바라보았다. 머리가 하얗게 센데다가 주름살이 적지 않음에도 노파는 아직도 현숙한 아름다움을 지니고 있었다. 맑은 그 눈에 경추추는 새삼스레 반가운 마음이 들었다.

"나와 있었구려."

"……."

노파는 아무런 말 없이 고개를 끄덕였다. 그리고는 손을 휘저으며 작은 모옥 안을 가리켰다. 들어가자는 뜻이다.

경추추는 노파가 가리킨 모옥을 바라보며 의아한 표정을 지었다.

"다른 장로들은 자리에 없소?"

"……."

노파는 이번에도 아무 말 없이 고개를 도리도리 저었다. 자리에 없다는 뜻이었다. 그리고는 다시 한 번 모옥을 가리키며 손을 휘저었다.

"허허, 이보오, 할멈. 나는 아직 식사할 생각이 없다오."

노파는 걱정스러운 듯 경추추를 바라보았다. 경추추의 얼굴에 어린 빛깔을 한동안 관찰하던 노파는 경추추가 정말로 식사할 생각이 없다는 것을 알아채고는 실망스러운 듯 어깨를 늘어뜨렸다. 그리고 그제야 노파는 경추추의 뒤에 누군가가 서 있다는 것을 발견했다.

열일고여덟쯤 되어 보이는 소년이 눈을 빛내며 자신을 바라보고 있었다. 노파는 소년의 맑은 눈동자에 비치는 영롱한 빛을 홀린 듯이 바라보았다.

소년은 미소를 지으며 고개를 숙였다.

"안녕하세요, 도우?"

"……."

노파는 살포시 미소를 지으며 고개를 끄덕여 주었다. 그리고 의아한 표정으로 경추추를 바라보며 손가락을 곧게 세워 청명을 가리켰다. 누구냐는 뜻이다.

경추추는 헐헐, 웃음을 터뜨렸다.

"내 진(陣)에 있던 아이라오. 이 아이 때문에라도 다른 장로들을 좀 보아야 하는데, 자리에 없는 모양이구려."

노파는 경추추에게 고개를 끄덕여 주고는 청명을 바라보았다. 맑은 눈을 한 소년이 고개를 갸웃거리며 자신을 바라보고 있었다. 왠지 모르게 친숙한 느낌에, 노파는 미소를 지었다.

친숙한 느낌을 받은 것은 노파뿐만이 아니었나 보다. 청명 역시 방긋 미소를 짓고 있었다.

"저, 도우께서는 이름이 뭔가요?"

"……."

"왜 말을 하지 않으세요?"

청명의 얼굴이 궁금하다는 듯 변해갔다. 옆에서 청명과 노파의 모습을 바라보던 경추추는 조금은 씁쓸한 얼굴로 입을 열었다.

"내자는 목이 좋지 않아 말을 할 수 없다."

"…아, 그렇군요."

청명은 대수롭지 않다는 듯 고개를 끄덕이고는 노파를 바라보았다. 청명의 얼굴에서 미소가 떠올랐다.

"그럼, 저 예쁜 도우의 이름은 뭔가요?"

"할멈의 이름은 설수진(雪秀眞)이라고 한단다. 헐헐."

경추추는 미소를 지으며 대답해 주었다. 비록 늙었지만 아내를 칭찬하는 말은 언제나 기분이 좋았다.

청명은 고개를 끄덕였다. 그리고는 헤헤 미소 지으며 설수진을 바라보았다.

"저는 청명이에요, 설 도우. 반가워요."

설수진은 미소를 지었다. 마치 아이처럼 순진한 소년의 눈망울이 몹시 마음에 들었다. 어딘가 정감이 가는 아이였다.

잠시 청명을 바라보던 설수진은 손을 들어 배를 어루만졌다. 그리고는 입가로 손을 가져가 무엇인가를 입으로 가져가는 시늉을 했다.

혹시 배가 고프지는 않니?

청명의 얼굴에 기쁨의 빛이 떠올랐다. 마규상과 여행할 때 제대로 식사를 한 것은 손에 꼽을 만큼 적었던 탓이었다. 그동안은 대체적으로 벽곡단이나, 육포 같은 것만 먹고살았었다. 물론 무당산에서 수도할 때보다야 좋은 식사였지만 세상에 나와 온갖 맛있는 음식들이 있다는 것을 알고 있던 청명에게는 그야말로 좌절의 식단이었다.

청명은 고개를 끄덕이며 활기찬 목소리로 말했다.

"네! 저는 맛있는 것을 먹고 싶어요."

설수진은 살포시 미소를 지었다. 그리고는 주름진 손을 들어 청명에게 내밀었다.

그럼, 식사를 하러 가자꾸나.

"험, 허엄……."

설수진과 청명의 대화를 들은 경추추는 못마땅하게 이맛살을 찌푸렸다.

“여보오, 할멈. 그 아이는 장로들에게 선을 보여야 할 아이오.”

“…….”

경추추의 목소리에 설수진은 조용히 시선을 돌렸다. 그리고는 아쉬운 눈망울로 경추추를 바라보며 고개를 절레절레 저었다.

아이가 배가 고픈가 봐요. 무엇이라도 먹인 후에 만나게 해요.

“흐음, 그도 그럴 법하외다만 그래도…….”

설수진은 다시 고개를 절레절레 저었다.

그래도요.

“허엄…….”

경추추는 씁쓸한 미소를 지으며 고개를 끄덕였다. 하긴, 소년을 보니 여기 두어도 어딘가로 도망갈 것 같지는 않다.

“그럼 어쩔 수 없지. 미리 식사하시구려. 나는 장로들을 찾아보리다.”

설수진의 입에서 미소가 떠올랐다. 설수진은 경추추를 향해 살짝 머리를 숙여 보이고는 다시 청명에게 손을 내밀었다. 청명은 밝은 얼굴로 그 손을 잡았다. 곧 설수진은 모옥의 작은 식당으로 청명의 손을 잡고 걸어갔다.

청명은 맛난 것을 먹을 수 있다는 사실에 흥분했다.

“저, 그런데 우리는 뭘 먹으러 가나요?”

“…….”

설수진은 손을 잡은 아이의 모습을 바라보았다. 그리고는 다시 시선을 돌렸다. 뭔가를 먹자는 시늉을 할 수는 있지만, 무엇을 먹을 건지는 차마 설명하기 힘들다.

잠시 청명을 바라보던 설수진은, 지금의 모습이 마치 정다운 조손지간처럼 보인다는 생각을 했다.

"……."

설수진은 시선을 돌리고는 모옥을 바라보았다. 스스로 민망한지 얼굴이 잔뜩 붉어져 있었다. 평생 자식 하나 없었는데, 지금은 마음속 깊이에서 따듯함이 느껴지는 것이 묘한 기분이 들었다. 그 기분이 몹시 좋아, 설수진은 희미한 웃음을 지었다.

*　　　　*　　　　*

설수진과 헤어진 경추추는 천천히 연희평의 북쪽으로 걸어갔다. 장로원이 위치한 연희평의 이름은 다름 아닌 이 평원에서 나오게 된 것이었다.

평원에는 작은 정자가 있었는데, 장로들은 늘 그 정자에 모여 앉아 바람을 쐬고는 했다.

사부작―

운남성의 더운 공기와는 어울리지 않는 시원한 바람이 불어오자 평원의 풀들이 서로 부대꼈다.

"음?"

왠지 모르게 기묘한 기분이 들은 경추추는 시선을 들어 하늘을 바라보았다. 하늘에 웬 학이 한 마리 둥실 떠 있었다.

"호오……."

이 계절에 학이 있을 리가 없거늘, 학은 둥실둥실 공중을 노닐고 있었다. 왠지 모르게 신비로워 보이는 학의 모습에 장로원에 도착할 때까지 경추추는 학에게서 눈을 떼지 못했다.

사부작―

바람이 일으킨 싱그러운 소리에 경추추는 하늘을 바라보던 고개를 내렸다.

"허어—"

경추추는 한숨을 내쉬었다. 어디 갔나 했더니 장로들은 오늘도 변함없이 정자에 앉아 바둑을 두고 있었다.

"양 장로의 차례요."

경추추가 바라보고 있다는 것을 아는지, 모르는지 정자에 앉아 있는 뚱뚱한 노인을 바라보던 신선 같은 노인, 곽여휘(郭侶暉)가 입을 열었다.

"으흠, 이번의 수는 제법 어렵구려."

곽여휘의 앞에 앉아 있던 뚱뚱한 노인은 잠시 생각에 빠져 들더니, 곧 흑돌을 들어 바둑판에 내려놓았다.

딱—

뚱뚱한 노인의 한 수에 곽여휘의 얼굴이 심각하게 변해갔다. 그 모습을 바라보던 뚱뚱한 노인이 말했다.

"으흠, 그나저나, 곽 장로의 생각으로는 더 이상의 진척을 이룰 수 없다는 말씀이오?"

바둑판을 바라보던 곽여휘가 고개를 절레절레 저으며 대꾸했다. 곽여휘는 흰머리에 길게 기른 수염까지 가히 선풍도골이라는 말이 어울릴 듯한 외모를 하고 있었다.

"…예, 이대로라면 안 하니만 못하지요."

뚱뚱한 노인, 양태승(梁太丞)은 그에 공감하는 듯 고개를 끄덕였다.

"으흠, 그렇다면 예상외로 오래 걸리겠구려……."

"그렇지요. 허헛, 새로운 무공을 만드는 것이 어디 쉽겠습니까."

곽여휘는 대수롭지 않게 중얼거렸다. 하지만 그 입에서 뱉어진 소리는 결코 대수롭지 않은 것이었다.

무공을 만든다!

과거에 있던 무공을 배우는 것은 쉬우나 새로운 무공을 만드는 일은 몹시 어려운 일이다. 무학의 대종사가 아니면 꿈도 못 꿀 일인 것이다.

그러나 곽여휘는 여전히 무덤덤한 목소리로 다시 입을 열었다.

"결국, 원융(圓融)의 이치를 이해하지 못한다면 우리의 일은 실패로 돌아갈 겝니다."

딱—

곽여휘의 손에 쥐어진 백돌이 바둑판에 내려앉았다.

양태승의 얼굴이 딱딱하게 굳어졌다. 곽여휘의 한 수로 졸지에 좌상의 대마(大馬)가 사활에 걸려들었다. 좌하를 잡았다지만 이 대마가 죽으면 아무 소용이 없다.

양태승은 흑돌을 쥐어 들었다.

"…흐음, 곽 장로께서는 그 이치를 깨달으셨소이까?"

딱—

흑돌을 내려놓은 양태승이 입을 열자 곽여휘의 얼굴이 가로저어졌다.

"아니외다. 깨달았다면 예전에 이 무공을 완성시켰겠지요."

"하긴, 그도 그렇구려. 끌끌, 무공 하나 만든다는 것이 이리도 우리를 얽매이게 될 줄은 미처 몰랐거늘."

양태승이 중얼거렸다. 사실, 장로원에 들게 된 지 벌써 이십오 년이 다 되어간다. 이십오 년간 여러 가지 일들이 있었지만 그중 가장 중요한 일이 바로 처음 장로원에 들 때 계획했던 일, 하나의 무공을 만드는 일이었다.

현음무경(玄陰武經).

장로들의 무공이 워낙 색이 다르니, 그것들을 취합하는 것은 불가능한 일이었다. 하지만 깨달음을 취합할 수는 있었다.

그 깨달음으로 하나의 무공을 만들기로 한 것이다.

그러나 이십오 년간 적지 않은 노력을 기울여 왔는데도 불구하고 아직 그것을 완성하지는 못했다. 어찌 새로운 무공을 만드는 일이 쉬우랴! 어쩌면, 무공을 만들기에는 자신들의 깨달음이 부족한 것일 수도 있었다.

양태승의 중얼거림을 들은 곽여휘는 씁쓸한 미소를 지었다.

"…우리가 워낙 부족한 탓이겠지요."

"……."

정자 안의 분위기가 조금은 침울해졌다. 양태승은 무거운 표정으로 고개를 저었다.

"허어… 이러다 자칫하면 우리 대(代)에 일을 끝내지 못할 수도 있겠소."

곽여휘 역시 한숨을 내쉬었다.

"하늘의 뜻이 있을 겝니다. 너무 신경 쓰지 마시지요, 독제(毒帝)."

곽여휘는 대수롭지 않게 말했다. 하지만 강호인들이 뚱뚱한 노인의 정체를 알았다면 경기를 일으켰을 것이다.

독제(毒帝)!

무림 역사상 아무도 오른 적이 없다는 독인(毒人)의 경지에 다다랐다고 칭해지는 자였다. 과거 정사대전 때 사천당가를 홀로 상대했던 강자이기도 했다.

어디서나 보일 법한 외모를 지니고 있는 뚱뚱한 노인이었지만, 노인의 정체는 결코 범상한 것이 아니었던 것이다.

독제 양태승은 헛웃음을 내뱉었다.

"끌끌, 검귀(劍鬼)께서는 여전하시오. 어찌 그리 여유로운 건지 그 비법이 있으면 나도 좀 알려주시구려."

"허헛, 본래 급하면 늦고 늦으면 빠른 법이랍니다."

곽여휘는 웃음을 지었다. 아직 완성하지 못한 일에 마음이 괴로웠지만, 그래도 이처럼 친구들과 함께 있으니 마음에 위안이 되었다.

하지만 그 웃음 역시 예사롭지 않았다. 검귀의 이름이 너무나 무거운 탓이었다. 검귀라면 예전 정사대전 때 형산파를 한순간에 멸문지경으로 몰아갔다는 검마당주(劍魔堂主)의 이름이다.

곽여휘는 당대 최고의 검수라고 칭해지던 형산파 장문인, 동화진인(東花眞人) 여조문(呂棗雯)의 목숨을 앗아간 희대의 검수이기도 했다.

곽여휘의 웃음에 양태승 역시 웃음을 지었다.

사부작—

"험, 험……."

풀잎이 부대끼는 소리 사이로 헛기침 소리가 들려왔다. 양태승과 곽여휘는 옅은 미소를 지으며 시선을 돌렸다.

"경 장로구려."

경추추는 눈을 가늘게 떴다. 이미 자신이 와 있다는 것을 잘 알면서도 지금에서야 발견한 듯 말하는 장로들이 제법 얄미웠던 것이다.

"어디 있나 했더니 예서 바둑을 두고 있었구려. 한참이나 찾았다오."

경추추의 퉁명스러운 목소리가 정자 안을 울렸다. 바둑이라면 자신 역시 몹시 좋아하는데, 다른 장로들이 자신만 빼놓고 바둑을 즐기고 있었으니, 그것을 타박하는 것이다. 하지만 목소리와는 달리 경추추는 살짝 미소를 짓고 있었다.

양태승 역시 미소를 지으며 농을 던졌다.

"끌끌, 아무리 찾아봐도 경 장로께서 보이질 않아 우리끼리 바둑이나 두던 참이었지요. 그나저나 진은 어떻게 되었소이까?"

"헐헐, 계획했던 것들은 모두 해두었지요."

"그렇소이까?"

“혈혈……”

경추추는 씁쓸한 웃음을 지었다. 천문금쇄진을 더욱 공고하게 하기는 했지만, 오늘 어떤 소년에 의해 한순간에 진이 파훼당했으니 어찌 보면 웃을 일이 아니다.

경추추는 곽여휘를 바라보았다. 곽여휘는 미소를 지으며 양태승과 경추추가 농담을 나누는 모습을 바라보고 있었다.

“곽 장로께서는 나날이 일취월장하시는구려. 수가 제법 정교해졌습니다, 그려.”

“허헛, 과찬의 말씀이외다, 경 장로.”

푸근하게 웃는 노인의 모습을 바라보던 경추추는 아내와 식사를 하고 있을 소년의 모습을 떠올렸다. 그러자 괜스레 마음이 초조해졌다.

“보아하니 수담(手談)이 끝날 때가 머지않은 듯한데, 어서 끝을 보시지요. 내 긴히 할 이야기가 있으니.”

경추추가 말하자, 곽여휘는 살짝 미소 지었다. 그리고는 백돌을 집어 들고는 바둑판에 내려놓았다.

딱—

양태승의 얼굴이 단숨에 굳어졌다. 곽여휘의 행마(行馬)로 인해 곤마(困馬)가 무려 두 개나 생겨 버렸다. 현재 밀리고 있는 양태승으로서는 대단히 힘겹고 절망적인 상황이 아닐 수 없었다. 이제부터 백은 두는 족족 팻감이 되는 것이다. 이쪽에도 자체 팻감이 꽤 있다고는 하지만 이미 늘어진 패, 힘이 두 배로 든다.

양태승의 입에서 한숨이 터져 나왔다.

“으음……”

양태승은 슬쩍 곽여휘를 바라보았다. 그리고 굳은 얼굴로 곽여휘를 부르고는 대단히 중요한 이야기를 하듯, 입을 열었다.

“한 수, 아니, 두 수만 물리시구려!”

“아니 될 말을.”

곽여휘는 미소를 지으며 고개를 저었다. 다 이긴 기(棋)를 굳이 다시 둘 필요는 없다. 모처럼 승리를 거둔 것이다.

“그럼 한 수라도 물리시구려!”

“아니 될 말이라니까.”

곽여휘는 미소를 지으며 고개를 절레절레 저었다. 양태승은 얼굴이 뻘게지도록 곽여휘를 노려보았다.

양태승의 흥분을 잠재운 것은 경추추였다.

“슬슬 끝났으면 이제 일어들 나시지요. 재미있는 일이 하나 있소이다.”

“호오, 긴히 할 말이 있다는 것이 무엇인지는 모르나 제법 흥미로운 일인가보구려?”

양태승의 시선을 피하던 곽여휘에게서 여유로운 탄성이 들려왔다. 곽여휘는 흰 수염을 쓸며 기대감 어린 눈으로 경추추를 바라보았다.

경추추는 미소를 지으며 고개를 끄덕였다.

“내 어떤 아이를 주워왔다오. 지금 내 내자가 그 아이를 돌보고 있으니, 수담이 끝났거든 그만 일어나십시다.”

“그거 좋구려, 어떤 아이길래 재미있다고 하는지 한 번 보기나 합시다.”

곽여휘는 기분 좋은 목소리로 중얼거리며 자리에서 일어났다. 그리고는 휘적휘적 걸어 정자를 내려갔다. 뒤에서 양태승의 신음 소리가 터져 나왔다.

“곽 장로, 한 수만 물리고 조금만 더 두면…….”

“이만 가시지요. 경 장로가 재미있는 일이 있다지 않습니까?”

“…….”

양태승의 얼굴이 소태를 씹은 것마냥 굳어졌다. 시선을 돌려 잠시 바둑판을 노려보던 양태승은 결국 한숨을 내쉬며 고개를 끄덕일 수밖에 없었다.

“그래, 가십시다.”

양태승 역시 몸을 일으켰다.

*   *   *

호북성(湖北省) 의도현(宜都縣).

운혜와 운풍자가 묵고 있는 경연객잔(慶宴客棧)에서는 난데없는 소란이 벌어지고 있었다. 평생에 한 번 만나기도 어렵다는 무당파의 장문인이 의도현에 나타난 것이다.

덕분에 운혜가 묵고 있는 경연객잔은 때아닌 호황을 누릴 수 있었다. 장문인의 얼굴을 뵙고 축원을 빌고자 하는 촌부부터 의도현의 유지까지, 수많은 인파가 경연객잔으로 몰려왔다.

“저… 저분이신가?”

“그렇다네. 허어, 가히 신선의 풍모로구먼.”

“그러게 말일세. 도력이 하늘에 닿아 신선도 장문인을 보면 절을 한다고 하네. 오늘 무당산의 큰어른을 뵈었으니 이제 나도 팔자가 좀 피겠구만!”

“으하핫, 그도 그렇네!”

촌부들의 두런거리는 말소리가 무당파의 장문인, 현평 진인의 귀에 파고들었다. 현평 진인은 한숨을 내쉬었다.

“허어—”

본래 운풍자의 전서를 받은 현평 진인은 최대한 은밀하게 의도현으로 오려 하였다. 하지만 무당 장문인의 행사는 간단한 일이 아니었다. 당금 강호의 양대 산맥 중 하나라는 무당이니, 장문인의 움직임은 은밀한 일이 될래야 될 수가 없는 것이다.

그래서 현평 진인의 행사는 공개적으로 이루어졌다.

현평 진인은 장문인답게 금관과 금포를 둘러 입은 장엄한 모습으로 무당을 나서야 했다.

다만 도사답게 그 수행 인원은 많지 않았는데, 사제 현성 진인과 그 제자들이 전부였다.

그들은 모두 준엄한 표정으로 묵묵히 서 있었다.

질서 정연한 모습으로 서 있는 무당파의 도사들은 주위의 탄성을 자아냈다.

"허허허……."

현평 진인은 인자한 웃음을 지으며 좌중을 둘러보았다. 하지만 웃음과 달리 속은 썩어갔다.

'허어… 운혜의 정체가 마교의 도당에게 알려졌다라…….'

현평 진인은 생각을 이어나갔다. 며칠 전 전해져 온 서신에는 강호가 뒤집힐 만한 소식이 적혀 있었다. 운혜의 정체가 마교에 알려졌다는 소식이었다.

'도대체 사백께서는 무엇을 하신 것이란 말인가!'

하계로 내려오신 사백만을 믿고 운혜를 세상에 내보냈건만, 일은 예상과는 전혀 다르게 흘러가 버리고 말았다.

객잔의 입구에서 현평 진인은 한숨을 내쉬었다.

현평 진인이 한숨을 내쉬고 있을 때, 드디어 객잔의 문이 열렸다. 열린 문 뒤로, 단정하게 도복을 차려입고 도관을 쓴 운풍자와 운혜가 모습을 드러냈다.

현평 진인은 초췌한 얼굴로 자신에게 다가오는 운혜를 바라보았다. 왠지 모르게 입맛이 썼다. 사실 가장 괴로운 것은 다름 아닌 운혜일 것이었다.

현평 진인은 운혜와 운풍자가 자신의 앞에 시립하는 것을 바라보았다.

"무당파 제십팔대 제자 운혜가 장문인을 뵙습니다."

"무당파 제십팔대 제자 운풍이 장문 사부를 뵙습니다."

"……."

현평 진인의 무거운 시선이 하늘로 향했다. 제자들을 세상으로 떠나보낸 지 한 달도 되지 않아 다시 만나게 될 줄은 몰랐다. 사실 이곳으로 따라오겠다고 난리를 피우던 현무 사제를 무당에 남아 있게 만드는 것만으로도 큰 고생을 치러야 했다.

현평 진인은 시선을 내려 운혜를 바라보았다.

"그래, 다시 보게 되는구나."

"……."

운혜는 아무 말 없이 길게 읍했다. 그 모습을 바라보던 현평 진인은 침중한 음성으로 말을 이어나갔다.

"자세한 이야기는 들어가서 하는 것이 좋겠느니."

"예. 미리 자리를 비워두었습니다."

운풍자가 조용히 고개를 숙였다. 장문인께서 오신다는 소식을 듣고 객잔을 깨끗이 비워둔 지 오래다.

현평 진인은 고개를 끄덕이고는 말에서 내려 객잔으로 걸음을 옮겼다.

"무량수불."

객잔 이층의 탁자에 앉은 현평 진인은 짧게 도호를 읊조렸다. 밖의 웅성거림은 아직도 그치지 않았으나 안에서는 그저 아련한 잡음으로만 들려왔다.

현평 진인은 느릿하게 손가락을 들어 빈 탁자를 두드렸다. 객잔 안은 텅 비어 있어 작은 소리 하나하나가 세세히 들려왔다.

톡, 톡, 톡―

현평 진인은 주위를 둘러보았다. 다른 제자들은 모두 아래층에서 기다리고 있을 것이었다. 운혜, 운풍자는 준비를 마치는 대로 이층으로 올라올 것이었다.

현평 진인은 한숨을 내쉬고는 옆자리에 고요히 시립하고 있는 사제, 현성 진인을 바라보았다. 현성 진인도 뾰족한 수가 없는지, 어두운 표정으로 서 있을 뿐이었다.

현평 진인의 시선을 받던 현성 진인이 나직한 목소리로 말했다.

"운혜와 운풍이 올라옵니다, 사형."

"으음……."

현평 진인은 시선을 돌렸다. 이층으로 올라오는 계단을 바라보니, 운혜와 운풍자가 천천히 걸어 올라오는 모습이 보였다.

"…허어."

초췌한 운혜의 모습이 다시 한 번 현평 진인의 마음을 아프게 했다. 운혜의 얼굴을 볼 때면 필연적으로 어떤 얼굴이 떠오르곤 했다.

'현무야…….'

쓰린 속을 달래며, 현평 진인은 무심결에 다시 진언을 읊조렸다.

"무량수불……."

운혜와 운풍자는 묵묵히 걸어 현평 진인의 앞에 시립하여 섰다.

곧 침묵이 이어졌다.

"…그래, 자세한 이야기를 들어야겠구나."

　침묵을 깬 현평 진인은 한숨을 내쉬고픈 마음을 억눌렀다. 사백께서는 운혜와 함께 세상 밖으로 나가기만 하면 모든 일이 잘 끝날 것처럼 말씀하셨다. 하지만 지금 상황은 그렇게 잘 되어가는 것 같지가 않다.

　현평 진인의 굳은 얼굴을 바라보던 운풍자가 입을 열었다.

　“운풍이 사부님의 뜻을 받드옵니다.”

　현평 진인은 고개를 끄덕였다.

　“제자가 사매 운혜와 함께 사조님을 모시고 강호로 나와 사조님의 뜻을 여쭈어보니, 사조께서는 농사에 뜻을 두시고 잠시 몸을 두실 곳을 찾고 계셨습니다. 하여 제자가 자리를 알아본 바, 평촌(平村)이라는 곳의 사람들이 온유하고 성정이 맑다는 것을 알고 사조님을 모시기에 적합하다 판단하여 사조님과 함께 평촌으로 출발하였습니다. 하여…….”

　“제가 말할게요.”

　“…….”

　운풍자는 자신의 말을 끊은 운혜를 바라보았다. 무표정한 얼굴로 무덤덤하게 지난 이야기에 대해 입을 열고 있었지만, 사실 운풍자의 마음속에도 격랑이 일고 있었다. 강호에 내려오자마자 크나큰 사건이 터지고 말았으니, 자신을 믿어주신 사부님의 얼굴을 볼 낯이 없었다. 아니, 어쩌면 단순히 그것 때문만이 아닐지도 모른다.

　운혜를 바라보는 운풍자의 무표정한 얼굴 가운데서 아픈 빛깔이 새어 나왔다.

　“…….”

　“제가 할게요.”

　운혜는 운풍자를 바라보았다. 자세한 이야기는 아무래도 자신이 해야 할 듯했다. 강호에서의 자신의 위치와 음화신녀(陰和神女), 그리고 사조님.

모든 사건의 중심에는 다름 아닌 자신이 서 있었다.

"제가 말해야 해요."

"……."

운풍자는 묵묵히 현평 진인을 바라보았다. 현평 진인이 고개를 끄덕이자, 운풍자는 조용히 자리를 비켜주었다.

운혜가 입을 열었다.

"제자 운혜가 장문 사백께 그간의 일을 고합니다."

"고하라!"

현평 진인의 침중한 목소리가 이어졌다.

"저희는 무당을 나와, 평촌이라는 곳에 도착하여 삼득이라는 도우를 만나게 되었습니다."

"…허엄."

현평 진인은 묵묵히 운혜를 바라보다 눈을 감았다. 그리고 탐스럽게 자란 수염을 쓰다듬으며, 현평 진인은 조용히 운혜의 말을 듣기만 했다.

"흐음……."

"…그리하여 사조께서는 마교로 친히 찾아가시었고, 제자는 이곳에서 장문 사백을 기다리게 되었습니다."

그리 오래 걸리지 않아 운혜의 이야기가 끝났다. 청명 사조께서 자신의 의지로 마교로 가셨다는 이야기가 끝나자 현평 진인의 백미가 꿈틀거렸다.

"허어… 그래서?"

보고를 들은 현평 진인은 생각을 정리했다. 지금껏 운혜가 안전했으니 과거는 과거로써 끝났다. 이제는 앞으로 어떻게 해야 할지 신경 써야 할 때인 것이다.

"그래서 추걸개와 약속하기를, 앞으로는 어찌하기로 했느냐."

"합비(合肥)… 로 가게 되었습니다."

"끄응―"

현평 진인의 입에서 신음성이 튀어나왔다. 더 이상 할 말이 없었다. 운혜가 강호에 나온 것은 비밀로 다뤄져야 할 일이건만 벌써부터 마교의 눈에 띄게 되었다. 게다가 그 사실이 정파에도 알려지고 말았으니 이 또한 큰일이 아닌가!

과거 운혜를 처음 보았을 때 운혜를 죽이자고 주장했던 강호이니만큼, 이번에도 아마 운혜를 죽이자고 주장할 것이 뻔했다.

"으음……."

하지만 아니 갈 수도 없는 노릇이다. 이대로 숨어버리면 좋겠지만 마교의 눈과 무림맹의 눈을 동시에 피할 수 있는 곳은 없다.

현평 진인은 무거운 목소리로 입을 열었다.

"그럼, 서둘러 합비로 가야겠구나."

"예. 그러합니다."

운풍자가 길게 읍했다. 모든 것이 자신의 탓인 것처럼 머리를 조아리는 운풍자를 바라본 현평 진인은 씁쓸한 미소를 흘렸다.

현평 진인은 시선을 들어 운풍자 너머로 슬쩍 운혜를 바라보았다. 초췌해 보이는 운혜를 보며 현평 진인은 입을 열었다.

"운혜야."

"…예."

현평 진인이 운혜를 '제자'라 칭하지 않고 도호로 부른 것은 장문인으로서가 아니라, 사백으로서 운혜를 대하겠다는 뜻이다.

운혜는 그 뜻을 알아채고는 슬며시 현평 진인을 바라보았다.

“몸은 좀 어떠하더냐?”

“저는 괜찮아요, 장문 사백.”

현평 진인의 얼굴이 씁쓸하게 변해갔다. 사조께서 계시지 않으니 운혜의 몸 상태가 좋을 리가 없다는 것을 잘 알고 있다. 괜찮다고 말하는 것은 그저 말뿐이리라.

현평 진인은 부드러운 미소를 지었다.

“두렵더냐?”

“……”

운혜의 고개가 살짝 아래로 내려갔다. 두렵지 않다면 거짓말일 것이다. 죽을까 봐 두렵고, 일이 잘못 되어 강호에 환란이 벌어질까 두렵고, 사부가 걱정하실 것이 두려웠다.

숙여진 운혜의 고개를 바라본 현평 진인은 따듯하게 중얼거렸다.

“네 사부가 걱정을 많이 하더구나. 우리 제자가 얼마나 힘들까 싶어서 말이다.”

현무 진인의 이야기가 나오자 운혜의 고개가 다시 들려졌다. 그 눈에는, 자신보다 현무 진인을 걱정하는 운혜의 마음이 고스란히 담겨 있었다.

“…사부께서는 안녕하신가요?”

운혜의 목소리가 살짝 떨려 나왔다. 아마도 평생 동안 사부의 일은 마음의 짐이 될 것이었다. 그 희생을 어찌 말로 할 수 있으랴!

그 마음을 아는 듯, 현평 진인은 미소를 지었다.

“무탈하게 지내느니라.”

“……”

“운혜야.”

현평 진인의 목소리가 이어졌다. 운혜의 복잡한 심사를 바라보던 현평 진인은 자그마한 목소리로 중얼거렸다.

"너는 청명 사백을 믿더냐?"

"…예."

"그럼, 네 사부와 나는 믿고 있느냐?"

현평 진인이 차분하게 중얼거렸다.

운혜는 초췌한 얼굴을 들어 현평 진인을 바라보았다. 무슨 말씀을 하시는 건지 짐작이 간다.

"저는……."

"……."

현평 진인은 아무 말 없이 운혜를 바라보기만 했다. 운혜는 한동안 현평 진인의 눈을 바라보며 침묵하다가, 마침내 다시 입을 열었다.

"믿어요, 저는."

"무량수불."

현평 진인은 의자에 몸을 묻으며 아무렇지도 않게 진언을 읊조렸다. 운혜가 자신과 현무 사제, 그리고 청명 사백을 믿는다면 운혜는 혼자가 아니다. 그 사실은 운혜의 마음에 적지 않은 위로가 되리라.

현평 진인은 미소를 지으며 고개를 끄덕였다.

"제자는 이만 물러나라. 내일 합비로 출발해야 할 터이니, 푹 쉬어두도록 하라."

"뜻을 받드옵니다."

운혜는 시립하여 길게 읍했다. 고개를 드는 운혜의 얼굴에는 살짝 미소가 걸려 있었다.

*　　　*　　　*

현평 진인과 함께 세상에 나온 도사들 중 하나인 황우자는 나름대로 들떠 있었다. 운형자야 강호 경험이 꽤 된다지만 황우자는 어릴 적에 무당에 들어온 이후로 몹시 오랜만에 강호에 나온 것이다. 강호를 돌아다니다 보니 사람들이 모두 무당을 우러러보는 것이 절로 흥이 돋았다.

"하아— 역시 강호는 공기부터 다르다니까."

"황우야, 조용히!"

운형자가 짐짓 엄한 목소리로 말했다. 자세한 사정은 모르지만, 장문인께서 심각한 기세로 계신 것을 보니 좋은 일 같지는 않았다.

"예, 사숙."

황우자도 심각한 분위기를 감지했는지, 입을 다물었다. 하지만 천성이 어딜 가랴! 황우자는 이내 시선을 바꾸어 몸을 일으켰다.

"그런데 도통 무슨 일인지를 모르겠습니다. 혹시 사숙께서는 아시는 거 있어요? 운혜 사고께서……."

"쉿!"

운형자는 서둘러 황우자의 입을 막았다. 이층에서 운풍자와 운혜가 걸어 내려오는 것을 본 것이다. 운형자의 시선을 따라 운풍자와 운혜를 본 황우자도 얼른 입을 다물었다.

곧 운혜와 운풍자가 가까이 걸어오자 황우자와 운형자는 얼른 자리에서 일어나 시립했다.

"제자 운형이 사형과 사저를 뵙습니다."

"제자 황우가 사숙과 사고를 뵙습니다."

운풍자는 묵묵히 고개를 끄덕였다.

평소와 다를 바 없는 무표정한 얼굴에 황우자와 운형자는 조심스럽게 운풍자의 눈치를 살폈다. 운풍자는 무당파 내에서 꼬장꼬장하기로 이름 높은 것이다. 아니나 다를까, 운풍자는 고개를 끄덕여 인사만 받고는 조용히 자리에 앉아버렸다.

그들을 반겨준 것은 운혜였다.

"오랜만이야, 사제, 사질."

"운혜 사고, 도대체 무슨 일입니까?"

"그러게. 사저, 도대체 뭔 일이기에 우리 장문인께서 저렇게……."

"쉿!"

운혜가 당황한 얼굴로 얼른 황우자와 운형자의 입을 막았다. 장문인께서 근처에 계시니 소란을 일으킬 수는 없는 것이다.

황우자와 운형자는 운혜의 의도를 알아채고는 얼른 입을 다물었다. 하지만 그래도 호기심을 누를 수는 없었는지 곧 나직한 목소리로 속삭대기 시작했다.

"도대체 뭔 일인데 그러는 거요, 사저? 그리고 사조께서는 또 어디 계시고?"

운형자가 조심스럽게 물었다. 하지만 운혜는 살포시 미소를 지어주고는 입을 다물었다. 더 말하지 않겠다는 뜻이다.

"아니, 궁금해 죽겠는데 좀 알려줘요."

운혜는 씁쓸한 미소를 지으며 고개를 저었다. 자신의 입으로 자신의 사정을 이야기하긴 싫었다.

"지금은 말고, 다음에 해줄게. 아마 곧 알게 될 거야."

"……."

황우자와 운형자는 입을 다물었다. 분위기로 보아 운혜 사고의 신상에 무언가 안 좋은 일이 있다는 것을 깨달은 것이다.

"호홋, 괜찮을 거니까 걱정 마."

운혜가 빙긋 미소를 지으며 중얼거렸다. 아직 아무것도 달라진 것은 없다. 사조께서는 자신이 죽지 않을 거라고 하셨고, 그 말씀을 믿는다면 걱정할 것이 없다.

게다가 장문 사백과 사부도 계시니 혼자 외로이 이 일을 감당할 팔자도 아니다. 그럴 거라면 차라리 강호 생활을 즐기는 것이 낫다.

마음을 정리한 운혜는 피식 웃으며 농담을 꺼내 들었다.

"이야, 세상 밖으로 나오니까 좋긴 하더라. 우리 사부만 아니었으면 진작에 나가보는 건데. 공기 자체가 다르더라니까?"

"하핫, 강호가 원래 그렇지요."

운형자는 미소를 지으며 대꾸했다. 조용한 무당산보다 강호가 더 활기찬 것은 사실이다. 하지만 운형자와는 달리, 황우자는 호기심 어린 눈으로 운혜를 바라보았다.

"그렇게 말씀하시는 것을 보니 뭔가 재미있는 일이라도 있었나 보군요!"

없었다.

운혜의 얼굴이 살짝 당혹스럽게 변해갔다. 강호에 나와서 좋기는 했는데, 무슨 일이라도 해보았냐고 물으면 할 말이 없다. 하산한 뒤 자신은 농사만 지었다.

운혜의 얼굴이 살짝 붉어졌다.

"재… 재밌는 일은 뭘."

"재밌는 일이 있었나 본데요?"

황우자의 눈이 가늘어졌다. 얼굴이 붉어지는 것을 보니 뭔가 찔리는 것이 있나 보다. 운혜 사고라면 무당산 내에서도 사고만 몰고 다니던 인물이니, 세상 밖에서도 온갖 사건은 다 치고 살았을 것이다.

운혜가 벌려 놓은 사건들을 구경하는 것을 몹시 좋아했던 황우자는 집요하게 질문했다.

운혜는 당황했다.

"재밌는 일 없었다니까."

황우자는 의심스러운 시선으로 운혜를 바라보았다. 운혜 사고의 성격을 생각하면, '좋더라' 는 이야기는 아마도 방탕하게 술을 먹거나 고기를 구워 먹었다는 이야기인 것 같다. 그리고 그런 거라면 자신도 꼭 해보고 싶다.

"사고, 정말 아무런 사건도 없었……."

"정말 없었다니까!"

황우자의 얼굴이 실망으로 물들어갔다. 그럴 리가 없는데……

"에이, 설마. 정말 아무 일도 없었다고요? 사고께서 그럴 리가 없잖아요."

"…그럴 리가 없다니?"

운혜의 눈이 가늘어지자 황우자는 시선을 돌려 다른 곳을 바라보고는 어물쩍어물쩍 말을 이어나갔다.

"어— 그냥 그럴 리가 없다는 거지요……."

"모두들 조용히 하라."

황우자의 목소리 사이로 운풍자의 목소리가 들려왔다. 운풍자는 무표정한 얼굴로 황우자를 바라보았다.

황우자는 황급히 머리를 조아렸다.

"예, 사숙."

"……."

황우자의 대답을 들은 운풍자는 고개를 끄덕여주고는 흘끗 운혜를 바라보았다. 사부님께 올라가던 조금 전보다 평안해 보이는 운혜의 모습에 마음이 조금이나 편해졌다.

운풍자는 살짝 미소를 지었다. 즉, 아주 조금 입꼬리가 올라갔다는 말이다. 하지만 편해진 마음과는 다르게 입에서는 냉정한 목소리가 새어 나왔다.

"위에 장문 진인께서 계시니, 경거망동하는 일이 없도록 하라."

"…예."

황우자는 입술을 비죽거리며 입을 다물었다. 하지만 시선은 계속 운혜를 바라보고 있었다. 그의 의심은 아직 끊이지 않았다. 어쩌면 사고께서는 규율이 허락지 않는 맛난 것들을 잔뜩 먹었을지도 모르는 일이다.

황우자의 마음이 부러움으로 가득 차 갔다.

*　　　*　　　*

맛있는 음식이라면 여기도 있었다.

장로원의 식당에 앉아 있던 청명은 해맑은 미소를 지으며 량채를 입으로 가져갔다.

"맛있어요!"

"……."

설수진은 미소를 지으며 고개를 끄덕였다. 살짝 미소를 지은 고운 노파의 모습에 청명은 입 안에 있는 것을 오물오물거리며 행복한 미소를 지었다.

상에는 당초황과(糖醋黃瓜:식사 전에 먹는 요리로 차게 식혀 입맛을 돋궈 주는 량채(凉菜:냉채)의 일종) 그릇이 놓여 있었다.

제법 맛이 있었는지 청명은 재차 젓가락을 들어 량채를 집어 올렸다.

"……."

설수진은 살포시 미소를 지었다. 그리고는 당초황과 그릇을 살짝 밀어 두고는 다른 접시를 청명의 앞으로 가져갔다.

접시에는 소총반두부(小蔥拌豆腐)가 놓여 있었다.

설수진은 청명의 얼굴을 바라보았다. 이미 식사를 마쳤던 설수진은 젓가락만 쥐고 있을 뿐 음식을 입에 가져가지 않고 있었는데, 그 대신 청명이 음식을 먹는 것을 구경하고 있었다.

"와, 파예요!"

청명은 밝은 목소리로 외쳤다. 파라면 무당의 규율에서는 금하고 있는 음식으로, 예전에는 몰래몰래 먹었던 음식이었다.

"파는 맛있어요, 음, 음."

청명은 자신이 말해놓고도 그 말에 공감한다는 듯이 고개를 두어 번 끄덕였다.

설수진의 미소가 지켜보는 가운데, 청명은 소총반두부에 젓가락을 가져갔다. 네모난 두부에 기름과 소금으로 간을 하고 파를 잘게 썰어 얹은 간단한 요리였지만, 정갈한 설수진의 요리 솜씨 탓에 그 맛은 제법 훌륭했다. 청명은 두부를 한껏 집어 입에 넣고는 황홀한 미소를 지었다.

"와— 맛있어요."

"……."

설수진의 얼굴에 어린 미소가 짙어졌다. 소년은 마치 처음 두부를 먹는 사람인 양, 두부를 보고 신기한 표정을 짓고 있었던 것이다.

설수진은 슬그머니 옆에 있던 당면을 청명에게로 밀었다. 이것도 맛보라는 뜻이었다.

많이 먹어요.

설수진은 손바닥을 하늘로 하고서는 음식을 권했다.

"헤헷. 고마워요, 설 도우."

청명이 음식을 입가로 가져가며 미소를 짓자, 설수진은 슬머시 손을 들어 배를 어루만졌다. 청명을 바라보니 예전에 유산한 아이가 떠오른 탓이었다. 설수진의 얼굴에 어린 미소가 쓸쓸하게 변해갔다.

그때였다.

끼이익—

나직한 소리를 울리며 방문이 열렸다. 설수진은 의아한 표정으로 문을 바라보았다. 문 뒤에는 경추추가 서 있었다.

설수진은 얼른 자리에서 일어났다. 그리고 반가운 미소를 지으며 고개를 숙였다.

경추추는 미소를 지으며 입을 열었다.

"그래, 예상보다는 일찍 왔소."

설수진은 얼른 손을 들어 무언가를 먹는 시늉을 했다.

배고파요?

"아, 아니. 식사는 되었소. 오늘은 식사보다 다른 일이 더 궁금하구려."

그럼 언제 식사하시려고요?

설수진은 걱정스러운 표정으로 방문 밖으로 비쳐드는 햇살을 가리켰다. 해가 져가고 있다는 뜻이었다. 걱정스럽게 자신을 바라보는 설수진의 얼굴에 경추추는 따뜻한 미소를 지었다.

"괜찮소. 늦지 않게 식사하리다. 아, 저 아이를 데려가야 할 일이 있으니, 할멈은 잠시 앉아 기다리시구려."

어디를 가는데요?

설수진은 의아한 표정으로 청명을 한번 가리킨 다음, 밖을 가리켰다. 알아듣기 힘든 몸짓이었지만 오랜 시간 동안 설수진을 봐왔던 경추추는 모든 것을 알아들었다.

"아, 멀리 가는 것이 아니라 요 앞의 마당으로 데려가려 한다오. 그 아이를 다른 장로들에게도 소개시켜 주어야 할 듯해서 말이오."

모든 것을 이해한 설수진은 웃으며 고개를 끄덕였다. 그리고는 청명을 바라보았다.

청명은 한입 가득 두부를 넣고는 우물우물거리며 설수진을 바라보고 있었다.

"왜 그러나요, 설 도우?"

"……."

설수진은 고운 미소를 지으며 청명을 바라보고는 입으로 손을 가져가 무엇인가를 먹는 시늉을 했다. 그리고는 손바닥을 크게 펴고 흔들었다.

지금은 나가봐야 하니 나중에 더 먹으렴.

청명은 의아한 듯 고개를 갸웃했다.

"그게 무슨 뜻이지요?"

설수진 대신 대답한 것은 양태승이었다.

"자, 너는 이만 일어나거라."

"예?"

청명은 의아한 듯 고개를 돌려 양태승을 바라보았다. 이렇듯 맛난 음식이 가득 있는데 벌써 일어나야 하다니!

"나는 아직 다 먹지 못했는데."

"……."

식탁을 정리하던 설수진의 고개가 가볍게 들려졌다. 설수진은 부드러운 미소를 지으며 청명을 바라보았다.

설수진은 음식을 한번 가리키고는 두 손을 들어 크게 원을 그리고는 손바닥을 크게 폈다.

맛있는 것을 더 만들어줄 테니, 걱정 말고 다녀오렴.

청명은 볼을 부풀렸다. 더 먹고 싶은데.

"그… 그래도 나는 더 먹고 싶어요."

"…헐헐, 태평한 꼬마로구나."

경추추는 웃음을 지었다.

"이만 일어나거라."

청명은 애절한 표정으로 경추추의 얼굴을 바라보았다.

"저… 정말 더 먹으면 안 되나요?"

"안 된다."

청명의 얼굴이 우울해졌다.

"네, 알았어요. 하지만 아직 많이 남아 있는데……."

"소개시켜 주어야 할 사람들이 있으니 얼른 일어나라."

경추추의 냉정한 말에 청명은 기운 없는 몸짓으로 자리에서 일어났다.

"…네."

*　　　*　　　*

장로원을 둘러싼 낮은 싸리 울타리 안에는 여러 가지 것들이 있었다. 작은 텃밭도 있었고, 우물 터도 있었고, 마당에는 평상도 하나 놓여 있었다.

사실 마당의 평상은 평상이라고 부를 것도 없는 널찍한 판자일 뿐이었지만, 운남성의 더위 속에서 그나마 조금이라도 시원할 수 있는 공간이었기에 장로들은 그곳을 자주 이용하고는 했다.

경추추는 청명을 앞세우고 평상 앞으로 걸어나갔다. 담소를 나누며 웃음 짓던 양태승과 곽여휘의 시선이 청명에게로 향했다.

"호오, 그 아이가 그렇게 재미있다는 아이요?"

"그렇소이다. 한번 보시지요."

양태승은 호기심 어린 눈으로 청명을 바라보았다. 청명은 우울한 얼굴이었다. 조금 전에 먹다 만 소총반두부가 눈앞에 선하다.

양태승은 잠시 청명을 살펴보고는 입을 열었다.

"으흠, 그렇게 재미있어 보이지는 않는데? 그저 꼬마일 뿐이잖소."

"이잇!"

안 그래도 먹을 것을 놓쳐 기분이 좋지 않았던 청명의 볼이 단숨에 부풀었다. 난 나이 많은데.

"난 꼬마 아닌데!"

"끌끌⋯⋯."

하지만 청명의 말은 그다지 강한 영향력을 갖지 못했다. 양태승은 청명의 말을 한 귀로 듣고 한 귀로 흘려버린 것이다. 양태승은 실소를 지으며 경추추를 바라보았다.

"그냥 꼬마가 아니로구려. 맹랑한 꼬마로 보이는데?"

"이잇!"

"자세히 보시구려."

청명이 뭐라 항의할 새도 없이 경추추의 목소리가 들려오자 양태승은 다시 청명을 바라보았다.

볼을 부풀린 채 뾰로통한 시선으로 자신을 바라보는 청명의 눈을 확인한 양태승은 고개를 갸웃했다. 눈에서 무엇인가가 느껴지긴 했다. 하지만 그것이 어떤 것인지는 쉽게 짐작이 가지 않았다.

청명과 양태승을 바라보며 경추추가 심각한 얼굴로 입을 열었다.

"그 아이가 내 진에 걸리지 않았다면 믿겠소?"

"⋯뭐요?"

양태승의 입에서 긴장한 목소리가 새어 나왔다. 그 얼굴은 이미 딱딱하게 굳어 있었다.

곽여휘의 얼굴 역시 굳어졌다. 이렇듯 어려 보이는 소년이 백련교의 제일장로이자 진의 현묘함이 하늘에 닿았다는 천기신사의 진을 파훼했다니!

굳어진 얼굴들은 동시에 청명을 향했다. 천기수사의 진을 파훼할 정도면 무공이나, 심기의 수준이 결코 낮지 않으리라.

놀란 눈들이 청명을 바라보는 가운데, 경추추의 음성이 다시 울렸다.

"게다가 그 아이, 아무리 봐도 심안을 가진 듯하오."

"심안?"

깜짝 놀란 듯 곽여휘가 말했다. 그와 동시에 양태승의 시선이 청명의 눈으로 향했다.

검다. 검고 영롱하다. 그리고 검은 동공 뒤로 선기가 엿보인다. 대덕 고승에게서나 보일 법한 지혜로운 눈이 자신을 바라보고 있었다. 조금 전에 어떻게 그것을 알아채지 못한 건지 모를 정도로 영롱한 선기였다.

양태승은 이를 악물었다. 이 정도라면 천기신사의 진은 파훼하는 것이 당연했다. 수염 몇 올이 입가에 들어와 씹혔다.

"누구냐, 넌?"

소년이 부엌 밖으로 나가자 설수진은 식탁을 간단히 정리했다. 잠시 후가 되거든, 소년이 돌아와 마저 식사를 할 것이다. 자신이 만들어준 음식을 맛나게 먹는 청명의 모습에 기분이 좋아 설수진의 얼굴에 어린 미소는 떠나지 않았다.

소년은 친숙했다. 마치 아들처럼, 마치 손자처럼.

평생 자식을 가져보지 못했던 자신으로서는 처음 느끼는 행복이었다.

식탁을 대충 정리한 설수진은 미소를 지으며 마당으로 걸어나갔다. 소년과 조금 더 대화를 나눠보려는 것이다. 흰머리 아래 고운 얼굴 가득 주름이 잡혔다.

밖으로 나서던 설수진의 귀에 양태승의 목소리가 들려왔다.

“누구냐, 넌?”

“나는 청명이에요.”

뾰로통한 얼굴로 중얼거리는 청명의 모습에 양태승은 비틀린 웃음을 지었다. 그리고는 청명의 얼굴을 틀어잡았다.

“아아야!”

청명은 비명을 질렀다. 하지만 양태승은 청명의 얼굴을 놓아주지 않았다. 그저 냉혹한 눈을 한 채로 손가락을 살짝 꿈틀거릴 뿐이었다.

소년은 알아보지 못하겠지만, 양태승은 그의 애독인 오보연독(五步聯毒)을 하독한 것이다. 본래는 중독되면 다섯 걸음을 걷기 전에 죽는다는 독이지만, 그는 손속에 여유를 두어 독의 일부를 하독하지 않았다. 하지만 그 남은 독을 하독하는 순간 소년은 죽음을 맞이하리라.

한참 독을 하독하던 순간이었다.

“…헛!”

독을 살포하고 있는 손가락에 누군가의 주름진 손이 와 닿았다.

양태승의 눈이 크게 홉떠졌다. 자칫 잘못 중독되면 자신을 만진 사람은 오 보 안에, 즉 오 보를 걸을 만한 짧은 시간 안에 죽는다!

“누구요!”

“설매!”

양태승의 목소리 뒤로 다급한 경추추의 음성이 뒤따랐다. 양태승은 다급히 청명의 얼굴에서 손을 떼었다. 그리고는 자신을 막은 손의 주인을 바라보았다.

청명의 얼굴을 가로막은 것은 설수진이었다. 설수진은 주름진 얼굴 가득 인상을 찌푸렸다.

“아… 제수씨……”

“……”

설수진은 청명을 등 뒤로 감추며 그 앞에 섰다. 청명이 몹시 마음에 들었는지, 오늘 처음 만난 사이라고는 믿어지지 않을 만큼 다급해 보이는 시선이었다.

경추추가 재빨리 다가와 설수진의 이곳저곳을 어루만졌다.

“괜찮소, 할멈? 이보오, 독제! 뭐가 잘못된 것 아니오? 가뜩이나 몸도 좋지 않은데!”

“괘… 괜찮소이다. 다행히 제때에 독을 수습했으니.”

“……”

양태승의 목소리를 듣던 설수진은 경추추를 살짝 밀쳤다. 그리고는 마치 꾸중하는 듯한 표정으로 양태승을 바라보며 주름진 고개를 저었다.

그러면 안 돼요.

양태승의 얼굴에서 난감한 빛이 떠올랐다. 하지만 다행히 저 소년에게 모든 독을 하독하고 난 뒤에 설수진의 손이 닿았으니, 본래의 목적은 이룬 셈이다.

양태승은 고개를 끄덕였다.

“아, 알았으니 이제 물러나시오. 더 이상은 저 아이에게 해를 끼치지 않으리다.”

“……”

설수진은 잠시 양태승을 바라보며 고민하더니, 그 말을 믿었는지 천천히 걸음을 옮겼다. 너무 급히 달리느라 아픈 허리를 살짝 두드리며, 설수진은 청명의 앞에서 비켜섰다.

“아야야—”

청명은 양태승에게 잡혔던 볼을 어루만지고 있었다. 눈에는 눈물이 살짝 맺혀 있는 채였다. 볼이 아린 느낌이 들었다.

양태승은 날카로운 눈으로 청명을 바라보았다. 이제 자신의 마음에 따라 저 소년은 죽는다. 대답이 마음에 안 들거나, 느려도 죽는다.

"너는 누구냐?"

청명은 볼을 어루만지며 입술을 비죽였다. 얄미운 사람이다. 자신더러 꼬마라고 했고 얼굴을 꾸욱 눌러서 아프게 했다. 청명은 양태승을 흘겨보았다.

"흥!"

양태승의 얼굴이 구겨졌다.

"이놈이!"

"흥!"

청명은 뾰로퉁한 얼굴로 고개를 휙 돌렸다.

양태승 역시 입을 다물었다. 어쨌든 독에 중독되었으니 저 소년이 어떻게 해볼 것은 없다. 양태승은 무거운 시선으로 경추추를 바라보았다.

"선기가 느껴지는구려."

"그렇더이다."

경추추는 고개를 끄덕이며 중얼거렸다.

"신기한 소년이지 않소이까?"

"혹시 무공은……?"

양태승은 무미건조한 표정으로 말했다. 그의 오른손의 검지와 엄지는 대답을 듣기도 전부터 까딱까딱 거리고 있었는데, 그 부드러운 손놀림 속에는 독이 배출되고 있었다. 여차하면 죽여 버릴 참인 것이다.

"익히지 않은 것 같더이다."

"으흠, 그렇구려."

무미건조한 표정으로 까딱거리던 손이 천천히 멈추었다. 아직은 죽일 때가 아닌가 보다. 무공을 익히지 않았다면, 당장 위험한 것은 아닐 터였다.

양태승은 청명을 바라보았다. 무공을 모르면서 심안을 가지고 있다면 아마 그 지혜가 깊을 터. 어쩌면 천기신사의 진을 깰 정도의 심기를 가지고 있을지도 모른다.

"무공을 모른다면 머리가 좋겠구려."

"제가 한번 보지요."

답변을 한 것은 경추추가 아니었다. 나직한 목소리의 주인공은 곽여휘였다.

곽여휘는 천천히 청명 앞으로 걸음을 옮겼다.

"제법 잘생긴 꼬마로구나."

"난 꼬마가 아니에요."

아직도 기분이 풀리지 않았는지 뾰로통한 표정으로 중얼거리는 청명의 말에 곽여휘의 눈가에 주름이 잡혔다. 조금 전에 잡혔던 것이 꽤 아팠는지, 청명은 여전히 볼을 어루만지고 있었다.

"…그래, 알았다. 허허, 꼬마가 싫으면 뭐라고 부를꼬. 이름이 청명이라고?"

"아니요. 그건 이름이 아니에요. 청명은 도호(道號)예요."

"……."

장로들의 얼굴이 다시 굳어졌다.

장로들의 시선이 경추추를 향했다. 알고 있었냐는 뜻이다. 시선을 받은 경추추는 여유로운 표정으로 수염을 쓸었다.

장로들은 다시 청명에게로 시선을 돌렸다.

"도가의 인물이었더냐?"

"네."

곽여휘의 질문에 청명은 고개를 끄덕였다.

“…어느 문파에 있었더냐?”

“저는 무당에 있었어요.”

“무당?”

곽여휘의 시선이 의아하다는 듯 변했다. 천기신사의 진을 파훼했고, 눈에서는 선기가 느껴지는 무당파의 도사다. 그런데 무공을 모른다고?

“허어…….”

곽여휘는 한숨을 내뱉었다. 물론 소림에도 학승이 있고 무당에도 무공을 익히지 않는 도사가 있다는 것은 잘 알고 있다. 하지만 그런 도사는 대체적으로 산문 밖으로 나가지 않거니와, 나간다고 한들 강호인으로 치부하지는 않는다. 하물며 그들이 백련교에 올 리는 더 더욱 없다. 무공도 모르는 일반 도사가 왜 마교라고 불리는 곳에 온단 말인가!

곽여휘는 이해할 수 없다는 듯 청명을 바라보았다.

청명은 곽여휘의 눈을 보고는 다시 미소를 지었다. 이 사람도 눈이 참 예쁘다. 그러고 보니, 마당을 가득 채운 것은 마기보다는 선기였다.

곽여휘의 눈에도, 양태승의 눈에도, 그리고 벙어리 노파 설수진의 눈에도 선기가 쌓여 있었다.

청명의 뾰로통한 얼굴에서 서서히 미소가 떠올랐다.

“눈이 예쁘시네요?”

“응?”

의아한 얼굴로 청명을 바라보던 곽여휘의 얼굴이 당황으로 물들어갔다. 난데없이 눈이 예쁘다니?

“눈?”

“네. 여기 있는 사람 다 눈이 예뻐요.”

청명은 벙긋벙긋 미소를 지으며 팔을 휘저었다. 사부님과 있을 때만큼 편안하지는 않았지만, 적어도 무당산에 있는 것처럼 마음이 편안했다.

미소 짓는 청명의 얼굴을 본 곽여휘 역시 미소를 지었다.

"허허… 그래, 눈이 예쁘다니 고맙구나. 그런데 어쩌다가 이곳까지 오게 된 것이더냐?"

청명은 곽여휘를 바라보며 웃음 지었다. 선풍도골의 노인은 마치 무당산의 도사들을 떠올리게 했다.

"헤헷, 저는 인연을 따라왔어요."

"인연?"

곽여휘의 얼굴이 의아함으로 물들어갔다.

"네. 인연이 백련교로 이어져 있었거든요."

청명의 말에 곽여휘의 얼굴은 더 더욱 알 수 없다는 표정이 되어버렸다. 소년은 마치 인연을 잘 안다는 듯 말하고 있었다. 곽여휘는 조용히 입을 열었다.

"너는 인연을… 알 수 있느냐?"

"네."

고개를 주억거리며 청명이 대답하자 곽여휘의 얼굴이 무거워졌다. 곧 곽여휘의 입에서 인연에 대해 묻는 질문들이 쏟아져 나왔다.

"……."

그 모습을 바라보던 양태승의 시선이 조금씩 못마땅하다는 듯 변해갔다. 안력을 돋워 청명의 신체와 안색, 그리고 눈의 흰자를 바라보던 양태승의 입에서 불쾌한 신음 소리가 터져 나왔다.

"에잉……."

"왜 그러시오?"

경추추가 의아하다는 듯 양태승을 바라보며 묻자 양태승은 청명을 바라보던 시선을 돌려 경추추를 바라보고는 입을 열었다.

"확실히 재미가 있긴 있구려."

"…헐헐, 눈에서 선기가 엿보이는데다가 내 진을 파훼했다고 했지 않습니까. 아마 다른 능력도…….”

"독도 통하지 않소."

경추추의 말을 끊으며 양태승이 중얼거렸다.

"오보연독에 중독되었는데 피부색이 변하질 않소이다."

"뭐… 요?"

경추추의 눈이 부릅떠졌다. 경추추 역시 재빨리 청명의 곳곳을 훑기 시작했다. 청명은 여전히 곽여휘와 대화를 나누고 있었다.

"……."

양태승은 대답하지 않았다. 그는 신비롭다는 눈으로 청명을 바라보고 있었다. 오보연독에 중독되면 본인은 모르지만 피부색이 변해야 한다. 그리고 숨결에 독기가 묻어 나오게 된다. 하지만 소년의 얼굴 어디에도 중독된 기미는 보이지 않았다. 독제라고 불리는 자신이다. 분명히 독이 주입되는 것을 확인했다. 그리고 독에 중독되지 않았다는 사실도 명확하게 확인했다. 저 소년에게는 독이 통하지 않고 있었다.

"…독이 통하지 않는다고 하셨소?"

"그렇소이다."

경추추는 무거운 목소리로 입을 열었다.

"그럼 역시 무공을……?"

"아니, 그런 것 같지는 않소."

양태승의 대답이 이어졌다. 보통 독을 다루는 사람은 의학에도 능통한 법이다. 그리고 독을 다루는 사람으로서 장담하건대, 몸에 내공이 없다. 근맥 역시 무공을 익힌 사람의 탄탄하고 유연한 근맥이 아니라 보통 사람의 근맥이었다.

"무공을 익힌 것 같지는 않소…….”

양태승은 이해할 수 없다는 눈으로 청명을 바라보았다. 도통 알 수 없는 아이다. 이해할 수 없기는 경추추 역시 마찬가지였다.

청명에게 이런저런 것들을 질문하던 곽여휘의 입에서 신음성이 새어나왔다.

"으음……."

곽여휘는 청명의 눈을 바라보고 있었다. 눈에 어린 선기는 아이의 나이와는 절대 어울리지 않는 깊은 것이었다. 혹여 무공을 익혔다면 모르지만 말이다.

곽여휘는 조용히 입을 열었다.

"무공을 익혔더냐?"

"아니요, 저는 무공을 익힌 적이 없어요."

청명은 고개를 저었다. 설수진은 그 모습을 걱정스럽게 바라보고 있었다. 혹여 곽여휘도 소년에게 해코지를 할까 봐 걱정이 된 것이다.

"으음……."

곽여휘의 미소는 상당 부분 걷혀 있었다. 무공을 배우지 않았다면 다른 방법으로 선기를 쌓았다는 말인데, 그것이 가능하다는 말은 들어본 적이 없다.

"무공을 익히지 않았다면, 혹여 다른 공부를 한 일이 있느냐?"

"네, 저는 도(道)를 공부했어요."

청명이 밝은 얼굴로 말했다. 아주 오래전부터 공부해 온 것은 오로지 도였다.

곽여휘의 얼굴은 이제 밝지 않은 것을 넘어 황당하다는 듯 변해 있었다. 도를 공부했다니, 이런 귀신 씻나락 까먹는 소리가 다 있나? 도를 공부해 선기를 쌓는다는 도가의 상식을 모르는 바는 아나나 그렇게 보기엔 소년의 나이가 너무 어렸다.

“그럼, 무슨 도를 공부했더냐?”

“자연지도(自然之道)요.”

밝게 웃으며 말하는 청명의 얼굴에 곽여휘는 말문이 막히는 것을 느꼈다.

‘이런 광오한 말을……’

“자… 자연지도?”

청명은 벙긋벙긋 웃으며 고개를 끄덕였다.

“네.”

“……”

눈에 선기가 있으니, 도를 공부했다는 말이 결코 흘러가는 잡소리처럼 들리지 않는다. 곽여휘는 혹시나 하는 마음으로, 그런 막연한 심정으로 청명에게 말했다.

“그… 그렇다면 네가 배운 도를 내게도 알려다오.”

청명은 신비로운 미소를 지었다. 예전에 장문인이 비슷한 질문을 했었던 것이 기억난 것이다. 청명은 나직하게 중얼거렸다.

“도를 도라 말하면[道可道] 도가 아니랍니다[非常道]. 도는 한결같고 이름이 없거든요[道常無名].”

“허… 허어……”

너무나 뜬금없는 말이었다. 곽여휘는 멍하니 청명을 바라보다 고개를 돌려 양태승을 바라보았다. 아무래도 혼자서는 진위를 파악하지 못하겠다.

“……”

양태승은 아무런 말이 없었다. 그의 눈은 심각해져 있었다. 소년이 나직이 중얼거린 말은 노자(老子)의 말로써 너무나 흔한 것이었다. 만약 다른 누군가가 자신의 앞에서 저런 소리를 내뱉었다면 ‘너 잘났다!’ 라고 외치며 독이라도 한 움큼 먹여 버렸을 것이다. 하지만 같은 소리라도 저 소년의 입에서 나오니 너무 신비로워 보인다. 말에서 현기가 느껴진다는 것이 바로 이런 것일 터였다.

양태승의 눈을 바라보던 곽여휘는 다시 청명을 바라보았다.

'혹시, 혹시… 그만큼이나 선기를 쌓았다면……'

곽여휘의 입에서 떨리는 목소리가 새어 나왔다.

"그렇다면… 혹여… 너는 도를 깨달았느냐?"

장로들의 시선이 모두 청명에게 가 박혔다. 그리고는 긴장된 눈으로 청명의 말을 기다렸다.

"네."

청명은 웃음을 지었다. 자신은 분명히 도를 깨달았다. 청명의 웃음과는 달리, 장로들의 얼굴은 단숨에 굳어져 갔다. 곧 다양한 한숨 소리들이 터져 나왔다.

"허… 허어……"

"으음……"

"도… 를… 깨달았다고? 너 같은 꼬마가?"

가장 먼저 입을 연 것은 양태승이었다. 양태승은 멍하니 중얼거렸다.

"나는 꼬마가 아니에요! 나는 나이 많은데!"

청명은 볼을 부풀리며 항의했다. 양태승은 입을 다물었다.

곽여휘는 난감한 얼굴로 청명을 바라보고 있었다. 그리고는, 여든 평생을 살아오면서 한 번도 해본 적 없는 목소리로 중얼거렸다.

"그… 그럼 몇 살인데?"

주위의 장로들은 멍청히 묻는 곽여휘를 보고도 아무런 말을 하지 못했다. 그들도 궁금했던 탓이었다.

"나는 영락(永樂) 십이 년에 태어났어요."

“뭐라!”

양태승의 입에서 헛바람이 튀어나왔다. 말도 되지 않는다. 영락제라면 지금으로부터 약 백오십 년 전의 황제. 그 시대에 태어났다면 지금 이 자리에 있을 수가 없다. 무공이 하늘에 닿았다면 모르지만, 일반인의 수명으로는 불가능하다.

“말도 되지 않는다! 이 맹랑한 꼬마가 거짓말을 하는구나!”

“돼지!”

청명은 지지 않고 외쳤다. 볼은 부풀대로 부풀어 있었다. 얄미운 노인은 정말 얄미운 말만 한다.

“나는 정말 영락 십이 년에 태어났는데!”

“그렇다면, 네가 무슨 신선이라도 된단 말이냐?”

“네! 나는 선계에…….”

“선계에?”

“그러니까…….”

청명의 목소리가 조금씩 줄어들었다. 엄연히 선계에 올라야 하건만, 원시천존께서 쫓아내셨으니 선계에 오를 수 없었다. 그러니 엄밀한 말로는 신선이 아니다.

“나는… 서… 선계에 올랐지만 원시천존님이…….”

“원시천존이?”

장로원에 긴장이 감돌았다. 원시천존까지 나왔다. 어쩌면 자신들은 정말로 신선을 보고 있거나, 아니면 희대의 거짓말쟁이를 만나고 있는 셈일 것이다.

긴장된 장로들의 시선 가운데 마침내 청명이 입을 열었다.

“꿀밤을 때리셔서…….”

“…….”

장로원에 침묵이 감돌았다.

"꾸… 꿀밤?"

양태승이 멍청히 중얼거렸다. 원시천존과 꿀밤이라… 도통 어울리지 않는 소리다.

그 얼굴에 청명의 얼굴이 울상이 되었다. 청명은 당황스러운 어조로 말했다.

"하지만 나는 정말 영락 십이 년에 태어났어요!"

"……."

곽여휘고, 양태승이고, 경추추고 모두가 침묵했다. 심지어 설수진마저 믿을 수 없다는 듯 청명을 바라보고 있었다.

다시 장로원에 침묵이 내려앉았다. 침묵을 깬 것은 이번에도 역시 양태승의 목소리였다.

"허어……."

곽여휘는 양태승을 돌아보았다. 조용히 양태승의 얼굴을 살피던 곽여휘는 입술을 달싹였다.

"참이라 믿으시오?"

양태승은 곽여휘를 흘끗 바라보고는 무거운 목소리로 전음을 보내었다.

"천기신사의 진을 파훼했고 내 독이 통하지 않더구려. 무언가 신비한 구석이 있긴 한데… 난데없이 신선이라니요?"

"으음……."

독제의 독도 통하지 않았다? 곽여휘의 얼굴이 당황스럽게 변해갔다. 곽여휘는 이번에는 경추추를 바라보았다. 곽여휘의 시선에 담긴 뜻을 알아들은 경추추는 고개를 끄덕이고는 입을 열었다.

"그, 그럼… 정녕 네가… 아니, 그대가 신선이라면……."

“네.”

청명은 고개를 끄덕였다.

“그를 확인시켜 주십시오.”

청명의 눈이 가늘어졌다. 확인?

“어떻게요? 저는 그런 걸 할 줄 모르는데.”

“호풍환우라던가…….”

“그건 평범한 일이 아니래요.”

청명은 단호하게 중얼거렸다. 그건 안 된다. 자신은 평범하게 살아야 한다.

“평범?”

경추추는 의아한 목소리로 중얼거렸다. 뜬금없이 평범이라니?

“평범이라니… 요?”

“원시천존님이 제게 평범하게 살라는 명을 내리셨어요. 그래서 저는 평범해야 한답니다.”

청명은 경추추를 바라보며 친절하게 말했다. 양태승을 대할 때와는 사뭇 다른 태도였다.

“……”

경추추는 입을 다물었다. 저 이야기는 나중에 듣자. 일단 신선이 할 수 있는 일이 또 무엇이 있더라? 전설 속에 따르면, 신선은 천지조화를 부리고 일검으로 태산을 벤다 했다. 물론 경추추가 알고 있는 신선은 강호에 떠도는 검선(劍仙)의 모습이었다.

“그럼… 검을 타고 노닌다던가…….”

일반론에 입각한 말이었지만, 청명의 귀에는 솔깃한 소리로 들렸다. 그리고 보니 검을 타고 노닌 지가 제법 오래되었다. 그렇지만 곧 운풍자의 말을 떠올리고는 청명은 시무룩한 얼굴이 되었다. 운풍자는 검을 타고 노는 것도 평범한 일이 아니라고 했었다.

"하지만, 저는 검이 없는 걸요. 게다가 운풍 사손은 그게 평범한 일이 아니랬어요."

"……."

경추추와 청명의 대화를 듣던 곽여휘는 머리를 굴렸다. 당연히 검을 타고 노니는 것은 평범한 일이 아니다. 보통 사람이라면 죽었다 깨나도 하지 못하리라. 하지만 자신은 비슷하게 흉내는 낼 수 있다.

곽여휘는 어설프게 웃으며 말했다.

"꼬마, 아니, 선인. 펴, 평범한 일이 아니라니요. 저도 그쯤은 할 수 있습니다."

"예? 정말요?"

"예, 그렇지요. 보통 사람이 하지 못하는 것은 배우지 못해서 그렇습니다. 배우면 누구나……."

곽여휘의 목소리가 슬쩍 떨렸다. 아주 당연한 사실이지만, 배워도 할 수 없는 사람이 더 많다. 곽여휘는 천천히 말을 끝맺었다.

"할 수 있습니다."

청명의 얼굴이 밝아졌다. 평범한 사람도 검을 타고 노닐 수 있다면 자신도 타도 된다는 말이다. 그렇다면 오랜만에 검을 타고 하늘을 날아보는 것도 좋은 일일 것이다.

곽여휘는 조용히 검을 꺼내어 들었다. 그리고는 눈을 반개하고는 검에 내공을 주입했다. 곽여휘의 내공이 주입되자 검이 부르르 떨었다.

둥실―

곧 검이 떠올랐다. 뜻이 아니라 기로써 검을 움직인 진정한 이기어검(以氣馭劍)이었다.

곽여휘는 중지를 곧게 펴들고는 검을 가리켰다. 검은 곽여휘의 중지가 오가는 대로 하늘을 수놓았다.

곽여휘는 다시 검을 불러들였다. 검은 부드럽게 선회하여 그의 손에 잡혔다. 곽여휘는 크게 한숨을 내쉬어 호흡을 골랐다.

"후우—"

곽여휘는 다시 눈을 떴다.

"이것 보십시오, 펴, 평범한 저도 할 수 있지 않습니까?"

검귀가 평범할 리가 없다. 하지만 그것을 모르는 청명은 웃음 지었다.

"헤헷, 그거라면 저도 할 줄 알아요."

"그… 그럼 한번 해보십… 허엇!"

곽여휘는 들고 있는 검을 천천히 청명에게 건네었다. 곧 그의 입에서 놀란 목소리가 터져 나왔다.

아직 소년의 손에 검을 넘기지 않았는데 검이 두둥실 소년에게 날아가 버린 것이었다. 자신과는 다르게 내공이 조금도 들어 있지 않았다.

"이… 이런……."

곽여휘는 눈을 부릅떴다. 아무리 살펴보아도 내공의 기운이 느껴지지 않는다. 내공은커녕, 아무런 기운도 느껴지지 않는데 검은 마치 산들바람에 날아가는 나뭇조각처럼 떠 있을 뿐이었다.

청명은 황홀한 눈으로 검을 바라보았다. 오랜만에 검을 타고 하늘을 날아볼 수 있는 것이다. 청명은 재빨리 검에 올라타고는 선언하듯 외쳤다.

"저는 검을 타고 놀 거예요!"

청명은 밝은 목소리로 말하고는 기대감 어린 눈으로 곽여휘를 바라보았다.

"그… 그러시지요."

곽여휘는 멍하니 고개를 끄덕였다. 검은 소년을 태우고도 가라앉지 않고 둥실 떠 있었다.

"거… 검선(劍仙)……."

곽여휘와 양태승, 경추추와 설수진은 멍하니 서로를 바라보았다. 잠시 침묵하던 사이에서 말을 꺼낸 것은 양태승이었다.

"지… 진정으로 신선이신가……?"

"……."

"그럼, 다녀올게요!"

청명은 해맑은 어조로 말하고는 검을 타고 두둥실 떠올랐다. 그리고는 하늘 위로 높이 솟구쳤다. 곧 장로원에서 환호성이 들려왔다.

"이야아!"

"……."

경추추는 입을 벌린 채 그 모습을 바라보고는 당황한 음성으로 한숨을 내쉬었다.

"허, 허어……."

양태승이나 곽여휘 역시 경추추와 마찬가지였다.

"참으로 신선인가……."

곽여휘가 입을 열자 양태승은 고개를 주억거렸다.

"어쩌면… 어쩌면 그럴지도 모르겠소. 천기신사의 진을 파훼하고 내 독을 해독해 냈으며, 지금은 검을 타고 노니는구려."

"으음……."

곽여휘는 신음성을 내뱉으며 경추추를 바라보았다. 경추추는 전에 없이 심각한 얼굴이었다.

"경 장로는 어찌 생각하시오?"

"그 소년, 아니, 신선……."

멍하니 읊조리는 경추추의 말에 곽여휘의 얼굴이 의아함으로 물들어갔다. 뜬금없이 무슨 소린가?

경추추가 말을 이어나갔다.

"그 신선은 어딜 가려는 게요?"

"그… 글쎄?"

곽여휘는 자신의 목소리가 멍청하다고 생각했다. 하지만 그 생각보다 다른 생각이 먼저 들었다. 소년, 아니, 신선은 함부로 나가서는 안 된다. 선인은 정파의 명문, 무당파의 인물이다. 그런데 백련교에 왔다.

그러니까 무당파의 신선이 마교라고 불리는 백련교에?

곽여휘의 귓가에 양태승의 다급한 목소리가 들려 왔다. 어찌나 다급했는지, 예의도 잊어버린 채 반말로 외치는 목소리였다.

"잡아!"

"이, 이런!"

곽여휘의 다급한 목소리가 이어졌다. 가장 빨리 행동한 것은 이번에도 경추추였다.

경추추는 호흡을 길게 들이마셨다. 호흡뿐만이 아니었다. 경추추는 내공까지 깊숙이 모으고 있었다.

"후으읍!"

곽여휘와 양태승이 멍하니 경추추를 바라보았다.

"돌아오시오, 선인!"

곧 폭풍과도 같은 사자후(獅子吼)가 울려 퍼졌다.

*　　　　*　　　　*

마규상은 무거운 표정으로 주위를 둘러보았다. 자신처럼 심각한 표정을 한 백련교의 비화당(秘火堂)과 지화당(知火堂)의 사람들이 보였다.

마규상의 얼굴이 딱딱하게 굳어졌다. 무당파의 신선이 백련교에 왔다. 그 사실 하나만으로도 일이 작지 않은데, 자신은 그 신선을 놓치기까지 했다.

"……."

마규상의 시선이 마지막으로 머문 곳은 기경식이 서 있는 곳이었다. 자신과 같이 임무를 수행했던 비화대주.

기경식의 몸은 이곳저곳에 상처가 나 있었다. 그가 입고 있는 무복 역시 이곳저곳이 찢어져 있었다.

반 각 전.

"…이런 제기랄."

기경식은 너른 벌판 한가운데 서 나직하게 중얼거렸다. 염마산의 입구가 그리 넓지 않건만, 지금 보이는 벌판은 하늘과 맞닿아 있는 듯 광활했다.

벌판에는 차가운 바람이 불어오고 있었는데, 먼저 보았던 열사(熱沙)의 사막의 환상 덕택에 기경식은 추위와 더위를 동시에 느끼고 있었다.

쉬익―

"헉!"

벌판 어딘가에서 무언가가 빠르게 날아오는 소리가 들려오자 기경식은 깜짝 놀란 듯 자리에 엎드렸다.

휘잉―

귓가를 스쳐 지나가는 바람 소리에 기경식은 이를 악물었다.

"…제… 제기랄."

방금 머리 위를 무엇인가가 스치고 지나갔다. 틀림없이 환상일 테지만, 그 예기가 범상치 않은 것이 아마도 환상을 느끼게 되는 순간 큰 사단이 벌어졌을 것이다.

무엇인가가 지나간 것이 확인되자 기경식은 조심스럽게 몸을 일으켰다.

"…원융사토삼관선불(圓融四土三觀選佛)."

몸을 일으킨 기경식은 백련교의 진언을 읊조렸다. 신선을 찾아 진에 뛰어들었던 자신은 생로에 놓여진 수하의 얼굴을 보고 방위를 잘못 밟은 이후 오랜 시간을 진에서 헤매야 했었다. 어쩌면, 그 순간부터 이미 자신의 생은 끝나가고 있었을지도 모르는 일이다.

"바라옵건데 미륵이시여… 굽어 살피소서."

기경식은 마음을 가다듬고 방위를 생각하고는 걸음을 옮겼다.

화악―

차가운 바람이 머물던 벌판의 모습이 화선지가 찢겨 나가듯 사라졌다. 그리고 그 뒤로, 처음 보는 꽃밭이 드러났다.

기경식은 눈에 살기를 드러내며 입을 굳게 다물었다. 곧 꽃밭에서 나직한 목소리가 들려왔다.

"여기 있었구나."

"……."

목소리의 주인은 아름다운, 하지만 어딘지 모르게 냉혹해 보이는 얼굴을 한 여인의 것이었다. 여인은 꽃밭에 서서 기경식을 바라보고 있었다.

"…당주."

"알아봤으면 머리를 조아리거라."

"……."

육감적인 몸매를 드러내며 서 있는 사람은 기경식도 익히 아는 사람이었다. 그녀는 다름 아닌 자신이 속한 비화당의 당주 마현희(馬弦姬)였다.

당주를 뵈었으니 마땅히 부복하고 머리를 조아려야 하건만, 기경식은 뻣뻣이 서 있기만 했다. 아니, 오히려 살기 어린 얼굴로 마현희를 노려보았다.

"환상인가……."

"호오, 당주를 보고도 멀뚱히 서 있다니. 간이 제법 커졌구나."

"오시오."

그래도 모시던 당주였던 탓일까. 기경식은 짧게 존댓말을 하며 도를 들어올렸다. 환상이 보이면 피해갈 수 없으니 마치 현실처럼 직접 싸워야 했다.

자신의 머릿속에 생각한 비화당주의 무공은 상중상(上中上). 그렇다면 지금 보이는 환상의 무공도 그러할 것이다. 기경식은 긴장한 얼굴로 귀마혈검(鬼魔血劍)의 기수식을 준비했다.

마현희는 피식 웃음을 지었다.

"호홋, 내가 환상처럼 보이느냐?"

"……."

기경식은 도를 살짝 아래로 내렸다. 귀마혈검의 초식이었지만, 순간적으로 그것을 알아채지 못한 마현희는 계속해서 중얼거렸다.

"이제 그만 하고 예를 갖추어라. 너를 구출하러 어떻게 여기까지… 흡!"

휘잉—

마현희의 말은 끝까지 이어지지 못했다. 기경식의 도가 거센 바람을 일으키며 마현희의 어깻죽지 위로 지나간 것이다.

마현희의 육감적인 몸은 날렵하게 도를 피해냈다.

"이런 미친놈……."

"합!"

마현희가 속삭이듯 중얼거렸지만 기경식은 묵묵히 다시 도를 날릴 뿐이었다. 환상이라고 판단한 바에야 손속에 사정을 둘 리가 없다. 기경식의 도법에는 살기가 어려 있었다.

살기를 느낀 마현희의 눈빛이 차가워졌다. 독수냉심(毒手冷心)이라 불리는 자신이다. 아무리 환상으로 착각했다지만 자신에게 도를 날렸으니 저 녀석을 가만히 내버려 둘 수는 없다.

마현희는 웃음을 지었다.

"호홋, 그래, 어디 한 번 놀아보자꾸나."

사이한 웃음을 흘리며 마현희는 허리에서 가죽 편(鞭)을 꺼내어 들었다.

침통한 표정으로 걸음을 옮기던 기경식은 마규상의 시선을 알아차렸다. 그리고 그 시선을 느끼자마자 적개심 어린 눈으로 마규상을 노려보았다. 지휘권을 가지고 다투던 기억이 떠오른 것이다. 기경식은 이를 드러냈다.

"무슨 구경거리라도 났나."

"아니."

마규상은 짧게 끊어 말하고는 묵묵히 시선을 돌렸다.

기경식이 구출되어 나올 무렵, 마규상은 이미 진 밖에 나와 있었다. 자신뿐만이 아니라 일호와 다른 비화대원들 역시 마찬가지였다.

기경식을 구출해 온 마현희는 시선을 돌려 영진을 바라보았다.

"…진 속을 두루 돌아다녀 보았지만, 염화대주 말대로 신선은 찾지 못했어요. 시간이 짧아 모든 지역을 확인하지는 못했지만."

"으음……."

영진은 신음성을 터뜨렸다. 염화대주 마규상의 말대로라면 진 속에 신선이 있어야 했다. 하지만 수색하러 들어갔던 비화당주는 신선을 찾지 못했다고 말하고 있었다.

영진은 고개를 끄덕였다.

"수고했소."

"…흐음, 진이 무섭긴 무섭더군요. 과연, 염마산에 들어선 자 나갈 수 없다더니."

"전대 당주께서 고심 끝에 만드신 진이올시다. 천기신사의 이름이 있으니, 그 무서움이야 더할 바가 있겠소."

영진은 나직하게 중얼거리며 시선을 돌렸다. 뒤로 가득한 군중 사이로 묵묵히 서 있는 마규상이 보였다.

영진은 무심한 눈으로 마규상을 바라보았다.

"신선이 본 교에 오신 것이 확실하더냐."

마규상은 묵묵히 부복하고는 고개를 숙였다.

"그렇습니다."

"……."

영진은 의심스럽다는 듯 마규상을 바라보았다. 신선이 하계에 강림했다는 소리가 아무래도 허무맹랑하게 들리는 까닭이었다. 아니, 신선이 존재했다는 것 자체도 쉬이 믿지 못할 일이다.

"…진실로 참이더냐."

의심스러운 영진의 시선을 알아챈 마규상은 조용히 중얼거렸다.

"제 목을 걸 수도 있습니다."

"으흠……."

영진은 고개를 끄덕였다. 허무맹랑하고 황당한 이야기이긴 했지만, 더 생각해 보면 염화대주가 거짓말을 할 까닭은 없다. 만약 그 말이 사실이라면, 가공할 능력을 지닌 신선이 본 교에 와 있는 것이다.

영진은 무거운 시선으로 마규상을 바라보았다.

"그 말은 내 앞에서 해야 될 것이 아닌 것 같구나."

"……."

"교주께 가서 그대로 아뢰거라."

마규상의 눈이 커졌다. 교주라면 만인지상의 위치에 있는 지존, 교도들의 생살여탈권(生殺與奪權)을 한 손에 쥔 절대 권력자였다. 그런 교주를 직접 배알하라니…….

그런 마규상의 시선을 아는지 모르는지, 영진은 조용히 시선을 돌렸다.

앞서 걸어가던 영진은 무거운 시선으로 상념에 빠진 마규상을 돌아보았다.

"염화대주."

마규상은 상념에서 깨어나 영진을 바라보았다. 영진이 말을 이어나갔다.

"도착하는 즉시 교주를 배알케 할 것이니라. 그러니 몸을 추스르고 마음을 단정히 하라. 그리고 교주를 배알하거든…….

"돌아오시오, 선인!!"

"음?"

난데없이 들려온 괴성에 영진은 의아한 시선을 들어 소리가 들린 곳을 바라보았다. 소리가 들린 곳은 천문금쇄진의 너머였다.

"저곳은…….

마현희가 소리가 들려온 곳을 바라보며 멍하니 중얼거렸다. 천문금쇄진의 너머에는 연희평이 있다. 그리고 그곳엔…

"장로원이로군. 그보다 방금……."

"돌아오시오……."

중얼거리는 마현희의 말을 받아 영진이 말을 끝맺었다.

"선인!"

"……."

마현희와 영진은 서로 눈을 마주친 채 침묵했다.

*   *   *

청명은 볼을 부풀린 채 경추추를 바라보았다. 놀라고 보내줄 때는 언제고 또다시 불러 세워서는 놀지도 못하게 하고 있다.

"나는 검을 타고 놀다 오고 싶은데……."

"아, 아니 되오이다!"

양태승이 다급히 말했다. 정파의 고수가 백련교를 종횡무진하는 꼴을 볼 수는 없는 것이다.

"아까는 놀러 가도 좋다고 했으면서."

"…미, 미안하오."

얼굴이 벌게진 채 대답하는 것은 곽여휘였다. 곽여휘는 더듬더듬 말했다.

"하나 선인께서는 이 자리를 비워서는 아니 되오이다."

"흥!"

청명은 고개를 홱 돌렸다. 이래저래 화나는 일이 많은 하루다. 놀러 가지도 못했고, 꼬마라고 부르는 못된 노인도 만났고, 그리고 운혜 사손도 보고 싶다.

청명의 얼굴이 조금씩 우울하게 변해갔다.

그사이, 경추추는 곽여휘를 바라보았다. 곽여휘는 고개를 살짝 저었다. 정파의 신선이니 함부로 백련교 내를 돌아다니게 할 수도 없고, 그렇다고 가만히 내버려 둘 수도 없다.

경추추는 재빨리 머리를 굴렸다.

"선인께서는 원시천존의 명을 받아 인세에 강림하셨다고 하셨지요?"

한참 운혜를 생각하던 청명은 고개를 끄덕였다. 운혜 때문인지, 표정은 살짝 어두워져 있었다.

"네."

"…원시천존의 명은 평범하게 살아 인간지도를 배우고 오라는 것이었고요?"

"네."

청명은 이번에도 순순히 대답했다. 경추추는 슬며시 웃음을 지었다.

"그렇다면, 이곳에서 인간지도를 함께 공부해 보시는 것은 어떤지요?"

장로원을 떠나지 못하게 하려는 술수였다. 그리고 개인적인 호기심이기도 했다. 도를 이루었으니 그 깨달음이 얼마나 클 것인가! 교를 생각하지 않는다면, 가까이 두고 대화를 나눠보고 싶을 정도였다.

"하지만 인간지도를 깨달으려면 저는 평범하게 살아야 해요."

"여기서 그리하시면 되지요."

경추추의 말에 청명은 고개를 갸웃했다. 예전에 운혜 사손은 평범한 사람은 농사를 짓거나, 나무를 베거나, 점소이가 되거나 한다고 했다.

"저, 그런데 평범하게 살려면 무엇을 해야 하나요? 여기서는 농사를 지을 수도 없고, 점소이를 할 수도 없고……."

"…으음."

경추추는 조용히 입을 다물었다. 말문이 막힌 까닭이었다. 이러다가 신선이 자리를 훌쩍 비워 버리기라도 하면 낭패를 본다.

"본래 평범함이라는 것은 여러 가지 길이 있습니다."

"예?"

경추추는 재빨리 머리를 굴렸다. 서둘러 선인을 구워삶아야 했다.

"점소이도, 농사꾼이 평범한 것은 사실이지만, 그렇다고 점소이나 농사꾼이 아닌 사람이 비범한 것은 아니지요."

"……."

청명은 이해할 수 없다는 듯 고개를 갸웃거렸다. 자신의 말을 이해할 수 없기는 경추추 역시 마찬가지였다. 선인을 떠나게 하지 못하게 하기 위해 나오는 대로 말을 붙인데 불과한 말이었다.

"그게 무슨 말인가요?"

"그, 그러니까… 본래 평범함이라는 것은 사람에 따라 다르다는… 예, 사람에 따라 다르다는 것이지요."

경추추는 신기한 경험을 했다. 생각도 하지 않았는데 말이 이어지고 있었다.

"예를 들어, 점소이를 해도 평범한 점소이가 있고 비범한 점소이가 있을 수 있지요. 저희처럼 장로… 그러니까 자, 장로들 가운데서도 평범한 장로가 있고 비범한 장로가 있는 법입니다."

스스로도 정리하지 못한 말이었기 때문일까. 경추추의 말은 군데군데 끊어지고 있었다. 하지만 청명은 탄성을 터뜨렸다.

"아!"

예전 운혜 사손과도 비슷한 문답을 나눠본 적이 있었다. '평범한' 인간이냐, 평범한 '인간'이냐.

청명은 쉽게 경추추의 말을 납득하고는 고개를 끄덕였다. 경추추는 내심 한숨을 내쉬고픈 기분을 느꼈다.

"그럼, 평범한 장로들은 무엇을 하나요?"

“저, 저희처럼 무공을 연구하지요.”

경추추는 떨떠름하게 중얼거렸다. 무엇을 하냐고 묻는다면, 최근 연구하고 있는 현음무경을 말할 수밖에 없다.

청명은 고개를 끄덕였다. 생각해 보면, 자신도 엄연한 장로다. 장문 사질은 자신에게 ‘사백께서는 무당파의 장로 배분이십니다’ 라고 했었던 것이다.

청명은 기운찬 어조로 외쳤다.

“그럼, 저도 무공을 연구할래요!”

경추추는 가슴을 쓸어내렸다. 다행히 선인을 붙잡아두는 데는 성공한 것 같다.

“그러십시오, 선인.”

3장

제3화 천하제일가(天下第一家)

안휘성(安徽省) 합비(合肥).

만약 안휘성에서 가장 유명한 곳을 묻는다면, 세인들은 황산(黃山)을 꼽을 것이다. 그러나 강호인에게 가장 유명한 곳을 묻는다면 그들은 주저없이 남궁세가(南宮世家)를 꼽을 것이다.

천하제일가(天下第一家)!

남궁세가의 위세는 과거 그 어느 때보다 컸다. 당금 강호에서 구대문파만큼이나, 어쩌면 그보다 더 높아진 이름이 다름 아닌 남궁세가였다.

혹자는 그것을 보고 남궁세가에 너무 많은 권력이 집중된 것이 아니냐고 했지만, 그러한 주장은 별로 인정받지 못했다. 남궁세가의 일 처리는 강호에서 공정하기로 이름이 높았을 뿐더러, 남궁세가는 무엇보다 당금 무림맹주를 배출한 가문인 것이다.

무림맹주(武林盟主) 남궁세옥(南宮世鈺)!

그 이름 하나만으로도 남궁세가를 무시할 가문은 없으리라.

때문에 합비에 위치한 남궁세가의 거대한 장원을 바라보는 세인들의 몸가짐은 조심스러웠다. 그 앞에서는 걸음을 늦추었고, 장사꾼들도 호객 행위를 하지 않았다.

그러나 최근 들어 늘 고요하던 남궁세가에 기묘한 변화가 일어나기 시작했다. 휘황찬란한 도복을 입은 도사에서부터 멋들어진 가사를 차려입은 고승까지 수많은 사람들이 남궁세가를 찾아오는 것이었다.

그중에는 거지도 있었다.

"한푼만 줍쇼!"

늙은 거지는 손을 모아 앞으로 벌렸다. 쭈글쭈글하고 더러운 손은 겨우내 추위를 이겨내지 못한 듯 터 있어 절로 동정심을 불러일으켰다.

그러나 최근 들어 남궁세가에 부는 바람을 알아차린 탓일까. 늙은 거지의 동냥질에 푼돈을 던져 주는 사람은 그다지 많지 않았다.

늙은 거지, 표주신개(豹酒神丐) 초영(草英)은 다시 목청을 돋웠다.

"한푼만 줍쇼!"

"그만 하시는 게 낫겠수, 방주 사형."

"……"

옆에서 들려온 목소리에 초영은 눈을 가늘게 뜨고 시선을 돌렸다. 초영의 옆에서 무료한 듯 앉아 있던 추걸개가 초영을 바라보고 있었다.

"따라오겠다는 거지들을 몽땅 냅두고서 서둘러 출발한다고 호들갑을 떨더니, 다 와서 무슨 동냥질이오."

"…애들이 있어 봐야 도움이 되지 않을 걸 뻔히 알기 때문이니라, 이놈!"

"……"

추걸개의 시선은 변하지 않았다. 그 시선을 바라보던 초영은 한숨을 내쉬었다.

"이런 오라질 놈아, 안건이 무림맹이 아니라 합비에 오르지 않았더냐! 그러니 애들을……."

"무슨 뜻인지는 나도 안다오, 알아."

대수롭지 않게 대꾸하며 추걸개는 헝클어진 머리카락을 긁적거렸다. 사실, 음화신녀에 관한 일이라면 무림맹이 직접 나서서 해결해야 할 일이었다. 모든 무림이 한꺼번에 움직여야 할 문제인 것이다.

하지만 무당파의 요청으로, 회의는 무림맹이 아니라 천하제일가에서 열리게 되었다. 전 무림에 알려지는 것이야 시간문제지만, 무림맹의 공식 발표를 조금이라도 늦춰보겠다는 수작인 것이다.

그 사실을 잘 아는 초영은 가늘게 뜬 눈으로 시선을 돌려 남궁세가의 휘황찬란한 대문을 바라보았다.

"눈 가리고 아웅이긴 하다만, 나도 구색은 맞춰줘야지."

"……."

추걸개 역시 남궁세가의 정문을 바라보았다. 왠지 모르게 씁쓸해 보이는 얼굴이었지만, 초영은 그것을 알아차리지 못했는지 무덤덤한 목소리로 중얼거렸다.

"합비에도 거지가 없지 않으니 너무 걱정할 것은 아니다. 그보다, 지금까지 온 문파가 어디어디 있더라?"

"소림은 일찌감치 도착했고, 화산, 공동, 청성, 종남순으로 도착했더랬소."

"…으흠……."

초영은 시선을 돌렸다. 이번에 열리게 될 회의에서 가장 중요한 역할을 할 문파가 아직 도착하지 않은 것이다.

"무당은?"

"곧 도착할 게요. 무당 장문인이 며칠 전 의도현에 도착했다고 합디다."

"그런데 이 니미랄 놈아, 말투가 왜 이리 퍽퍽하더냐?"

초영은 못마땅하다는 듯 추걸개를 바라보며 말했다. 추걸개의 표정이 조금 전부터 딱딱하게 굳어 있는 것이 뭔가가 몹시 마음에 안 드는 표정이었다.

추걸개는 씁쓸한 목소리로 대꾸했다.

"기분 탓인지는 몰라도, 여기가 꼭 복마전(伏魔殿)처럼 보이오."

"난데없이 그게 무슨 소리냐?"

"……"

자신은 음화신녀가 아니라는, 자신은 운혜일 뿐이라고 외치던 목소리는 아직도 추걸개의 귓가에 맴돌고 있었다.

그 목소리는 추걸개의 정신을 혼란스럽게 만들었다. 수많은 목숨을 살리기 위해 한 목숨을 희생하는 것이 옳은가? 아니면 한 목숨을 위해 수많은 목숨을 희생해야 옳은가?

정답을 고르라면 물론 전자를 고르겠지만, 마음은 그렇지 않았다.

"꼭 복마전처럼 보이오……"

추걸개는 다시 남궁세가의 거대한 대문을 바라보며 중얼거렸다. 커다란 현판을 바라보던 초영은 이해 못할 추걸개의 목소리에 눈을 치켜떴다.

"이놈이 도인이 다 됐구나, 거지가 무슨… 어이쿠, 저기 진짜 도사가 온다!"

"예?"

"무당파가 도착했다고!"

휙—

추걸개의 고개가 돌아갔다. 내심 운혜와 운풍자에게 정이 들어 있었던 추걸개로서는 그 안위가 몹시 궁금했던 것이다.

"으으음……."

뒤를 확인한 추걸개의 입에서 신음성이 터져 나왔다. 도착한 문파는 무당파뿐만이 아니었다. 그 뒤에는 또 다른 도사들의 문파가 남궁세가를 향해 걸어오고 있었다.

추걸개의 신음성을 듣고 시선을 옮긴 초영 역시 얼굴이 어두워졌다.

"형산(衡山)……."

*   *   *

운혜는 거대한 남궁세가의 현판을 바라보았다. 당금 강호에 천하제일 이라는 이름을 붙일 정도로 유명한 가문이다. 그만큼 그 위용도 작지 않았다.

운혜는 잠시 남궁세가를 세세히 관찰하더니, 곧 냉혹한 평가를 내렸다.

"으흠, 쬐— 끔 크네."

"……."

운혜의 평가는 기묘했다. 본래 시골에서만 살다가 이렇게 거대한 장원을 보게 된다면 입을 크게 벌리고 침이 떨어질 때까지 그 입을 다물지 못해야 할 것이다.

하지만 운혜는 황제가 십이 년에 걸쳐 만들어준 도관(道館)에서 무당산이라는 천혜의 자연을 바라보며 뛰어놀던 사람, 커다란 장원을 보고도 별 감흥 없다는 듯 중얼거리고 있었다.

"우리 도관이 더 크네……."

"으하핫, 운혜 사저, 이 정도면 적지 않은 크기입니다. 산에만 있다가 세상에 나와 이런 크기의 장원을 보면 감탄해도 모자라거늘, 운혜 사저는 간도 크군요. 사저께서 이보다 큰 건물을 보려면 아마 황궁에나 가보셔야 할 겁니다."

그나마 세상을 돌아다닌 경험이 있는 운형자가 양껏 아는 체를 하며 말했다. 그 모습에 운혜의 눈이 가늘어졌다.

"사제, 엄청 잘 아는가 보다?"

"으하핫, 물론이지요, 사저! 촌뜨기들이야 이런 걸 보면 화들짝 놀라겠지만, 저는 강호 경험이 제법 된답니다!"

운혜의 눈이 이번엔 못마땅해졌다. 촌뜨기라…….

"…나도 촌뜨기야?"

"아… 그러니까… 음……."

운형자의 얼굴이 난감해졌다. 운형자는 대충 말을 얼버무리고는 못마땅하다는 자신을 바라보는 운혜에게서 시선을 돌렸다.

"나도 촌뜨기야, 사제?"

하지만 운혜의 질문은 집요했다.

"…그러니까……."

"그런데 사고, 저거 획이 조금 삐뚤어진 것 같지 않아요?"

운혜가 뭔가 타박을 더 하려고 입을 열 때였다. 남궁세가의 앞에 달린 현판을 구경하던 황우자가 입을 열었다.

"저기— 획이 약간 삐뚤어진 것 같습니다."

"…응?"

무언가를 말하려던 운혜는 시선을 돌려 현판을 바라보았다. 남궁세가의 현판답게 과연 멋들어졌다. 용사비등(龍蛇飛騰)이라는 말이 실감이 났다.

“우와, 누가 썼는지는 모르지만 굉장히 잘 썼다!”

무림맹주가 썼다.

남궁세가의 앞에서 무당파의 도사들을 영접하기 위해 나왔던 남궁세가의 소가주, 남궁현현의 눈썹이 꿈틀거렸다. 제아무리 역사가 깊은 무당파라지만, 천하제일가 앞에서 이렇듯 행동하는 것은 예의에 어긋나는 것이다.

한동안 눈썹을 꿈틀거리던 남궁현현이 입을 열 찰나였다.

“무례하군!”

어디선가 나직한 음성이 들려왔다. 무거운 음성이기도 했다. 현평 진인은 시선을 돌렸다.

무당파의 뒤에는 몇몇의 도인들과 청수한 얼굴을 한 노인이 서 있었다. 절도있는 동작으로 굳건하게 서 있는 형산파의 도사들을 바라본 현평 진인의 얼굴이 굳어갔다.

“…무량수불, 소요상인(逍遙上人)이시구려.”

“그렇소이다.”

퉁명스럽게 이야기하는 사람은 다름 아닌 형산파의 장문인, 소요상인 위현적(魏賢勣)이었다. 뒤에 서 있는 형산파의 도사들은 딱딱한 표정으로 운혜를 바라보고 있었다.

소요상인의 시선이 운혜를 향했다. 그리고는 조용히 입을 열었다.

“그 여아요?”

“……”

현평 진인의 눈가가 깊어졌다. 과거 정사대전에 형산파는 멸문의 위기에 처했었다. 그리고 이십여 년 전, 운혜를 죽이자고 가장 강력하게 주장했던 문파도 형산파였다.

‘일이 어렵게 되었구나.’

"그렇소이다만……."

소요상인은 무표정하게 고개를 끄덕였다. 눈에서는 아무런 감정도 느껴지질 않았다.

"…그렇구려. 그럼, 회의에서 뵙시다."

소요상인의 눈가에 차가운 바람이 불었다. 소요상인은 고개를 끄덕이고는 앞으로 휘적휘적 걸어가 버렸다.

그때, 뒤에서 현평 진인의 목소리가 울려 퍼졌다.

"…사제 현성은 들으라!"

"……."

소요상인의 걸음이 멈추었다. 소요상인의 귓가에 현성 진인의 목소리가 들려왔다.

"사제가 명을 받드옵니다."

"도인의 몸놀림은 중해야 하거니와 또한 진실되야 하느니라. 한데 오늘 다른 가문의 앞에 이르러 그 가문의 현판을 욕되게 하였으니, 어찌 본 파가 얼굴을 들고 다닐 수 있으리오! 제자의 잘못은 사부의 과책인 법이니, 본도는 제자 현성에게 삼 일간 묵언할 것을 명하노라!"

"…무량수불, 제자 현성이 장문인의 명을 받드옵니다."

현성 진인은 머리를 깊게 숙였다. 이제 이 말을 끝으로 삼 일간 아무런 말도 할 수가 없다. 하지만 장문인의 속내를 어느 정도 짐작하고 있었기에, 현성 진인의 얼굴은 평화로웠다.

"……."

걸음을 멈추었던 소요상인은 아무런 말도 없이 휘적휘적 걸음을 옮겨 남궁세가 안으로 사라졌다.

소요상인이 사라지자 남궁현현이 입을 열었다.

“장문 진인, 창천관(蒼天館)에 자리를 마련해 두었습니다.”

“…무량수불…….”

현평 진인은 무거운 표정으로 고개를 끄덕였다. 창천관이라면 남궁세가의 정 중앙에 위치해 있는 건물로 남궁가의 직계 가족들이 묵는 곳이다. 외인에게 내줄 장소가 아닌 것이다.

살짝 목례하고 고개를 든 현평 진인은 남궁현현의 눈을 바라보며 입을 열었다.

“빈도(貧道)를 마중하러 소가주께서 직접 나와주시니 감사할 따름이오. 하나, 빈도는 어디까지나 도인이니, 창천관은 빈도에게 어울리지 않소이다.”

“…….”

이번엔 남궁현현의 눈에 이채가 떠올랐다. 남궁현현은 살짝 미소를 지으며 말했다.

“하나, 다른 곳도 아닌 무당의 도사님들을 그리 모셨다가는 폐가(弊家)에 있는 작은 명성이나마 무너지게 됩니다. 폐가를 생각하셔서라도 창천관에 드시지요.”

“…….”

현평 진인은 남궁현현의 눈을 바라보았다. 창천관에 무당의 인물들을 안내하는 이유는 아마 이것일 것이었다.

음화신녀 운혜.

“그럼, 이쪽으로 드시지요.”

현평 진인이 다른 말을 꺼내기 전에 남궁현현이 말을 이어나갔다. 그저 자신의 본분을 다하는 것처럼, 남궁현현은 아무렇지도 않은 모습으로 몸을 돌렸다.

“무량수불…….”

현평 진인은 고개를 끄덕였다.

*　　　　*　　　　*

무당파의 도사들이 남궁세가의 안으로 사라지자, 추걸개의 얼굴에 걱정이 감돌았다.

"으음……."

초영의 얼굴 역시 굳어져 있었다.

사실 이때까지 남궁세가에 들어가지 않고 대문의 앞에 있었던 까닭은 간단한 것이었다.

정보에 능하다는 개방의 방주답게, 무당파에 있다는 음화신녀를 직접 확인하기 위한 것이었다.

'저 여아를 위해 강호를 포기해야 하는가. 아니면 강호를 위해 저 여아를…….'

초영은 하늘을 올려다보았다. 어떤 목숨 하나라도 소중하지 않은 것이 있으랴! 그런데, 더 많은 목숨을 위해 하나의 목숨을 희생하게 생겼다.

'어찌 정도에 이런 시련이…….'

죽여야 하나? 말아야 하나?

초영은 한동안 말이 없었다. 이번의 회의에서 결정해야 할 자신의 입장을 정리하고 있었던 것이다.

추걸개는 옆에서 의아한 듯 그 모습을 바라보다 입을 열었다.

"방주 사형, 도대체 왜 그러시우?"

어느 정도 스스로를 추스른 초영이 입을 열었다.

"…됐다, 이 망할 자식아."

"그나저나, 형산이 다시 몸을 일으켰다더니, 과연 기세가 등등하구려……."

추걸개의 말에 초영의 얼굴에 드리워진 그림자가 조금 더 짙어졌다. 잠시 어둡게 앉아 있던 초영은 쭈그려 앉아 있던 늙은 몸을 일으켰다.

"웃차—"

"엥? 어딜 가시오? 한동안 예서 구걸할 거라고 하지 않으셨소?"

추걸개는 의아한 듯 초영을 바라보았다.

"아, 이만 들어가야지! 예서 더 뭣 하려고!"

"……."

추걸개는 어이없다는 듯 초영을 노려보았다.

"이 자식이 뭘 그리 노려보는 게냐! 내가 방주니 조용히 뜻에 따르면 될 것을!"

"알았수, 알았수!"

추걸개는 투덜투덜 거리며 몸을 일으켰다.

*　　　　*　　　　*

시간은 깊어져 밤을 향해 흘러가고 있었다. 어둑어둑한 하늘 아래, 장로원은 아직도 소란스러웠다.

곽여휘가 단호하게 입을 열었다.

"교주께 보고해야 하오!"

"…조금 늦추면 안되겠소?"

양태승이 나직하게 입을 열어 물었다. 소년이 신비로우니, 조금 더 가까이 두고 관찰하는 것도 해볼 만한 일이었다. 특히 독을 다루는 사람으로서 그 신체는 꼭 한번 연구해 보고 싶다. 어차피 이 자리를 떠나지만 않는다면 조금 더 있다가 교주에게 보고해도 상관이 없다.

"아니 되오. 진정으로 저 소년이 선인이라면, 이는 간단한 문제가 아니외다."

곽여휘가 말했다.

"…으흠……."

대화를 듣고만 있던 경추추의 입에서 가벼운 한숨이 새어 나왔다. 경추추는 나직하게 중얼거렸다.

"그 소년이 홀로 백련교에 왔을 리는 없소이다. 아마도 내 진을 파훼하면서 길을 잃은 모양인데, 소년은 다른 누군가와 함께 있었소."

"……."

곽여휘의 입이 다물어졌다. 누군가와 함께 있었다? 선인께서 홀로 백련교에 온 것이 아니란 말인가?

"으음, 그렇다면 경 장로의 말씀은?"

곽여휘 대신 입을 연 양태승의 질문에 경추추는 고개를 끄덕였다.

"그렇소. 선인의 정체는 이미 교에 알려졌을 확률이 높소."

"으음……."

경추추는 시선을 돌려 어두운 밤하늘을 바라보았다. 청명이 잠에 빠져든 이후로 장로들끼리 모여 선인의 거취에 대해 논의를 하던 중이었다. 백련교의 입구와 천문금쇄진의 생로를 알고 있는 것으로 보아, 선인을 모시고 온 사람은 아마도 백련교도일 것이었다. 그렇다면 선인에 대한 정보는 아마 교주에게 이미 알려졌을 것이다.

경추추의 귓가에 곽여휘의 목소리가 들려왔다.

"으음… 그럼 어떻게 해야 좋겠소?"

"헐헐, 개인적으로는 양 장로의 의견에 찬성하오이다. 기왕이면 조금 더 두고 보면 좋겠지. 아마 교주께서도 천문금쇄진에서 선인의 종적을 놓쳤다는 것을 알게 되면 장로원으로 연통을 넣으실 게요."

“음?”

양태승이 의아하다는 듯 경추추를 바라보았다. 경추추는 피식 실소했다.

“천문금쇄진은 나만이 깰 수 있지요.”

양태승은 납득한 듯 고개를 끄덕였다. 경추추가 아니면 천문금쇄진을 깰 사람이 없으니, 천문금쇄진을 수색하려면 경추추에게 연락을 넣을 수밖에 없는 것이다.

경추추는 미소를 지었다.

“일단 두고 봅시다.”

“끌끌끌…….”

호기심에 소년을 더 관찰하고 싶었던 양태승의 입에서 웃음소리가 터져 나왔다. 잠시 웃음 짓던 양태승은 한마디를 더 중얼거렸다.

“자, 대충 결정되었으면 이만 일어납시다, 경 장로. 제수씨의 상태를 한 번 더 보아야겠으니.”

경추추의 얼굴이 단번에 굳어졌다. 설마, 아까의 독이……?

“야, 양 장로, 아까 독에 관해서는…….”

“아아, 그 일이 아니외다. 독보다도 다른 일이 있지 않소. 제수씨의 기운은 예전부터 엉망이었소이다.”

“아아, 그것 말이구려.”

경추추는 고개를 끄덕였다. 사실 설수진은 어릴 적에 앓던 병으로 인해 몸이 좋지 않았다. 태어날 때부터 가지고 있던 절맥으로 인해 기운의 균형이 맞지 않아 목숨을 잃을 뻔했었던 것이다.

그리고 그 몸이 망가지는 데는 자신도 일조를 했다.

경추추는 씁쓸한 미소를 지었다.

“…늘 고맙소, 양 장로.”

“끌끌, 객쩍은 소릴랑 그만하고 제수씨나 모셔오시구려.”
“헐헐······.”
경추추는 웃음을 지었다.

*   *   *

실내는 복잡했다. 벽의 사면은 온통 무엇인가가 수납되어 있었는데,
어떤 것은 말린 약초의 모습이었고 어떤 것은 옥병, 어떤 것은 자기병…
수많은 병과 약초들이 선반에 수납되어 있었다.
방의 한가운데에는 커다란 욕조에 부글부글 끓어오르는 액체가 들어
있었다.
바로 이곳이 독제 양태승의 수련실이었다.

경추추는 무거운 표정으로 양태승을 바라보았다. 뚱뚱한 노인은 분주
히 선반 위에서 자기 병을 꺼내었다. 그리고는 가운데서 끓어오르는 커
다란 욕조에 자기 병의 액체를 슬쩍 집어넣었다.
“오래 걸리겠소이까?”
“아니, 되었소이다. 이제 곧 끝날 게요, 경 장로.”
“······.”
경추추는 걱정스러운 듯 품에 안겨 있던 설수진을 내려다보았다. 설수
진은 미소를 지으며 경추추의 주름진 얼굴을 만졌다.
걱정하지 말아요.
“···난 걱정하지 않소이다, 할멈.”
그럼 웃어요.
설수진은 손을 들어 입가로 가져간 다음, 입술 끝을 당기는 시늉을

했다.

설수진의 미소에 무심코 옛 기억을 떠올린 경추추의 얼굴에 슬픈 웃음이 떠올랐다.

"뭘 그리 걱정하시오, 경 장로. 이제 시술도 거의 끝나가니 너무 걱정할 것 없소이다."

솥에서 무엇인가를 끓이던 양태승은 뒤를 바라보고는 웃음을 지었다. 곧게 뻗은 수염이 살짝 흔들렸다.

양태승은 마지막으로 커다란 삼을 꺼내어 욕조에 풍덩 집어넣었다.

"별문제 없을 게요, 경 장로. 이것은 어려운 것이 아니라 아주 쉬운 시술이라오. 다만, 들어가는 약재가 조금 비싸니 경 장로는 후일 좋은 술이라도 한잔 사시구려."

양태승은 슬쩍 미소를 지으며 경추추를 바라보았다. 경추추는 고개를 끄덕이며 웃었다.

"헐헐, 그리하리다, 양 장로. 매번 애써주셔서 감사하오."

"끌끌, 그럼 나는 이만 나가주어야겠지요?"

"그래주시면 감사하겠소이다."

경추추는 고개를 끄덕이며 양태승을 바라보았다. 양태승은 크게 웃음을 터뜨렸다.

"끌끌, 하긴 내가 있으면 부부간의 회포를 푸는데 크게 방해가 되겠지요. 나는 이만 물러나리다."

양태승은 종종걸음으로 수련실 입구를 향해 걸어나갔다. 문을 열고 밖으로 나가려던 양태승은 무엇인가가 기억난 듯, 몸을 돌려 설수진을 바라보았다.

"아, 맞소. 제수씨, 마음을 편히 먹으시구려. 혹여라도 불안한 마음이 들게 되거든 피가 빨리 도는 법이고, 그럼 약효가 쉬이 떨어지게 되는 법이외다. 말했듯 쉬운 시술이니, 그저 가벼운 목간쯤으로 치부하시구려."

"……."

설수진은 미소를 지으며 고개를 숙였다. 고맙다는 뜻이다. 양태승은 마주 고개를 숙여 보이고는 기분 좋은 웃음을 터뜨리며 수련실을 빠져나 갔다.

경추추는 설수진을 바라보았다. 주름 진 늙은 얼굴 사이로 예전과 변 함없는 눈길이 자신을 바라보자 경추추는 웃음을 터뜨렸다.

"헐헐, 이제 시작합니다."

경추추는 설수진을 안아 올렸다. 그리고는 가운데의 욕조로 걸어가 천 천히 설수진을 욕조 안의 약탕에 넣었다.

흠칫—

발끝이 욕조에 닿자 설수진의 몸이 움찔했다.

"괜찮소. 별거 아니라니까 아프거나 하진 않을 게요."

"……."

설수진은 다시 몸에서 힘을 뺐었다. 천천히 몸이 다시 약탕 안으로 들 어갔다. 경추추는 설수진을 완전히 욕조 안에 넣고는 설수진의 등에 장 심을 대었다.

경추추는 눈을 감고는 살짝 내기를 휘둘러 설수진의 몸속을 관찰했다. 아직은 크게 이상이 생긴 곳이 없었다.

경추추는 장심에서 손을 떼고는 미소를 지으며 설수진을 바라보았다.

"자, 이제 반 각만 여기에 계시면 되겠소, 할멈."

설수진은 고개를 끄덕였다. 눈가의 주름이 더욱더 짙어졌다.

"이러고 나니, 옛 생각이 떠오르는구려."

설수진의 의아한 눈이 경추추를 향했다. 그리고는 손가락을 들어 관자 놀이께를 툭툭 두드렸다.

무슨 생각이요?

"우리가 처음 만났을 때 말이오."

설수진은 아무 말 없이 웃었다. 옛 기억이 떠오른 탓이었다. 어느새 시선은 아련하게 변해 있었다.

"기억나시오?"

설수진은 고개를 끄덕였다.

경추추는 옛 생각을 떠올렸다. 지금은 이렇듯 주름 져 늙어버렸지만, 그런 자신에게도 젊은 시절이 있었던 것이다.

소년은 하늘을 바라보았다. 약관이나 되었을까? 아직 어린 듯한 얼굴이 쾌청한 하늘 아래에서 빛나고 있었다.

소년 경추추는 느티나무의 이파리 아래로 점점이 내리쬐는 빛의 조각들을 바라보고는 한숨을 내쉬었다.

"하아—"

경추추는 몸을 슬쩍 일으켰다. 그리고는 느티나무 아래 앉아 시원하게 불어오는 바람을 맞았다.

경추추는 부드러운 미소를 지었다. 사부에게 진에 대해 배울 만큼 배우고 강호에 나왔건만, 강호에서 할 수 있는 일은 거의 없었다. 아니, 어쩌면 할 일을 찾지 않는 걸지도 모른다.

강호의 일이 피바람과 함께한다는 것을 알게 된 여덟 살 무렵부터 경추추는 강호의 일에 끼어들지 않겠다고 다짐했다.

사부에게서 진을 배우던 시절에도, 그저 울며 겨자 먹기였을 뿐이지, 진정으로 강호의 일에 진법을 사용하겠다고 생각한 적은 없었다.

경추추는 한숨을 내쉬었다.

"끼야아아아아악!"

“······.”

풍덩—

물론 경추추는 비명을 지른 적이 없었다. 비명을 지른 것은 진의 초입에 있는 작은 웅덩이에 빠져 버린 어떤 여자였다.

경추추는 한숨을 내쉬며 진의 입구로 걸어갔다.

“······.”

“끼야아아아악!”

경추추는 비명을 지르는 여자의 얼굴을 바라보았다. 침어낙안이라는 말이 이처럼 어울리는 여자가 또 있을까? 섬세한 눈썹 아래 있는 동그란 눈, 그리고 고운 입술과 부드러운 턱선, 경추추로서는 평생 처음 보는 미녀가 웅덩이에 빠져 있었다.

경추추가 은거한 곳은 작은 산이었으므로 지나가던 사냥꾼이나, 불쌍한 동물 같은 것이 진에 자주 빠져 들곤 했었다. 경추추는 그럴 때만큼 큰 산에 은거하지 않은 것을 아쉽게 생각하곤 했다.

하지만, 아름다운 마을이 보이는 풍경과 따뜻한 햇살을 간직한 이곳을 포기하고 싶진 않았다. 산의 중턱의 위치한 느티나무를 위해서라도 경추추는 그 자리를 떠날 수 없었다.

“······.”

경추추는 슬쩍 발을 흔들었다. 웅덩이에 빠져 있던 여자는 비명을 지르다 소리를 멈추었다.

설수진으로서는 괴이한 경험을 하고 있었다. 구경 삼아 나온 뒷산에 머리가 두 개 달린 괴수가 있을 줄 어찌 알았겠는가!

황하처럼 넓은 강에 서서 자신을 노려보던 괴수는 곧 거대한 이빨을 들이대고는 으르렁거렸다.

“크르르릉······.”

“끼야아아아악!”

설수진은 비명을 질렀다. 동시에 공포에 뒷걸음질치던 설수진은 발을 헛디디고 말았다.

풍덩—

“끼야아아아악!”

괴수가 가까이 다가오자 설수진은 비명을 질렀다. 가까이 다가온 괴수는 흉포한 이를 들이대며 소년으로 변했다.

설수진은 비명을 질렀다.

“끼야아아··· 아··· 아······.”

설수진의 비명 소리는 어색하게 끝났다. 괴수가 변한 소년이 부드러운 미소를 지으며 자신을 바라보고 있었기 때문일까? 훤칠한 미남이 자신을 바라보며 손을 내밀고 있었다.

“···누, 누구신가요?”

“······.”

경추추는 아무런 말 없이 설수진에게 손을 내밀었다.

설수진은 의아한 표정으로 경추추가 내민 손을 바라보았다. 그리고 상황에 어울리지 않게도, 설수진은 경추추의 손이 따듯해 보인다고 생각했다.

“고··· 고마워요.”

“······.”

경추추는 미소를 지으며 고개를 끄덕이고는 설수진을 꺼내 올렸다.

자리에서 일어난 설수진은 물에 흠뻑 젖은 옷을 보고는 한숨을 내쉬었다.

“다 젖어버렸네.”

“······.”

“인사가 늦었어요. 저는 백련교 지화당의 설소권 당주님의 여식입니다.”

설수진은 어색하게나마 포권을 했다. 어려서부터 병약해서 집 안에만 있어야 했지만, 그래도 여기저기서 주워들어 강호의 인사법이 어떤지는 잘 알고 있었다.

경추추도 마주 포권을 했다. 하지만 말을 하지는 않았다. 설수진은 그 모습에 눈을 가늘게 뜨고는 경추추를 바라보았다. 무례하다는 시선이었다.

“왜 말을 하지 않으시나요?”

“······.”

경추추는 자신의 입을 가리키고는 손을 휘저었다.

전 말을 하지 못해요.

“···아, 죄송해요.”

설수진의 얼굴에 홍조가 떠올랐다.

“그··· 그것도 모르고······.”

설수진은 시선을 돌리고는 어물쩍거렸다. 뭔가 자신이 무례한 행동을 한 것 같은데, 냉정하고도 엄한 가법에 따르면 이럴 때 어떻게 해야 하더라?

‘말을 돌리자.’

냉정하고 엄격한 가법과는 거리가 먼 상황 판단을 한 설수진은 어색한 몸짓으로 고개를 돌려 작은 산을 바라보았다.

“저, 여기 사시나요?”

“클, 클클······.”

경추추의 입에서 기괴한 웃음소리가 터져 나왔다. 왠지 보지 않아도

이 소녀가 무슨 생각을 하는지 잘 알 수 있을 것 같았다. 아마도, 슬쩍 말을 돌리기로 했으리라.

경추추는 웃음을 멈추고는 설수진을 바라보며 고개를 끄덕였다.

예. 저는 여기 살고 있습니다.

경추추의 웃음에 설수진은 붉어진 얼굴로 애써 고개를 끄덕였다.

"예. 그렇군요. 멋진……."

설수진은 의례적인 칭찬을 하기 위해 시선을 들어 경추추가 사는 산의 풍광을 바라보았다.

밥 짓는 연기가 노릇노릇 솟아오르는 작은 마을이 한눈에 보이는 산의 중턱에는 작은 평지가 있었고, 그 평지에는 아름다운 꽃들이 가득했다. 그리고 그 꽃들 사이로, 커다란 느티나무가 보였다. 햇살 가득한 이곳의 풍경은 정말 아름다웠다.

"멋진… 곳이에요. 정말… 멋지군요."

설수진은 넋을 잃고 주위를 둘러보았다.

경추추는 자랑스레 고개를 끄덕였다.

고마워요.

*　　　　*　　　　*

다음날.

경추추는 또다시 느티나무 아래 누워 햇살을 쬐고 있었다. 하지만 어제 나왔던 한숨과는 다르게, 얼굴에는 웃음이 걸려 있었다.

머릿속에 어제 설수진이 했던 질문이 떠오른 탓이었다.

"이 느티나무의 이름은 뭔가요?"

정말 궁금하다는 얼굴로 자신을 바라보는 설수진의 얼굴을 떠올린 경추추는 쿡쿡 웃음을 터뜨렸다.

약관이 넘은 사내 중에 느티나무 따위에 이름을 짓는 사내가 어디 있겠는가! 이래 봬도 대장부이니, 좀스럽게 나무에 이름을 붙이는 일은 해 본 적이 없었던 것이다.

하지만, 나무의 이름을 묻는 설수진의 얼굴은 정말로 아름다워 보였다. 아름다웠고, 동시에 우습기도 했다.

왜 웃긴지는 모르겠지만.

경추추는 기대감 어린 눈으로 진의 입구에 있는 웅덩이를 바라보았다. 웅덩이에 걸어놓은 진은 이미 해제해 둔 상태였다. 혹시나 다시 올지 모르는 그녀를 위해.

처음 본 여자를 위해 이런 일을 할 리가 만무하건만, 경추추는 그 사실은 미처 깨닫지 못한 채로 진의 입구를 바라보고만 있었다.

아니나 다를까, 웅덩이 너머로 두려움 어린 소녀가 하나 나타났다. 소녀는 조심스럽게 주위를 둘러본 다음, 웅덩이에 돌멩이를 하나 툭 던지고는 쏜살같이 근처의 나무 뒤로 숨었다.

"쿡, 클클……."

경추추는 웃음을 터뜨렸다. 예전에 목소리를 잃었던 탓에, 웃음소리는 기괴했지만 또한 밝아 보였다.

소녀는 나무 뒤에서 고개만 빠끔히 빼고는 다시 돌멩이를 툭 던져 보았다. 그리고는 제법 안심을 했는지 가슴을 쓸며 한숨을 푸욱 내쉬고는, 천천히 발을 들어 웅덩이 근처를 디뎠다. 그리고는 잠시 움직임도 없이 가만히 서 있더니, 다시 발을 들어 한 발 더 디디고는 안도의 한숨을 내쉬었다.

"큭, 클클."

경추추는 맑은 얼굴로 웃음을 터뜨렸다.

안심한 설수진은 느티나무 아래까지 거침없이 다가와 경추추를 바라보았다.

"다시 보는군요."

"……."

경추추는 웃으며 고개를 끄덕였다. 설수진은 자랑스러운 얼굴로 입을 열었다.

"저 느티나무의 이름을 지어왔어요."

"……?"

"목영(木靈)! 예쁜 이름이지요?"

경추추는 다시 한 번 웃음을 터뜨렸다.

경추추는 옛 생각 끝에 미소를 지었다. 그때의 일을 생각하면 웃음만 터져 나왔다.

경추추는 약탕 속에 있는 설수진을 바라보며 너털웃음을 터뜨렸다.

"헐헐, 그대는 예나 지금이나 참 곱소."

…당신도 예나 지금이나 멋있어요.

설수진도 웃음을 지었다.

늙은 연인들의 따뜻한 웃음소리 사이로 밤이 깊어가고 있었다.

*　　　　*　　　　*

깊은 밤, 어둠의 한가운데에 염마산 암경봉(巖頸峰)이 우뚝 솟아 있었다.

그곳에는 백련교의 본산이 위치해 있었다. 교주가 묵고 있는 마천각(魔

天閣)은 물론이거니와, 마교의 집전이나 행사, 혹은 종교 예식이 열리는
미륵당(彌勒堂)도 이곳에 있었다.

미륵당의 상석에 위치한 태사의에는 교주가 권태로운 표정으로 앉아
있었다. 본당 좌, 우로는 마교의 십이 당주중 출타 중인 세 명의 장로를
제외한 나머지 당주들이 길게 열을 지어 서 있었는데, 그들의 표정은 심
각하게 굳어 있었다.

교주, 흑마(黑魔) 서중희(曙重喜)는 신음성을 내뱉었다.

"흐음……."

"……."

교주의 정면에 조용히 부복하여 앉아 있던 기경식과 마규상의 얼굴이
딱딱하게 굳어갔다. 당금 교주가 피에 미친 귀신이라는 소문이 돌만큼 폭
급하다고 알려져 있으니, 긴장하는 것은 어쩌면 당연한 것일지도 몰랐다.

교주는 무미건조한 목소리로 중얼거렸다.

"신선이 본 교에 왔다라……."

"그러하옵니다, 교주!"

기경식과 마규상이 한 목소리로 외쳤다. 지휘권 어쩌고저쩌고 하고 다
툴 때와는 달리 둘은 통일된 행동을 보여주고 있었다.

"그리고, 놓쳤다고?"

"…그러하옵니다, 교주!"

조금 떨리는 목소리였지만, 마규상과 기경식은 이번에도 큰 목소리로
대답했다.

"그리고 바로 나에게 왔다?"

"그러하옵니다!"

"흐음……."

교주는 생각에 빠져들었다. 무슨 생각에 잠겨 있는지, 태사의에 걸쳐 둔 팔에 괸 얼굴은 진중했다. 아니, 눈을 지그시 감은 모습은 마치 잠에 빠져든 것 같기도 했다.

그 모습을 바라보던 마규상과 기경식의 얼굴에 긴장이 더해져 갔다. 그것은 그 모습을 바라보는 마교의 당주들에게서도 마찬가지였다.

잠시의 침묵이 지나고, 마침내 교주가 눈을 떴다. 교주는 태사의에 턱을 괸 상태로 손을 휘휘 저었다.

"알았으니 모두들 이만 나가봐."

"하… 하오나, 교주……."

지화당주 영진이 떨떠름한 듯 교주를 불렀다. 교주는 무표정한 얼굴로 영진을 내려다보았다.

"나가봐."

"……."

영진은 머리를 조아렸다. 교주의 심사를 알 수 없었다. 교주께서는 설마 신선이 백련교에 왔다는 정보를 믿지 않는 것일까?

하지만 교주께서 자신들을 내치시는 바에야 방법이 없다. 영진은 조용히 부복한 채로 외쳤다.

"미륵 현세! 광명 천하!"

"미륵 현세! 광명 천하!"

뒤따라 백련교도들의 목소리가 울려 퍼졌다.

*　　　　*　　　　*

교도들이 본당을 나서자, 태사의에 앉아 있던 교주는 다시 눈을 감고 생각에 빠져들었다.

고요한 본당에 침묵이 내려앉았다. 아무런 소리도 들리지 않는 정적 속에서, 교주는 눈을 떴다.

교주의 눈에서는 화광(火光)이 비치고 있었다. 그가 익힌 파천화련공(破天火煉功)의 영향이었다. 오로지 몸 안의 양강지기만을 기르는 무공인 탓에 눈빛 속에서도 화기(火氣)가 느껴지는 것이다.

하지만 더 생각해 보면 이상한 일이기도 했다. 파천화련공은 십성을 넘어가기 전에는 눈에서 화기가 느껴지지 않는다. 십성을 넘어가기 전에 육신의 부조화로 인해 처참한 죽음을 맞게 되기 때문에, 과거 파천화련공의 숙련자 중에서 눈에 화기를 불러일으키는 사람은 없었다.

'…때가 되었군.'

교주는 다시 눈을 감았다. 그리고 눈을 떴을 때에는 눈에서 더 이상의 화기는 느껴지지 않았다.

교주는 몸을 일으키고는 미륵당의 밖으로 걸어나갔다.

본당 밖으로 교주가 나타나자, 백련교의 교도들은 하는 일을 멈추고 바닥에 엎드렸다. 청소를 하던 시비도, 어딘가에 물건을 가지고 가던 사내도, 호위를 서던 무사도 모두 바닥에 엎드린 채 오체투지를 했다.

"미륵 현세! 광명 천하!"

"……."

교주는 그들에게는 관심도 가지지 않은 채, 조용히 앞으로 걸어나갈 뿐이었다.

교주가 당도한 곳은 마천각에 있는 자신의 방이었다. 그 방은 거대했지만 의외로 소탈했다. 정파의 무림인들이 상상하는 것처럼 휘황찬란하지도 않았고, 수십 명의 나체 여인들과 함께 육욕을 채우거나, 광소를 터뜨리며 시체에게서 피를 받아 마시는 광경도 없었다.

한 종파의 교주답게, 정화를 뜻하는 불의 형상과 미륵불의 형상이 놓인 작은 재단만이 방을 채우고 있었다.

교주는 미륵불이 놓인 재단 앞에 섰다. 그리고는 조용히 미륵불 너머를 바라보았다.

"오셨습니까."

아무런 대답도 없었다.

"……."

교주는 조용히 미륵불을 바라보았다.

향냄새가 가득한 불당에 정적이 머물렀다.

얼마나 지났을까? 마침내 숨소리조차 가라앉아 아무런 소리도 들리지 않을 무렵이었다.

"……."

방 안은 변함없이 고요했다. 하지만 무엇인가를 느꼈는지, 교주는 미륵불이 모셔진 재단에 머리를 조아렸다.

"오셨습니까."

스르륵—

놀랍게도 아무도 없던 미륵불상 위에서 검은 그림자가 생겨났다. 마치 새로 창조되는 것처럼, 검은 안개 수십 줄기가 스르륵 모여 아무것도 없는 곳에서 그림자가 생겨났다.

교주는 무심한 눈으로 그 모습을 바라보았다.

마침내 그림자가 인형(人形)의 모습으로 변하자, 교주는 그 모습을 바라보며 중얼거렸다.

"삼가 미륵을 뵈옵니다."

"…허헛."

그림자는 교주의 인사에도 대답하지 않았다. 잠시 교주를 바라보던 그림자는 나직하게 중얼거렸다.

"신선이 왔다……?"

"…….."

교주는 머리를 숙였다. 감히 그림자의 모습조차 바라볼 수 없었다. 그래서 교주는 그림자가 허공에 떠 있다는 사실조차 알지 못했다. 하지만 이것은 알고 있다.

그림자는 사람의 마음을 읽는다.

"그렇습니다."

"허헛……."

그림자는 공중에 떠 작은 미동도 없었다. 곧 그림자에게서 맑고 영롱한 목소리가 들려왔다. 마치 청명의 목소리처럼 듣는 사람을 편하게 해주는 목소리였다. 하지만, 그 속에 마치 쇳소리와 같은 탁한 소리가 들어 있는 것이 목소리는 부드러우면서도 소름 끼쳤다.

"참인지, 거짓인지 네가 아느냐."

"저도 알지 못하나이다."

교주의 목소리는 자그마한 떨림도 없이 당당했다. 그림자는 다시 침묵했다. 잠시 정적이 이어지더니, 예의 그 목소리가 들려왔다.

"사실이로구나. 인연이 바뀌었다."

그림자 역시 인연을 안단 말인가! 그림자는 마치 앞날을, 인연을 느낄 수 있는 것처럼 말하고 있었다.

그림자의 목소리에 교주는 조금도 변함없는 목소리로 말을 이었다.

"하면, 제가 어찌 하오……."

"그만."

교주의 말을 끊으며 그림자의 목소리가 들려왔다. 교주는 고개를 숙인 채 아무런 말 없이 머리를 조아렸다.

잠시의 정적이 흐른 뒤, 그림자는 웃음을 터뜨렸다.

“…….”

“허허헛, 으허허헛!”

커다란 웃음소리가 이어졌다. 한바탕 울려 퍼지는 광소(狂笑)에 교주는 아무런 말도 하지 못했다.

“허헛, 헛… 네가 무엇을 할 필요는 없겠구나. 그냥 내버려 두어라. 일이 재미있게 되었도다. 내가 그를 느낄 수 없듯 그도 나를 느끼지 못할 테니.”

“…….”

교주는 조용히 머리를 조아렸다. 그림자에게서 울려 퍼지는 광소는 한동안 멈추지 않았다.

“으허헛, 허허허헛!”

“…….”

웃고 있는 그림자 앞에 머리를 숙이던 교주는 살짝 고개를 들고 그림자를 바라보았다. 그림자의 웃음은 조금씩 잦아들고 있었다. 곧 방 안에 정적이 찾아왔다.

정적 속에서 그림자에게서 목소리가 들려왔다.

“생각해 보니 네가 할 일이 있구나.”

“하문하시옵소서.”

교주는 다시 머리를 조아렸다. 그림자가 중얼거렸다.

“은거한 네 명의 장로를 주시하거라.”

“…뜻을 받자옵니다.”

“그들에게는 복연(福緣)이 아니라 악연이 어울리노라. 허헛, 그들이 어찌 움직이느냐에 따라 복연과 악연이 갈릴 것이야.”

교주는 다시 머리를 숙였다.

“뜻을 받자옵니다.”

“허헛… 원시천존이여! 하늘 아래 나를 두고도 모자라셨음이요? 어리석구려, 어리석구려! 허허헛!”

머리를 숙인 교주는 웃음소리를 들었다. 웃음소리를 남기며, 그림자는 안개처럼 사라져 가고 있었다.

웃음소리 끝에 그림자의 목소리가 들려왔다.

“곧 다시 보게 될 것이니라.”

“…….”

교주는 아무런 대답도 하지 않았다. 묵묵히 앉아 있던 교주의 눈이 빛났다. 그 어느 때와 달리, 사라지는 그림자를 바라보는 눈은 냉혹했다.

3장

제4화 무림대회의(武林大會議)

다음날.

해가 중천에 떠올랐다. 운남성 특유의 더위는 하루하루가 지날수록 점점 더 심해지고 있었다. 아직 절기상으로는 봄이지만, 운남성의 더위는 한여름이라고 해도 믿을 만큼 후끈후끈했다.

하지만 곽여휘의 얼굴에는 땀이 한 방울도 보이지 않았다. 이 정도의 더위는 이미 불침한 지 오래다. 무공의 경지가 높아질수록 더위나 추위를 이기는 힘은 더 더욱 강한 것이다. 그래서 곽여휘는 평화로운 얼굴로 장로원을 바라볼 수 있었다.

"허허, 오늘도 좋은 아침이구려."

곽여휘의 옆에 앉아 있던 양태승은 고개를 끄덕였다.

"그렇구려. 해가 맑으니, 당분간도 화창하겠소."

"허헛, 우기(雨期)가 아닌 바에야 화창하지 않을 까닭이 있겠소?"

"그렇지요."

곽여휘는 너털웃음을 터뜨리며 대꾸하자 양태승은 슬며시 고개를 끄덕이고는 시선을 돌렸다.

작은 모옥과 모옥의 옆에 위치한 작은 광, 그리고 모옥을 둘러 싼 낮은 싸리 울타리와 그 안에 위치한 텃밭까지 훑어보던 양태승은 눈을 가늘게 뜨며 말했다.

"으흠, 우리 장로원의 손님께서는 아직도 주무시나 보구려."

"글쎄올시다."

곽여휘는 나직하게 중얼거렸다. 소년을 생각하니 마음이 답답해졌다. 그 소년이 참으로 신선인지, 아닌지 짐작이 쉬이 가지 않는 탓이었다. 하나 노자께서 말씀하시길, 본래 도를 깨달은 자는 어린아이 같다 했다. 비록 백련교도로서 도가의 가르침은 잘 모르지만, 적어도 그 말 한마디는 기억하고 있었다. 어쩌면 소년은 참으로 신선일지도 모른다.

무엇인가를 생각하는 듯, 심각한 얼굴로 앉아 있던 곽여휘가 지나가는 듯 입을 열었다.

"흐음, 나는 양 장로의 생각이 궁금하구려. 양 장로는 참으로 그가 신선이라고 생각하시오?"

"으흠, 나는 잘 모르겠소이다. 다만, 현기가 느껴지는 것은 확실하니……."

양태승은 아무렇게나 중얼거렸다. 시선은 여전히 장원의 이곳저곳을 둘러보았다. 혹여 청명이 장원에 나왔는지 확인해 보는 것이다. 소년을 관찰하고 싶은 욕구가 밀려들어 왔다.

"흐음……."

장원에는 아무도 없었다. 벌써 해가 제법 높이 떴거늘, 선인께서는 아직도 주무시고 계시단 말인가! 이 더위에 늦잠을 자는 것도 쉽지 않은 법인데.

양태승은 주위를 둘러보던 시선을 돌려 곽여휘를 바라보았다.

"나야 그렇다 치고, 곽 장로께서는 어찌 생각하시오?"

"눈에서는 선기가 느껴지고 말에서는 현기가 느껴지더구려. 게다가 양 장로의 독이 통하지 않고 경 장로의 진을 파훼하지 않았소. 그런데 하는 행동은 마치 아이와 같으니, 어쩌면 그는 참으로 신선일지도 모르겠소."

곽여휘가 중얼거리자 양태승은 묵직하게 고개를 끄덕였다. 하긴, 그 말도 맞는 말이다. 어제 검을 타고 노니는 장면은 앞으로 영원토록 잊지 못할 것이었다.

"하긴, 그도 그렇구려. 아무리 보아도 심기가 깊은 것처럼 보이지는 않소이다. 그렇다면 참으로 신선이겠지."

"허허허, 나도 그리 보오."

곽여휘는 허허롭게 웃으며 한숨을 내쉬었다. 어제 보았던 선인의 얼굴에는 졸음기가 가득했었다.

"으흠, 그럼 선인께서는 지금쯤 자고 있을 확률이 높겠구려."

"호오―"

청명이 보이지 않자 내심 청명을 찾고 있던 양태승이 고개를 끄덕였다.

그런 양태승을 바라보던 곽여휘는 목을 가다듬으며 나직한 음성으로 중얼거렸다.

"으흠, 양 장로의 마음은 알겠지만, 그보다 우리는 우리의 일을 해야지요?"

"음? 무슨 소리요?"

양태승이 의아하다는 듯 곽여휘를 바라보았다. 곽여휘는 여유로운 미소를 지으며 양태승을 바라보았다. 자신들에겐 할 일이 있지 않았던가!

“우리는 현음무경을 만들어야 하지 않소.”

“끌끌, 그렇지, 그렇지. 곽 장로야말로 가장 중요한 것을 잊지 않고 계셨구려.”

“허허헛…….”

곽여휘는 너털웃음을 터뜨리고는 중얼거렸다.

“자, 이제 시작해 봅시다.”

*　　　*　　　*

장로원의 접객실은 조용했다.

침상 한 개와 작은 가구 몇 개만 놓여 있을 뿐인 작은 방에서, 설수진은 난감한 얼굴을 하고 있었다. 눈앞의 소년이 도무지 일어나려 하지 않는 것이다.

설수진은 부드럽게 손을 들어 청명을 흔들었다.

일어나요.

“으으음…….”

청명은 신음 소리를 내면서도 쉽게 눈을 뜨지 않았다. 설수진이 몇 번이나 더 흔들었을 때에야, 청명은 부스스 일어나서는 졸린 눈을 비볐다.

잠시 멍하니 앉아 있던 청명은 눈앞의 설수진을 보고는 이맛살을 찌푸렸다.

“나… 난 너무 졸려요, 설 도우. 나는 더 잘 거예요.”

청명은 볼을 부풀리며 잠투정을 부렸다. 운풍 사손이 없으니 마음껏 늦잠을 잘 수 있을 줄 알았는데, 이렇듯 아침 일찍 설 도우가 잠에서 깨운 것이다.

물론 절대 이른 아침은 아니다.

벌써 시간이 사시를 넘어가고 있었고, 해가 중천에 뜬 지 오래다. 하지만 그럼에도 설수진은 미안한 눈으로 청명을 바라보았다.

설수진은 다시 청명을 흔들어 깨웠다.

일어나요.

모두들 식사를 끝내고 하루를 시작했는데 밥을 먹을 생각도 없이 잠에 빠져 있는 청명이 걱정되었는지, 설수진은 재차 청명을 깨웠다.

"으음, 나는 더 잘 건데."

설수진은 손을 들어 입가로 가져가 무엇인가를 먹는 시늉을 했다.

아침을 먹어야지요.

"으음……."

청명은 졸린 눈을 비비며 설수진을 바라보았다. 그리고 졸린 와중에도 밥 생각은 나는지, 나직하게 중얼거렸다.

"밥을 주려는 건가요?"

설수진은 고개를 끄덕였다. 청명은 눈을 비비고는 몸을 일으키며 살짝 미소를 지었다.

"네, 설 도우. 그럼 밥을 먹으러 가요."

청명은 기대감 어린 눈으로 식탁을 바라보고는 곧 실망한 얼굴이 되어 버렸다. 아침 식사가 간단한 것이었던 탓이었다. 나물을 익혀 무친 소채와 따듯한 밥이 전부였으니까.

'식탁이 또 풀밭이 되어 있네……'

"하아—"

청명은 우울한 얼굴로 식탁을 바라보고는 한숨을 내쉬었다. 그래도 음식이니 먹어야 한다. 청명은 곧 젓가락을 들고는 소채를 집어 입가로 가져갔다.

실망했던 청명의 얼굴에 미소가 번져갔다.

"와, 맛있어요, 설 도우."

청명은 미소를 지으며 고개를 끄덕였다. 세상에는 고작 풀이면서 이렇게 맛있을 수도 있나 보다. 청명은 정신없이 음식을 입가로 밀어 넣기 시작했다.

설수진은 어제처럼 맛있게 식사를 하는 청명을 바라보며 미소를 지었다.

잠시 뒤.

설수진은 밝은 얼굴로 밥을 가리키고는 손가락 하나를 들어올렸다.

더 드실래요?

청명은 고개를 저었다. 설수진이 넘치도록 밥을 퍼준 덕분에, 모자람 없이 식사를 할 수 있었던 것이다.

"저는 배불러요, 설 도우."

설수진은 미소를 지으며 고개를 끄덕이고는 그릇들을 모아 하나씩 정리하기 시작했다. 설거지를 하기 위함이었다.

이제 어디로 가실 건가요?

그릇들을 정리한 설수진은 궁금한 표정으로 청명을 바라보았다.

청명은 밝은 얼굴로 말했다. 이제 자신도 장로들과 함께 해야 할 일이 있다.

"저는 무공을 연구하러 가요!"

＊　　　＊　　　＊

식사를 마친 청명은 쫄래쫄래 걸어 장로원의 구석구석을 살폈다.

장로원의 마당에 있는 평상에 경추추와 양태승, 그리고 곽여휘가 모여 앉아 있는 것을 발견한 청명은 헤벌쭉 웃으며 그쪽을 향해 걸어갔다.

청명을 가장 먼저 발견한 것은 양태승이었다. 양태승은 호기심 어린 눈으로 청명을 관찰하며 말했다.

"일어나셨군요, 선인."

"네. 이제 저도 무공을 연구할 거예요."

청명은 자부심 어린 목소리로 중얼거렸다. 이제 자신도 열심히 무공을 연구해서 인간지도에 이르는 길을 발견할 것이다.

"허허헛, 그럼, 여기 앉아 함께 토론을 해보시지요."

곽여휘가 너털웃음을 터뜨리며 말했다.

일 다경 뒤.

청명은 겁에 질린 얼굴로 곽여휘를 바라보고 있었다. 아무래도 자신도 뭔가를 해야겠는데, 도저히 끼어들 수 없는 이야기들이 오가고 있었다.

곽여휘는 열변을 토하던 중이었다.

"그럴 리가 있소이까! 단(丹)에 기운을 그렇듯 강하게 불어넣다니요! 그러면 기운이 끊어지지는 않겠으나 지나치게 기운이 강해져 주화입마를 부르게 되오! 단전을 출입하는 기운은[出玄入牝] 있는 듯 없는 듯 미미하게 하라는[若亡若存] 것이 귀마혈검의 요체가 아니외까!"

곽여휘가 외치자, 기운을 강하게 불어넣어 보자는 의견을 내어보았던 양태승이 소심한 얼굴로 반박을 시도했다.

"아니, 그거야 그렇게 하면 기운이 끊이지 않을 것 같길래 그냥 해본 말이라지 않소……."

"…으음, 그렇다면야 내 더 할 말이 없소. 본래 기운이라는 것이 끊이지 않아야 하다는 것은 맞는 소리니까. 하나, 귀마혈검은 그것을 모조리

끊음으로써 다른 기운을 얻고 있단 것을 잊지 마시구려. 그것을 바꾸어 보자는 것이 이 토론의 중점이긴 하나 기운이 강해졌다 하면 사단이 나 오다."

"귀마혈검은 사도(邪道)의 검(劍)이니 어쩔 수 없지 않소이까."

둘의 논쟁을 구경하던 경추추가 슬그머니 웃었다.

"하나, 그것이 되려 갈림길을 만들고 있소이다. 벽을 그럭저럭 넘었다 고는 하나, 그럼에도 불구하고 기운이 한 번도 끊이지 않고 흘렀던 적은 없더이다."

곽여휘가 한숨을 내쉬며 말했다. 귀마혈검을 가지고 새로운 검을 만들 려던 계획은 어쩌면 실패로 돌아가게 될지도 모른다.

"그러니, 귀마혈검의 혈맥의 흐름을 고쳐야지요."

"으음, 그것은 불가능하외다."

양태승에게서 시선을 돌린 곽여휘는 이번에는 경추추와 토론을 벌이 기 시작했다.

청명의 얼굴이 다시 파리해졌다.

"으흠……."

양태승은 슬쩍 시선을 돌려 알아들을 수 없는 단어에 파랗게 질려 버 린 청명을 훔쳐보았다. 양태승의 눈길은 예사롭지 않았다. 독을 다루는 그답게 청명의 몸의 구석구석을 훑어보고 있었다.

마지막으로 파리해진 청명의 얼굴을 바라본 양태승은 피식 웃으며 중 얼거렸다. 괜히 장난을 치고 싶은 마음이 들었다.

"안색을 보아하니 답답하신 모양이구려. 혹여 뭔가 하실 말씀이라도 있으시오?"

청명은 겁에 질린 표정으로 양태승을 바라보았다. 무공을 연구하려면 저렇게 어려운 공부를 해야 되는 줄은 몰랐다. 자신은 단이 어딘지도 모르고 사도의 검이 뭔지도 모른다.

"나… 나도 무공을 연구해야 하는데……."

"그렇지요."

양태승은 환히 웃으며 청명을 주시했다.

"해야 되는데……."

청명은 다시 입을 다물고는 겁에 질린 표정으로 주위를 훑어보았다. 경추추가 말하는 것이 보였다.

"곽 장로, 임맥과 독맥을 뚫는데도 여러 가지 길이 있지 않소이까. 본래 기운의 흐름이야 각 문파마다 다르다고는 해도, 우리가 만들려는 것은 그 길을 따라간다기보다는 새로운 길을 만들려는 것이 아니겠소? 그러니 귀마혈검에 얽매이지 않고 나아가야지요."

"하나 새로운 길을 만들기 위해서는 선각자의 발걸음을 완전히 무시하고는 불가능하외다. 태음습토(太陰濕土)니, 양명조금(陽明燥金)이니 소음군화(少陰君火)니, 태양한수(太陽寒水)니 하는 것들이 괜히 생겨난 것은 아니지 않겠소? 그런 것들을 무시하며 어찌 우리가 새로운 무공을 만들 수 있으리오!"

"허어, 왜 그리 답답하시오."

청명은 눈동자를 데굴데굴 굴려 경추추와 곽여휘를 바라보았다. 경추추가 열변을 토하자 곽여휘가 재빨리 반박을 하는 모습을 바라보던 청명이 자신도 뭔가 해봐야 할 것 같다는 생각을 했다.

"저……."

"으음……."

곽여휘가 말을 하다 말고 청명을 바라보았다. 선인께서는 무공을 모르신다 했는데 지금 보니 무언가 말씀을 하려는 듯하다. 무슨 말을 하려는 것일까?

"무슨 가르침이 있으신지요."

"태음… 이랑… 그러니까 양명이랑……."

청명은 얼굴을 붉혔다. 조용히 구경할 걸, 괜히 입을 열었다. 평범한 일이라길래 해보려 했건만, 너무 어려운 일을 하는 것이 아닌가 싶었다.

"그러니까… 나, 나도 무공을 연구하고 싶어요."

"……."

경추추는 당황한 얼굴로 청명을 바라보았다. 그것은 경추추만이 아니었다. 곽여휘와 양태승 역시 당황스럽다는 얼굴로 청명을 바라보고 있었다.

경추추가 괜히 백련교의 제일장로가 된 것이 아니었나 보다. 먼저 입을 연 것은 경추추였다.

"저, 한데 무… 무공을 알아야 무공을 연구할 수 있습니다만?"

끄덕끄덕.

그 말이 맞다는 듯 곽여휘와 양태승이 고개를 끄덕였다.

"저… 저도 무공을 할 줄 아는데……."

소음군화는 몰라요.

청명의 뒷말은 자그맣게 들려서 다른 이들의 관심을 끌지 못했다. 아니, '무공을 할 줄 아는데' 라는 말 때문인지도 몰랐다.

경추추는 떨리는 음성으로 입을 열었다.

"무… 무공을 할 줄은 모른다고 하셨지 않습니까?"

"예?"

"어제 무공을 할 줄 모르신다고……."

청명은 의아한 표정으로 곽여휘를 바라보며 눈을 꿈뻑꿈뻑거리다가 무엇인가를 생각해낸 듯 탄성을 내뱉었다.

"아! 저는 세상에 나와서 무공을 익힌 적이 있어요!"

꿀꺽.

누가 삼켰을까? 고요한 가운데 군침 넘어가는 소리가 들려왔다. 경추
추가 입을 열었다.

"무… 무슨 무공입니까?"

"삼재검이요."

"……."

잠시 정적이 감돌았다. 하지만 강호의 삼류무사들처럼 '그런 기본검
술 따위!' 라고 비웃는 사람은 없었다. 본래 삼재검법을 만들어낸 사람이
야말로 만검(萬劍)의 조종(祖宗)이라고 할 만했다. 단순함 속에 모든 검
의 이치를 담고 있으니, 많은 강호인들이 무시하지만 결코 무시할 수 없
는 이름이 바로 삼재검이었다.

"그… 그렇다면 한 번 보여주시지요."

곽여휘가 떨떠름히 입을 열었다.

곽여휘는 먼저 자신의 검을 끌러들었다. 무인이라면 자신의 애병을 생
명처럼 생각하겠지만, 곽여휘는 이미 그런 단계를 넘어섰다. 본래 검이
라는 것이 마음에 있지, 따로 있지 않다는 것을 알고 있는 탓이었다.

"여기 검을 받으시지요."

곽여휘는 청명에게 검을 건네주고는 몸을 뒤로 빼었다. 그로써 곽여휘
와 경추추, 양태승은 약 세 보 뒤에서 청명을 바라보는 셈이 되었고, 청
명은 검을 휘두를 충분한 공간 속에 혼자 서 있게 되었다.

청명의 얼굴이 괜히 붉어졌다.

"저… 하… 할까요?"

"예."

곽여휘가 고개를 끄덕였다. 곧 머뭇거리며 청명의 시연이 이어졌다.

먼저 검을 들어 위에서 아래로 벤다. 천(天)의 초식이다. 다음에는 수평으로 검을 들어 옆으로 벤다. 지(地)의 초식이다. 마지막으로는 검을 들어 대각선으로 베어나간다. 인(人)의 초식이다.

그리고 청명의 놀라운 실력에 모두들 벌린 입을 다물지 못했다. 즉, 대단히 엉망이었다는 소리다.

"…자 …잘 하셨습니다."

마음과는 전혀 다른 평가를 내리며 경추추는 고개를 끄덕였다. 방금 선인께서는 정말 무공을 할 줄 모른다는 것을 확인했다.

하지만 검귀 곽여휘는 쉽사리 잘했다는 평가를 내리지 못했다.

"허어, 그 정도로는 무공을 배웠다 말할 수 없습니다. 무공을 배웠다 말씀하시려면……."

곽여휘는 말을 이어나가며 청명을 바라보았다. 그 정도는 배운 것도 아니라는 말에 청명의 얼굴은 울상이 되어 있었다. 하지만 그래도 할 말은 해야 했다.

"그… 그저, 미숙하시다는 말이었습니다."

"하… 하지만 장문 사질은 잘한다고 해줬는데……."

청명이 울상인 얼굴로 중얼거리자 곽여휘는 너털웃음을 터뜨렸다.

"허헛, 제법 솜씨가 뛰어나긴 합니다. 하지만 더 배우셔야 할 겝니다."

"…네."

청명은 시무룩하게 고개를 끄덕였다. 무공을 연구하려면 무공을 더 익혀야 하나 보다. 청명은 고개를 들고 곽여휘를 바라보았다.

"그럼, 무공을 더 공부하려면 어떻게 해야 하나요?"

"아, 체력 단련을 하시거나 내공을 익히시거나… 초식을 수련하면 되지요."

"체력 단련이요?"

곽여휘는 고개를 끄덕였다.

"예."

청명은 입술을 굳게 다물었다. 뭔가 대단히 힘들어 보이지만, 평범한 장로들이 하는 것처럼 무공을 연구하려면 자신도 그것을 해야 했다. 가끔 스스로도 까먹긴 하지만, 자신은 무당파의 장로 배분이다.

"가르쳐 줘요."

청명의 말에 곽여휘는 아무런 말 없이 양태승을 바라보았다. 양태승 역시 멍해진 표정이었다.

"가르쳐 줘요."

청명이 다시 조르자, 곽여휘는 결국 떨떠름하게 고개를 끄덕일 수밖에 없었다.

"그… 그렇게 하시지요."

일각 후.

청명은 울상을 짓고 있었다.

"과… 곽 도우… 힘들어요……."

"그래도 계속 하셔야 합니다."

청명은 부들부들 떨리는 팔을 다시 들어올렸다. 너무 무거워 팔이 내려가자 그 모습을 바라보는 곽여휘의 눈빛이 매서워진 탓이다.

기마 자세를 하고 있는 청명의 다리 역시 후들거리긴 마찬가지였다.

흔히 체력 단련에 가장 좋은 것은 마보(馬步)라고 한다. 하체의 힘을 키움과 동시에 무게중심을 하체에 두어 어떤 상황에 봉착해도 흔들리지 않는 안정적인 보법을 펼치게 해주는 것이다.

두 번째로는 물론 팔의 근력을 훈련하는 것이다. 이 방법에도 여러 가지가 있는데, 보통은 물동이를 들고 수련한다. 물동이에 물이 넘치지 않도록 수련하게 되면 첫째로는 집중력이 늘어나고, 근력은 물론이거니와 곧은 자세를 만드는데 이롭다.

가장 좋은 방법은 물론 두 가지를 병행하는 것이다.

곽여휘는 인자한 미소를 지으며 청명의 물동이를 바라보았다.

"흘리셨습니다."

"너… 너무 힘들어요, 곽 도우."

청명의 얼굴은 울상이 되어 있었다. 무공 수련이 이렇게나 힘들 줄은 몰랐다. 다리는 마치 말을 탄 듯 구부리고 서 있어야 했고 더해서 곧게 옆으로 뻗은 팔에는 몹시 무거운 물동이까지 들어야 했다.

안 그래도 힘든데, 흘리면 타박도 한다.

"…흘리시면 아니 됩니다. 무공을 익히는데 근력은 빼놓을 수 없는 것이랍니다."

"나… 나는……."

"예, 선인께서는요?"

곽여휘의 목소리에 청명의 눈이 좌절감으로 물들어갔다. 이렇게 힘든 것이니, 무공을 익히기 싫었다. 하지만 평범한 사람은 무공을 익혀야 하니, 어쩔 수 없이 자신은 무공을 익혀야 했다.

청명은 애절한 눈으로 곽여휘를 바라보았다.

"조… 조금만 쉬면 안 되나요?"

"안 됩니다."

가다가 멈추면 아니 가는 것만 못한 법이다. 본래 적당한 시간 동안 꾸준히 훈련한 다음 쉬어야 근력이 붙는 것이다.

좋은 사부일수록 엄하다고 했던가. 얼렁뚱땅 가리키게 되었음에도 곽여휘는 좋은 사부였다.

"물을 흘리셨으니 다시 물을 따라드리지요."

"아… 안 되는데…….'

"됩니다."

곽여휘는 가차없었다. 청명은 좌절감이 가득 깃든 시선을 내려 물동이를 바라보았다.

물동이는 다시 가득 차 올랐다.

"과…곽 도우는 못됐어요."

"본래 무공 수련은 힘든 법입니다."

청명은 땀을 뻘뻘 흘리며 원망스러운 시선으로 곽여휘를 바라보았다.

"곽 도우는 돼… 돼지예요……."

돼지?

곽여휘는 당혹스러운 얼굴로 청명을 바라보았다. 난데없이 돼지라는 말이 들린 탓이었다.

"히… 힘든데."

당혹스럽다는 듯 울상이 된 청명의 얼굴을 바라보던 곽여휘는 실소를 지었다. 마치 어린 손자를 보는 듯한 느낌이 들었다. 손자는커녕 자식도 낳아본 적이 없지만, 만약 있다면 이런 느낌일까 싶었다.

"이제 곧 한 식경이 다 되어가니 곧 쉬실 수 있을 겝니다."

"네……."

"그럼 계속하시지요."

곽여휘는 다시 자신의 자리로 돌아가 인자한 미소를 지으며 청명을 바라보았다.

청명은 다시 한 번 애절한 눈으로 곽여휘를 바라보았다.

"과… 곽 도우, 손에 땀이 나는데 잠시만 닦고 하면 안 되나요?"

"안 됩니다."

"…나… 나빠요……."

"그래도 안 됩니다."

곽여휘는 냉정하게 말했다. 그 모습을 바라보는 청명의 얼굴이 애절하게 변했다.

"우… 운풍 사손은 그렇게 해줬는데."

"저는 '운풍 사손' 이 아닙니다."

"……."

청명은 곽여휘를 바라보던 시선을 돌려 물동이를 바라보았다. 이것처럼 무거운 검을 들 때, 운풍 사손은 손에 땀을 닦고 하는 것 정도는 허락해 줬었다.

"아, 맞다!"

청명의 얼굴이 잠시나마 밝아졌다. 그 모습을 바라보는 곽여휘의 얼굴에 이채가 떠올랐다. 선인께서는 도대체 왜 그러시는 것일까?

청명은 히죽히죽 웃음을 터뜨렸다. 예전에 운풍 사손과 무공을 수련할 때 자신은 검을 공중에 띄워놓고 손에 어린 땀을 닦았었다. 검을 내려놓고 다시 들어올리는 것이 힘들어 생각해 낸 것이었는데, 지금 보니 제법 합리적인 판단이었다. 그때를 생각해 보면, 지금 이 상황에 물동이를 띄워놓지 못할 것은 또 무엇인가!

청명은 물동이를 바라보며 살짝 미소를 지었다. 마음이 물동이와 닿았으니, 땅에 있는 것이나 공중에 떠 있는 것이나 다를 바가 없다.

곧 물동이의 무게가 가벼워졌다.

청명의 얼굴에 밝은 미소가 떠오른 것은 물론이었다. 청명은 부들거리는 다리는 어쩔 수 없었지만, 적어도 물동이의 무게가 느껴지지 않는다는 데 만족했다.

"…헤헷."

"왜 웃으시는 겝니까?"

곽여휘는 눈을 가늘게 떴다. 그 질문에 청명은 당당하게 자신의 사정을 고해 바쳤다.

"네, 저는 물동이를 공중에 띄워두었거든요."

청명은 몹시 자랑스럽게 말했다. 도(道)는 거짓과 가깝지 않은 법이다.

"……."

곽여휘의 얼굴이 일그러졌다. 선인께서 내공도 없이 물동이를 띄우신 것은 놀랍지만, 꾀를 부림에도 변명없이 너무나 순수하게 대답한 것은 몹시 유쾌했다. 곽여휘는 웃음을 참으며 입을 열었다.

"다시 물동이를 드셔야 합니다."

"…네?"

"그렇게 하면 체력 단련이 되지 못합니다."

청명은 대단히 분개한 표정으로 외쳤다. 물동이를 겨우 띄워놓았건만!

"난 힘든데!"

"그래도 드셔야 합니다."

곽여휘는 냉정했다.

*   *   *

천하제일가의 창천각 앞에는 침묵이 감돌고 있었다. 바로 오늘이 정파대회의가 열리는 날인 것이다. 호위무사들은 창천각 앞을 철통같이 감싸안았다. 보통의 범인은 물론, 남궁세가의 식솔들조차 창천각에 접근하지 못한 채, 우뚝 솟은 창천각만이 빛을 발하고 있었다.

창천각의 구조는 간단하다. 삼층짜리 누각의 이층에는 커다란 대회장이 있다. 가로로 길쭉한 회장의 상석은 비어 있었는데, 그 자리는 현재 무림맹에 있어 회의에 참석하지 못한 맹주의 것이었다.

하지만 생각해 보면 그도 이상한 일이다. 음화신녀와 마교에 관련된 회의라면 결코 간단한 것이 아닐 터, 비록 이 안건이 합비에 회부되었다고는 해도 회의에 맹주가 참석하지 못했다는 점은 기이한 일이었다.

비어 있는 상석의 아래에는 작은 태사의가 놓여 있었다. 그 자리에 앉게 되는 사람이 바로 이 회의의 주재자가 될 것이었다.

그 모습을 바라보는 현평 진인의 얼굴은 무거웠다. 그런 현평 진인을 바라보는 현성 진인 역시 마찬가지였다.

묵언 중인 현성 진인은 조용히 전음을 보내었다.

"사형."

현평 진인은 살짝 실소했다. 긴장되는 마음이야 긴장되는 것, 그것을 굳이 내색할 필요는 없다. 걱정스레 자신을 바라보는 사제 현성 진인의 얼굴을 확인한 현평 진인은 짧게 전음을 보내었다.

"…묵언을 하라 했거늘 전음을 보내다니, 네 녀석이 규율이 우스운가 보구나."

"죄송합니다, 사형."

현성 진인 역시 슬며시 미소를 지었다. 아마 이 회의에서 무당의 위치는 급락하게 될지도 모른다. 강호의 문파에게 있어 명예라는 것은 다른 무엇과도 나눌 수 없는 것, 운혜의 일로 무당이 겪게 될 수모는 작은 것이 아닐 것이다.

하지만 사형께서 저렇듯 농담을 꺼내시니, 조금이나마 마음이 편해진다.

"회의는 언제쯤 시작하게 되겠습니까?"

"글쎄다… 아마도 소림의 방장이 나오거든 시작하겠지."

현평 진인은 무거운 시선을 들었다. 예나 지금이나 소림의 힘은 강력하다. 아마도 맹주가 없는 이번의 회의는 소림 방장이 주재하게 될 것이었다. 아직 무당의 힘은 소림을 넘지 못했다.

잠시 작은 태사의를 바라보던 현평 진인은 시선을 돌렸다. 우측에는 화산파가, 건너편에는 아미파가 위치해 있었다. 그 뒤로 청성, 공동, 곤륜파가 위치해 있었다.

마지막으로 현평 진인의 시선이 머무르게 된 곳은 다름 아닌 형산파의 장문인이 있는 곳이었다.

형산파 장문인 소요상인도 시선을 의식했는지, 그 어느 때보다 냉랭한 눈으로 현평 진인을 바라보고 있었다.

"일이 어려워지겠구나."

"예?"

현성 진인의 의아한 전음이 현평 진인의 귓가를 울렸다. 현평 진인은 무거운 얼굴로 살짝 소요상인 위현적을 가리켰다.

"으음… 형산이로군요."

"하긴, 그들이야말로 빠질 수 없었겠지. 멸문의 화를 입었던 곳이니."

멸문(滅門)!

구파일방이라는 거대한 무림의 규칙이 깨어진 적이 있었던가? 일반 무인이 들었다면 화들짝 놀랐을 일이었다. 그만큼 구파일방의 위세는 대단한 것이다.

하지만 사실대로 말하자면 멸문을 겪긴 겪었다. 다름 아닌 정사대전 때, 비전이 절전되고 제자들의 구 할이 사망했던 문파가 형산파였다.

"한데, 이미 세가 쇠락한 문파가 아니외까. 사형께서 걱정하실 일이 아니외다."

"아니, 형산파의 비전이 없다 하나 장문인의 무공은 남았지. 전대 장문인 역시 강호에 그 이름이 쩌렁쩌렁 울렸으니 말일세……."

현평 진인은 손을 들어 수염을 쓰다듬었다. 전대의 형산파 장문인에 관해서라면 잘 안다. 형산파의 최대 부흥기가 다름 아닌 정사대전 바로 직전에 있었으니, 그를 모를 리가 없는 것이다. 당시의 장문인의 무공은 하늘을 찌를 듯했다.

제자의 무공은 어떠할까? 멸문한 문파의 장문인이 심혈을 기울여 기른 후기지수가 바로 당금의 장문인, 소요상인 위현적이었다.

"으음……."

마침내 현평 진인의 입에서 신음성이 튀어나왔다. 강호란 철저한 약육강식의 세계. 기세를 회복하고 있다고 하나 아직 세가 작은 형산파 장문인의 말이 회의에서 중요한 역할을 할 수는 없을 것이다. 비록 형산파 장문인의 무공이 높다 해도.

현평 진인이 상념에 빠져 있는 사이, 회의의 진행자이자 남궁세가의 소가주 남궁현현의 목소리가 장내에 울려 퍼졌다.

"소림의 요료성승(了了聖僧)께서 회의의 사회를 맡아주실 것이오."

"…무량수불."

현평 진인은 도호를 읊조렸다. 그리고 평범해 보이는 늙은 스님이 회의장 내부로 들어오는 것을 발견했다.

계인을 찍고 흰 수염과 백미를 한 늙은 스님은 기골이 장대하지도, 그렇다고 허약해 보이지도 않았다. 저잣거리에서 흔히 보이는 허름한 노인처럼 노승은 다리를 살짝 절며 천천히 걸어오고 있었다.

태사의 앞으로 다가온 노승이 반장을 하며 머리를 조아렸다.

"나무아미타불."

"……."

현평 진인은 아무 말 없이 목례했다. 그것은 다른 문파 역시 마찬가지었다.

장내에 침묵이 감돌았다.

평소라면 담소라도 나누며 회의에 임했을 것이나, 이번의 경우에는 사안이 너무나 중대한 탓인지 아무도 크게 목소리를 내어 말하는 사람이 없었다.

"이제 노납이 왔으니 회의를 시작해도 되겠지요, 남궁 소가주?"

부드러운 노승의 목소리에 남궁현현의 고개가 끄덕여졌다.

"물론이지요, 성승"

"홀홀, 성승이라니 노납에게는 과한 호칭이구려. 큼, 큼!"

목소리가 갈라지는지, 요료성승은 목소리를 가다듬었다. 그 모습마저 너무나 평범하게 보였다.

현평 진인은 그 모습을 보고 미소를 지었다.

"이제 기도를 읽을 수 없겠구려, 성승."

"홀홀, 말년이 되었으니 그 기운이 뭐 보통 사람과 같겠소. 그저 이제 흙으로 돌아가야지요. 그나저나 그렇게 말하는 무당의 장문인께서도 마찬가지인 듯 보이오?"

노승의 질문에 현평 진인은 미소를 지었다. 그의 화후도 예전만 같지 않았던 것이다. 내공은 물론이거니와 깨달음도 적지 않았다.

노승은 묵묵히 현평 진인을 바라보았다.

"이 안건을 무림맹에 회부하지 말자고 강력하게 주장한 문파가 다름 아닌 무당이라는 소리를 들었소만……."

"……."

현평 진인의 얼굴이 굳어졌다. 평화로운 분위기에서 갑자기 본론을 꺼내 들 줄은 몰랐다.

아무런 대답도 하지 못하는 현평 진인의 얼굴을 바라본 노승은 고개를 돌렸다.

"어쨌든 이제 회의를 시작하지요, 나무아미타불."

장내에 다시 침묵이 감돌았다. 노승은 다시 입을 열었다.

"허어, 부처님의 정기가 쇠했음인가. 사도(邪道)가 다시 일어나는구려. 이미 다들 아시겠지만, 그래도 노납이 다시 말해드리리다."

"허엄……."

현평 진인이 헛기침을 내뱉었다. 노승은 흘끗 현평 진인을 바라보고는 말을 이어나갔다.

"음화신녀가 무당에 있었다는 사실은 다들 잘 알 것이외다. 부처님의 가호였음인지, 음화신녀는 묘령까지 무탈하게 잘 자랐다고 하오."

"으음……."

형산파 장문인, 소요상인 위현적의 입에서 못마땅한 한숨이 터져 나왔다. 그 한숨 소리는 몹시 무거운 바가 있어, 장내의 모두들 침묵할 수밖에 없었다.

"그리고, 이번에 음화신녀는 강호에 출행했으며… 결국 마교도의 눈에 띄게 되었다는구려."

노승은 다시 현평 진인을 바라보았다. 그 눈에서 느껴지는 형형한 빛깔에 현평 진인은 아무런 말도 할 수 없었다.

'원시천존이여…….'

노승의 목소리가 이어졌다.

"그런 고로, 대책을 마련코자 우리를 이곳으로 불렀다고 하외다. 으흠… 음화신녀 역시 이곳에 있다고도 하고. 또 뭐더라? 나무아미타불, 늙으니 기억력이 예전 같지 않아서 원… 아, 그렇구나! 무림맹에 회부하기 전에 남궁세가에서 먼저 회의를 열자는 말이 있어 여기서 먼저 회의를 한다고 하오."

"형산에서 먼저 발언해도 괜찮겠소이까."

청수한 모습의 노인, 소요상인이 천천히 말하며 자리에서 일어났다. 모두의 시선이 소요상인을 향했다.

요료성승은 웃음을 지었다.

"홀홀, 형산파의 장문인께서 하실 말씀이 있으신가 보구려."

"그렇소이다."

소요상인은 크게 말하며 다른 구대문파의 장문인들을 바라보았다.

"예전에 벌어졌던 정사대전을 모두들 기억하실 것이오. 그 전쟁에 소림의 공진성승께서 마교의 악적을 처단할 수 있었던 것은 다름 아닌 그의 무공 탓이었소."

파천화련공.

양기만을 상승시키는 마공에 음기가 더해지지 않아 소림의 공진성승이 마교의 교주를 제거할 수 있었다고 했다.

요료성승의 얼굴에 어린 미소가 짙어졌다.

"우리 사부님의 무공이 하늘에 달해서 그런 것이 아니라?"

"……."

소요상인의 얼굴이 무표정한 얼굴로 노승을 바라보았다.

요료성승이 말한 것은 엄연한 농이다. 강호의 중추들은 모두 알고 있는 진실이나, 세상에 알려진 것은 공진성승의 무공이 하늘에 닿았다고 알려진 것이다.

"홀홀, 노납의 농이 심했구려. 계속하시오."

요료성승은 아무렇지도 않다는 듯 고개를 돌렸다. 하지만 그 모습에 모든 사람은 깨달을 수 있었다, 일부러 내공을 실어 큼직하게 말하면서 주도권을 자신에게 가져오려 했던 형산파 장문인이 한순간에 요료성승에게 주도권을 빼앗긴 것을.

소요상인의 얼굴이 굳어졌다.

"…물론 공진성승의 무공이 하늘에 닿았으나 음화신녀가 있었다면 더욱 힘든 싸움이 되었을 것이라는 점은 주지의 사실이오. 굳이 공진성승뿐만이 아니라도 음화신녀가 없던 마교와의 싸움이 얼마나 처절했는지는 여기 있는 제현들께서 모두 아실 것이외다."

"홀홀, 그래서?"

"한데, 지금은 음화신녀가 바로 이곳에 있소이다. 만약 마교에 음화신녀를 빼앗기기만 하면 예전의 참사보다 몇 배는 큰 참사가 벌어지게 될 것이오. 본도는 그것을 걱정하는 것이외다."

"홀홀홀… 그래서 죽이자고?"

직설적인 요료성승의 말이 이어졌다. 동시에 소요상인의 입이 다물어졌다.

"……."

"죽이자는 거 아니오, 장문인?"

"……."

요료성승의 미소 어린 시선이 소요상인의 눈에 가 닿았다. 정파의 이름을 한 자가 타 문파의 제자를 죽이자고 말하는 것은 몹시 어려운 일일 터였다. 그것이 비록 멸문당한 문파의 장문인이라고 해도.

소요상인 대신 대답한 것은 개방의 방주 초영이었다.

"그래야 하지 않겠소?"

"…홀홀, 방주께서 하실 말씀이 있으신가 보구려."

요료성승의 시선이 초영에게 가 박혔다.

초영은 요료성승의 시선은 아랑곳도 않고 아쉬운 듯 허리춤을 더듬었다. 본래라면 술이라도 좀 챙겨왔을 것인데, 얄미로운 막내 사제 추걸개가 술을 가져가 버린 것이다.

초영은 시선을 들어 남궁현현을 바라보았다.

"니미, 술이 없으니 말을 못하겠구먼. 목이 말라서 살 수가 있나. 이보오, 남궁 소가주. 기왕이면 이 불쌍한 거지에게 술 한 잔 베풀지 않으려오?"

"죄송합니다, 방주."

조용히 회의장을 주시하던 남궁현현이 고개를 살짝 저었다.

"…거, 남궁세가도 쪼잔하구만! 그깟 술 얼마나 한다고."

"하던 말이나 계속 하시구려, 방주. 홀홀, 곡차는 나도 맛본 지 오래 됐지마는 지금은 마실 분위기가 아니구려."

"그럽시다, 까짓 거. 뭐, 내가 할 말은 다를 거 없소. 예전에 음화신녀가 없던 마교를 처리하는 데만도 개방도의 반이 씨몰살을 당했다우. 본방이 이런 상황인데 다른 문파라고 뭐 별수있었겠소? 아마도 피해가 적지는 않을걸?"

적지 않았다.

여기 있는 모든 문파에게 마교의 날카로운 발톱은 아프게 할퀴고 지나갔었다. 장로들부터 제자들, 어떤 문파는 심지어 문주까지 잃었다.

"그런데 음화신녀까지 가세한다고 칩시다. 그럼 큰일나는 거지. 아예 놀라고 멍석을 깔아주는 꼴 아니우. 그럴 거라면 차라리 음화신녀를……."

초영은 말을 늘였다. 차마 꺼내기 힘든 말이라 그런 것일까? 어제 보았던 여도사의 얼굴이 초영의 머릿속에 떠올랐다. 그는 어떻게든 자신의 입장을 선택해야 했다. 십만 거지를 위해.

말을 하다 말고 상념에 빠진 초영을 바라보며 요료성승은 웃음을 지었다.

"홀홀……."

"죽이는 게 낫지요."

방주 초영은 마치 씹어뱉듯 말하고는 다시 자리에 앉았다. 그리고는 못내 아쉬운 듯 다시 허리춤을 더듬었다.

"개방의 방주의 고견은 저렇다는구려. 다른 하실 말씀 없으시오?"

"본 파에서는 그 말을 인정할 수 없소."

마침내 현평 진인이 몸을 일으켰다. 그의 무거운 시선이 주위를 둘러보았다.

"빈도는 비록 미흡하거니와, 그 깨달은 바도 여기 있는 강호 제현들께 비추자면 보잘것없소이다."

"무당의 장문인이 깨달음이 없다면 누가 깨달음이 있겠소이까?"

요료성승의 말이 이어졌다. 현평 진인은 그 모습을 흘끗 보고는 다시 말을 이어나갔다.

"허헛, 과찬이시오, 성승. 하나, 그런 내 짧은 배운 바에도 벌어지지 않은 일로 사람을 죽이라는 것은 나와 있지 않더구려. 그러한 살겁(殺劫)이 벌어진다 해도 그 생명을 구하는 것이 정파라는 이름에 걸맞는 것이 아니겠소? 무량수불, 빈도는 우리가 밝음에 서 있는 것, 어둠이 아니라는 것을 논하고 싶소이다."

현평 진인은 말을 맺고는 다시 자리에 앉았다.

요료성승은 다시 웃음을 터뜨렸다.

"홀홀, 과연 장문인께서 깨달은 바가 적지 않구려. 돌아서면 피안이고 또 돌아서야 피안인 것을. 수십 명을 살리기 위해 한 사람을 죽인다면 그 것은 수십 명의 살인자를 낳는 일이지요."

"……"

불가의 고승다운 말이 울려 퍼지는 가운데, 형산파 장문인의 날카로운 눈이 현평 진인을 향했다. 현평 진인은 묵묵히 그 시선을 마주했다. 물러

설 수 없다.

그 시선에 형산파 장문인은 이를 악물었다.

"그렇다면, 공진성승의 희생으로 서 있는 현재의 무림이 모두 살인마 집단이라는 말이외까? 있을 수 없소이다. 다수를 위한 소수의 희생이야 없어야 할 일이외다만, 불가에서는 이런 말도 있지 않소? 내가 아니면 누가 지옥에 가랴! 본도는 스스로 지옥불로 앞장서 걸어가겠소. 다수를 위해 이 한 몸쯤은 희생할 수 있단 말이오."

"그것은 자발적인 희생이지."

요료성승은 형산파 장문인에게서 시선을 돌리며 중얼거렸다.

소요상인은 이를 악물었다.

아무런 말도 못하는 그를 흘끗 바라본 현평 진인은 슬그머니 미소를 지었다. 잘하면 일이 잘 풀릴 확률이 있겠다. 소림이 무당의 편을 들어주고 있었다.

"그리고… 선계에서 이 일에 관심을 보인다는 소식을 들었소만……."

노승은 호기심 어린 눈으로 현평 진인을 바라보았다. 현평 진인은 굳은 얼굴로 군침을 꿀꺽 삼켰다. 드디어 때가 되었다. 사백의 능력과 그 기이함을 누가 믿어줄지는 의문이지만, 운혜의 일을 설명함에 있어 사백의 이야기는 빠질 수 없는 것이었다.

"그렇소. 본 파에 선계에 드신 신선께서 강림하셨소."

"으으음……."

회의장 내의 구파일방이 모두 술렁거렸다. 터무니없는 소문일 거라 생각했건만, 장문인이 직접 그 소문을 인정해 버렸다.

대표적으로 노승이 입을 열었다.

"참이오?"

"그렇소. 하나, 지금 그분은 이곳에 계시지 않으니 더 이상 이곳에서 논하는 것은 무의미할 듯하외다. 다만 말씀드리고 싶은 것은, 그분은 참으로 신선이시거니와 스스로 음화신녀이자 본 파의 제자인 운혜를 돌보겠다 하셨다는 사실이오.”

“으음…….”

구파일방이 술렁거리자, 노승은 주위를 한번 둘러보고는 헛기침을 내뱉었다.

“큼, 험, 험. 그가 참으로 신선이고, 또, 그가 음화신녀를 돌보겠다 했다면 더 걱정할 바가 없겠지. 그것이 참이라면…….”

“…….”

현평 진인은 무표정한 얼굴로 노승을 바라보았다.

“하나, 자리에 아니 게시니 그분에 대한 이야기는 추후로 미룹시다. 그분이 음화신녀를 돌보심도 지금은 알 수 없는 이야기고.”

“…….”

현평 진인은 조용히 자리에 앉았다. 어차피 사백에 관한 이야기를 길게 늘어놓을 생각은 없었다. 사백께서는 운혜와 함께 세상을 떠도셔야 한다고 했으니, 자세한 정보를 알려보았자 괜히 정파의 이목만 끌 뿐이었다. 사백께서 돌아오시거든, 아마 운혜와 함께 떠돌며 세상의 눈을 피하게 될 것이다.

현평 진인이 생각을 정리하는 사이, 요료성승의 목소리가 들려왔다.

“호홀, 그런데 여기에 우리 소림과 무당, 개방과 형산만 있는 것이오? 다른 문파는 퍽 말이 없구려?”

“…….”

현평 진인은 조용히 시선을 돌려 회의에 자리한 문파들을 바라보았다. 화산은 물론이거니와 아미, 곤륜, 청성도 별다른 말이 없다.

그들의 머릿속에는 다른 생각들이 있을 것이다.

화산파 장문인이 몸을 일으켰다.

"빈도는 특별히 할 말이 없소이다. 강호의 양대산맥이 이미 여기 계신데 본 문에서 할 말이 무엇이 있겠소?"

화산파 장문인은 살짝 고개를 돌렸다. 소림과 무당의 뜻이 결국 이 회의의 결론이 될 것이라는 뜻이었다. 그 영향력 아래 있는 화산파와 다른 문파들로서는 이렇게 세워진 강호의 서열이 마음에 들지 않는다.

하지만 종남파의 장문인은 달랐다.

"본 파는 그리 생각하지 않소이다!"

"…홀홀, 말씀하시지요."

"본 파 역시 형산파의 장문인의 말씀에 깊이 공감하오이다! 정사대전 때 본 파는 제자의 팔 할을 잃었소! 그러한 위기를 다시 겪을 수는 없소이다!"

종남의 장문인이 씹어뱉듯 말하고는 자리에 착석했다. 그 역시 과거의 한을 잊지 않고 있었다.

말이 없기로 유명한 청성의 장문인은 조용히 일어나 한마디를 하고 자리에 앉았다.

"본 파 역시 형산과 뜻을 같이하겠소."

"……."

현평 진인의 입이 다물어졌다. 소림 외에는 무당의 편이 없다.

'무량수불……'

청성의 장문인의 뒤를 이어 아미파의 장문인, 파진 사태(波眞師太)가 몸을 일으켰다.

"기회가 있으니, 저도 잠시 말을 할 수 있겠지요."

"언제는 막았답니까, 파진 사태."

고운 얼굴의 여승이 몸을 일으켰다. 여승은 살포시 미소를 지으며 고개를 끄덕였다.

"이 회의의 결과에 대해서 본 승은 더 논하고 싶지 않습니다. 다수를 위해 소수를 희생할 수는 없는 노릇이나, 그렇다고 소수를 위해 다수를 희생할 수도 없는 노릇이지요."

"……."

파진 사태를 바라보는 현평 진인의 얼굴이 굳어졌다.

"하니, 저는 다만 그 뜻에 따르오리다. 무당 장문인의 말씀도 옳거니와, 개방주의 말씀도 옳소이다. 하나……."

"하나?"

요료성승의 목소리가 뒤따라 이어졌다.

"이 회의가 여기서 열려야 할 일이 아닌 것만은 확실한 듯합니다."

"호오, 그렇다면?"

"엄연히 무림맹에 회부되어야겠지요. 우리가 무림맹을 만든 것이 다름 아닌 그런 이유 때문이 아니외까."

요료성승이 고개를 끄덕였다.

"흐음, 현평 진인께서는 어찌 생각하시오? 무림맹에 회부되는 것을 막고자 했던 것이 다름 아닌 무당이외다만?"

현평 진인은 무거운 얼굴로 요료성승과 파진 사태를 번갈아 바라보았다.

"음기가 좀 과한 본 파의 제자, 운혜에 대한 이야기라면 본 파의 입장은 변하지 않소이다. 본 파의 제자의 목숨이 달린 문제니, 섣불리 경거망동하여 전 무림에 소문을 낼 수는 없는 노릇이 아니외까."

"…홀홀……."

현평 진인은 다시 자리에 착석했다. 예상외로 회의가 전개되고 있었다. 본래대로라면 운혜의 목숨을 구하는 회의가 되어야 하나, 일은 장기

전이 될 것 같은 모습을 보이고 있었다. 만약 무림맹에서 회의가 열린다면……

"본 도 역시 여기서 회의가 열려야 한다는 것은 찬성이오이다. 이 자리에서 무당의 제자이기 전에 음화신녀인 그 여도사의 처우를 결정해야 하오. 개방주의 말씀에 저는 깊이 공감하외다."

현평 진인의 상념을 뚫고 소요상인의 목소리가 울려 퍼졌다.

"무당의 제자이기 전에 음화신녀라니! 무당의 도적에 도호를 올린 이후부터 속세와의 인연은 끊어지오!"

현평 진인이 몸을 일으키며 소요상인에게 외쳤다.

"그렇다고 해도 본질이 어디 가는 것은 아니지 않소이까. 그렇게 하면 음화신녀가 음화신녀가 아니게 되는 것은 아니외다."

"어찌 도를 배운다는 자가 속세의 인연에 대해 그리 말하는 것이오!"

소요상인의 얼굴은 무표정했다. 소요상인이 다시 뭔가를 말하려고 입을 열 때, 요료성승이 그의 말을 막았다.

"그만들 하시구려, 이 회의를 주재하는 데 노납을 부른 것이 맞다면."

"……."

"……."

소요상인과 현평 진인은 침묵했다. 그런 침묵 속에서, 요료성승이 다시 말을 이어나갔다.

"그리고 회의를 주재하는 데 노납이 필요했으니, 마땅히 결과를 내는 데도 노납이 필요할 것, 노납은 회의의 결론을 이렇게 내고자 하오."

장내에 정적이 감돌았다.

"음화신녀에 관한 일은 무림맹에 회부하는 것으로 결론을 내고 싶소."

요료성승이 짧게 말했다. 현평 진인의 얼굴이 딱딱하게 굳어졌다.

"반대하시는 분이 없으시다면, 회의를 마치고도 싶구려."

요료성승은 장내를 둘러보았다. 소요상인이 자리에서 일어났다.

"이 자리에서 처우를 결정해야 하오. 자칫 마교에 음화신녀를 빼앗기게 된다면 일은 걷잡을 수 없어지오."

요료성승은 눈을 가늘게 뜨고는 소요상인을 바라보았다.

"그렇게 죽이고 싶으시오?"

"……."

소요상인은 입을 다물었다. 하지만 그 눈은 이글이글 타오르고 있었다.

요료성승은 묵묵히 소요상인을 바라보았다.

"더 하실 말씀이 있으시오?"

"…없소이다."

소요상인의 딱딱한 목소리가 창천각을 울렸다.

요료성승은 고개를 끄덕였다.

"그럼, 이만 회의를 마치오이다."

현평 진인은 조용히 입을 다물었다. 현성 진인은 평소와 같은 모습으로 현평 진인을 바라보고 있을 따름이었다.

"사제."

"예, 장문인."

자리를 비우는 타 문파의 장문인들을 보며, 현평 진인은 입술을 달싹였다.

"지금부터 방비를 제대로 하게."

"예?"

"형산의 눈이 가볍지 않아……."

현평 진인은 소요상인의 뒷모습을 바라보았다. 그 모습은 심상치 않았다. 조금 전, 살기 어린 눈으로 자신을 바라보던 소요상인의 눈동자를 기억한 현평 진인은 한숨을 내쉬었다.

"허어……."

"그 눈을 조심해야 할 필요가 있겠네."

"운풍에게 주의를 일러두겠습니다."

현평 진인은 조용히 고개를 끄덕였다.

"아마도 남궁세가 안에서 일을 꾸미지는 않겠지. 일단은 가볍게 주의만 주게나."

"예, 장문 진인."

현평 진인은 말없이 소요상인을 바라보았다. 그의 뒷모습이 유달리 커보였다.

'불길하구나…….'

*   *   *

청명은 녹초가 되어 앉아 있었다. 식사를 마치고 장로들은 바둑을 둔다며 나가 버렸고, 장로원에 남은 것은 설수진과 자신뿐이었다.

청명은 울상을 지으며 설수진을 바라보았다.

"나… 난 너무 힘들어요……."

설수진은 청명을 보고는 웃으며 청명의 손을 꼬옥 잡았다.

괜찮아요?

"아니요, 전혀 괜찮지 않아요. 저는 팔도 아프고요, 다리도 아프고요, 그리고 엉덩이도 아파요."

설수진은 의아한 표정으로 고개를 갸웃했다.

엉덩이는 왜요?

용케 설수진의 질문을 알아들은 청명은 울상을 지으며 칭얼댔다.

"물동이를 떨어뜨리지 않으려다가 넘어져 버렸어요, 설 도우."

"클, 클······."

잔뜩 쉰 목소리가 울려 퍼졌다. 설수진이 웃는 것을 본 청명은 볼을 부풀렸다.

"웃지 말아요, 설 도우."

청명은 뾰로통하게 고개를 돌렸다.

설수진은 그 모습을 보며 부드러운 미소를 짓고는 소매에서 아름다운 나비 모양의 장신구를 꺼내어 들었다. 나비 모양의 장신구는 쇠로 되어 있었는데, 낡았는데도 불구하고 녹이 슨 부분 하나없이 말끔한 상태였다.

설수진은 청명에게 그것을 내밀었다.

이것을 보세요.

"이게 뭔가요?"

청명은 의아한 표정으로 그것을 받아 들었다. 하지만 의아함은 곧 미소로 변해갔다.

"우와, 너무 예뻐요!"

청명의 미소에 설수진의 얼굴에 어린 미소도 짙어졌다.

잠시 빌려줄게요. 제게 소중한 것이니 잘 가지고 있다가 다시 주어야 해요.

설수진은 갖가지 몸짓을 했다. 먼저 자신을 가리키고, 소중한 것을 껴안는 듯 무언가를 품에 안는 시늉을 했다. 그리고는 청명이 들고 있는 나비 모양의 갑판을 가리키고는 다시 자신에게 돌려주는 시늉을 했다.

하지만 이미 청명은 모든 말을 다 알아들은 후였다. 나비 모양의 갑판이 나왔을 때 이미 설수진의 마음이 흘러들어 왔던 것이다.

"네, 알았어요."

설수진은 미소를 지으며 청명을 바라보았다. 청명은 희희낙락해서는 노리개를 들고 가서 의자에 앉은 다음 그것을 이리저리 만지며 놀기 시작했다.

설수진의 눈이 아련하게 변해갔다.

"너무 예뻐요, 경 소협!"

설수진은 밝은 목소리로 외쳤다. 자신에게도 수십 가지의 노리개가 있었지만, 이 나비 모양의 노리개처럼 예쁜 것은 없었다.

경추추는 미소를 지으며 그 노리개를 가리키고는 자신을 번갈아 가리켰다.

제게는 소중한 거예요. 제가 처음으로 만들었던 물건이거든요.

경추추의 손재주는 제법 뛰어난 편이었다. 아니, 어찌 보면 장인이라고 말해도 좋으리라. 노리개는 어디에 내놓아도 부족하다는 소리는 듣지 않을 만큼 훌륭했다.

설수진은 고개를 끄덕이고는 노리개를 가지고 이리저리 만지작거리기 시작했다. 경추추는 따듯하게 그 모습을 바라보았다.

처음 만난 이후로 제법 오랜 시간이 흘렀다. 그 뒤로도 설수진은 자주—거의 매일—놀러왔고, 경추추와 제법 오랜 시간을 보냈다.

경추추는 슬며시 웃으며 돌멩이를 쥐어 검지와 엄지로 툭 퉁겼다. 돌멩이는 쾌속한 속도로 진의 방위 중 리(理)의 위치에 가 박혔다.

"……."

곧 진의 구석에서 토끼 한 마리가 걸어 올라왔다. 앞발을 세우고서 뒷발로 걸어온 토끼는 경추추와 설수진을 바라보며 큰절을 한 다음 뒤로 재주넘기를 했다.

노리개를 가지고 놀던 설수진은 까르르, 웃음을 터뜨렸다.

"아하핫, 귀여운 토끼로군요!"

"……."

경추추는 슬며시 미소를 지었다. 경추추는 진을 이용해서 설수진에게 아름다운 환상을 보여주고 있는 중이었다. 경추추는 처음으로 사부에게서 진을 배우기를 잘했다는 생각을 했다.

경추추는 설수진에게 손을 내밀었다.

노리개를 돌려줘요.

"네? 벌써요."

끄덕끄덕.

경추추가 고개를 끄덕이자 설수진은 섭섭한 눈망울로 노리개를 한번 스윽 바라보고는 경추추에게 노리개를 넘겨주었다.

경추추는 나비 모양의 노리개를 받아들었다.

잘 봐요.

경추추는 나비 모양의 노리개를 설수진의 눈앞에서 몇 번 흔들고는 그 것을 진 속으로 던졌다.

"어멋!"

설수진은 비명을 질렀다. 하지만 나비 모양의 노리개는 바닥에 떨어지지 않았다. 노리개는 곧 나비로 변해 훨훨 날아올랐다.

"어머나!"

설수진은 감탄하는 눈으로 그 모습을 바라보았다. 나비가 훨훨 날아가는 모습을 바라보던 설수진은 자신의 어깨를 툭툭 치는 경추추를 의의한 듯 바라보았다.

"왜 부르나요?"

"……."

경추추는 대답없이 씨익 웃었다. 그리고는 손을 들어 설수진의 얼굴로 가져갔다.

"어멋! 이런 무례한……."

"……."

설수진의 얼굴이 빨개졌다. 경추추의 손이 설수진의 머리카락 안으로 들어가 버린 것이다.

곧 설수진의 머리카락에서 나온 경추추의 손에는 나비 모양의 갑판이 들려 있었다.

"시… 신기해요."

설수진은 감탄한 눈으로 경추추를 바라보았다. 분명히 나비 모양의 갑판을 던지는 것을 보았는데, 어떻게 그것이 자신의 머리카락에 있는지 알 수 없었다.

경추추는 슬쩍 웃고는 나비 모양의 갑판을 소매 안에 넣었다. 그리고는 느티나무 아래 덩그러니 누웠다. 햇살이 참 따듯한 날이다.

"……."

설수진은 말없이 누운 경추추를 바라보았다. 경추추는 벌써부터 눈을 감고 오수에 빠져 있는 듯한 모습이었다. 설수진은 큰 결심이라도 한 듯 침을 꿀꺽 삼켰다.

설수진은 경추추의 머리를 잡았다. 그리고는 그 머리를 들어 자신의 고운 무릎 위에 올려놓았다.

"……!"

경추추의 눈이 놀란 듯 뜨여졌다. 안 되는 목이 절로 움직였다.

"어, 어……."

"……."

이번만큼은 설수진도 말이 없었다. 설수진은 얼굴을 붉히고는 시선을 옆으로 살짝 내렸다.

"……."

경추추의 놀란 얼굴은 한동안 사라지지 않았다. 하지만 조금의 시간이 지나자, 경추추는 피식 웃고는 눈을 감았다.

목영 사이로 내리는 햇살이 이제 시작하는 두 연인들을 감싸주었다.

다음날.

느티나무 아래에는 설수진이 가져온 보자기가 깔려 있었다. 그리고는 설수진은 떨리는 눈으로 경추추를 바라보았다.

"마… 맛이 좀 없어 보이는데, 이건 절대로 제가 한 게 아니라 제 시비가……."

"……."

경추추는 딱딱한 얼굴로 눈앞에 있는 음식을 내려다보았다. 그 음식은 음식이라기보다는 잔뜩 탄 재처럼 보였다.

경추추는 천천히 젓가락을 들어 그 음식을 집어 올렸다.

'낙산봉봉계(樂山棒棒鷄)인가……?'

닭고기 같긴 한데, 새카맣게 탄 부분이 만에 하나 탄 것이 아니라면 아마도 사천의 매운 양념 중에 하나일 것이다.

'그럴 리가 없지.'

탄 냄새가 보기에도 진동을 한다.

경추추는 슬쩍 설수진의 얼굴을 바라보았다.

"저… 절대로 제가 한 게 아니니까 맛없으면 버려도……."

경추추는 피식, 웃음을 지었다. 아마도 자신을 위해 만들어온 요리인가 보다. 경추추는 정체불명의 고기를 입에 넣었다.

우물우물.

설수진은 긴장한 얼굴로 경추추를 바라보았다. 긴장감 어린 시선 속에서 마침내 경추추는 음식물을 모두 씹어 삼켰다. 경추추는 웃음을 지으며 엄지손가락을 하늘로 치켜세웠다.

맛있어요.

"저… 정말요?"

설수진은 흥분한 목소리로 외쳤다.

'맛있나 보다!'

설수진은 얼른 젓가락을 들어 음식으로 가져갔다. 사실 설수진은 요리를 하면서도 간을 보지도 않았었다.

"……"

안 돼요!

경추추는 다급히 젓가락을 움직여 설수진이 집어 든 음식을 빼앗았다. 그리고는 서둘러 그것을 입에 넣었다.

내가 먹을 거예요.

경추추의 손놀림이 급해졌다. 그의 머릿속에는 맛보다 다른 생각이 먼저 들어 있었다. 설수진이 건드리기 전에 얼른 남은 음식을 먹어야 한다.

설수진은 상념의 끝에서 미소를 지었다. 그리고는 조용히 시선을 돌려 청명을 바라보았다.

"……"

푸— 푸—

청명은 의자에 앉은 채 노리개를 품에 안고 잠에 빠져 있었다. 설수진은 부드러운 얼굴로 청명에게 걸어갔다.

스륵—

설수진이 노리개를 집어 슬쩍 당기자, 청명의 손에서 부드럽게 노리개가 빠져나왔다. 설수진은 노리개를 단단히 소매 속에 넣고는 부드러운 얼굴로 청명을 바라보았다.

자식이 있었다면. 자신에게도 아들이 있었다면. 경 가가와 똑같은 아들이 있었다면.

설수진의 눈이 아련하게 변해갔다. 그때 앓았던 병으로 자신은 아이를 낳을 기회를 놓치고 말았다. 그때 병을 치료했더라면…….

하지만 후회는 없었다. 그 대신 경 가가를 만날 수 있었으니까.

설수진은 부드러운 미소를 지으며 몸을 일으켰다. 그리고는 한숨을 내쉬며 청명을 바라보았다.

이제 선인을 어떻게 침상까지 옮긴다?

각고의 노력이 필요한 일이 될 것이었다.

3장

제5화 하늘은 주기만 하고 받지 않는다

"으음―"

청명은 베게에 머리를 묻으며 옹알거렸다. 하지만 청명을 깨우는 손길은 여전히 부지런했다.

"으음, 나는 더 잘 거예요."

"…일어나서야 합니다, 선인."

"더 잘 건데."

청명을 깨우던 양태승의 얼굴에서 난감한 빛이 떠올랐다. 다른 장로들은 이 소년에게서 선인의 깨달음을 듣고 싶어할 테지만, 자신은 그 목적이 달랐다.

선인의 신체가 오묘한 데가 있으니, 독을 연구하는 사람으로서 그 신체에 대해 알아보고 싶었던 것이다.

그리고 청명의 무공 수련은 그런 자신을 위해 반드시 필요한 것이었다. 어제의 체력 단련을 보고 첫 번째로 내린 결론은 인간과 그 근력에 있어서는 다를 바가 없다는 것이었다.

"으음—"

잠에서 깨어나지 않는 청명을 바라보며, 양태승은 머리를 굴렸다.

"펴, 평범해지려면 지금 일어나셔야 합니다."

선인께서는 이 말에 조금 약하시지.

양태승은 슬쩍 미소를 지었다. 아니나 다를까, 청명은 잠투정을 부리는 듯한 얼굴로 잠에서 깨어나고 있었다.

"으음, 더 자고 싶은데……."

"일어나시지요. 밖에 곽 장로가 기다리고 있습니다."

"…네."

청명은 졸린 눈을 비비며 고개를 끄덕였다.

청명이 밖으로 나왔을 때는 곽여휘가 냉혹한 얼굴로 서서 청명을 기다리고 있었다. 곽여휘의 옆에는 경추추가 즐겁다는 얼굴로 청명을 반기고 있었다.

"기침하셨습니까, 선인."

"네."

청명은 뾰로통한 얼굴로 대답했다. 어제 물동이를 든다, 또 마보를 취한다 하면서 몸이 제법 피곤했던 것이다. 그런데 아침 일찍부터 깨웠으니 기분이 좋을 리가 없다.

"나는 더 자고 싶은데."

"다시 눕는 것은 말도 되지 않지요. 오늘도 무공 수련을 하셔야 하지 않습니까."

"네……."

청명은 시무룩한 얼굴로 고개를 끄덕였다.

"음, 음."

양태승은 몹시 기대한다는 듯한 몸짓으로 청명을 바라보았다. 오늘 역시 청명의 행동거지 하나하나를 지켜볼 참이었다.

곽여휘가 입을 열었다.

"자, 그럼 시작합시다."

청명의 얼굴이 단숨에 겁먹은 얼굴로 바뀌어갔다.

"오늘도… 어제처럼 물동이를 들어야 하나요?"

"물론입니다."

청명의 얼굴이 울상이 되었다.

청명의 신체에 대해 연구해 보려 했던 양태승의 얼굴도 구겨졌다. 체력 단련의 모습은 어제 보았으니, 오늘은 다른 것을 보는 것이 좋다.

양태승은 재빨리 머리를 굴리고는 얼른 입을 열었다.

"곽 장로, 순서가 틀렸소이다."

"예?"

"이제 내공을 익혀야 하지 않소?"

본래 체력을 키우고 나면 내공과 더불어 검형(劍形)을 익힌다. 양태승의 말은 검형은 언제 배워도 상관이 없으니, 내공을 먼저 가르치자는 것이다.

"그렇긴 하지만… 선인께서는 특별히 무공을 익힌다기보다 그저 강호의 기본공을 배우는 것뿐이니……."

곽여휘는 떨떠름한 듯 중얼거렸다.

"그래도 내공이 없이 무엇이 되겠소이까. 오행토납법이라도 일러두어야 기초를 닦지 않겠소."

맞는 말이다. 오행토납법이라면 강호의 가장 실력없는 무인도 익히고 있을 만큼 흔한 것이었지만, 그 역시 엄연한 운기조식법이다.

곽여휘는 고개를 끄덕였다.

"으음, 그럼 그리 하지요."

청명은 낑낑거리며 가부좌를 틀었다. 아주 오래전, 무당에 입문할 때 해보고는 몹시 오랜만에 해보는 가부좌였다. 장심과 족심을 하늘로 하게 하는 자세라는 것 외에 특별히 중요한 부분이 없거늘, 청명이 자세를 잡는 데는 제법 오랜 시간이 필요했다.

"자세가 틀렸습니다."

오랜 시간뿐만 아니라 노력도 필요했다. 곽여휘는 한숨을 내쉬며 중얼거렸다.

"족심이 하늘로 향해야 합니다."

"족심이 뭔가요?"

그리고 설명도 필요했다. 곽여휘는 난감한 얼굴이 되었다.

"발바닥을 말함입니다. 발바닥이 하늘로 향하도록 다리를 조금 더 비트셔야 합니다."

"네."

청명은 순순히 대답하고는 자리를 잡기 위해 낑낑댔다. 그리 오랜 시간이 걸리지 않아 마침내 청명이 자리를 잡았다.

"자세를 모두 잡으셨군요."

"네."

"그럼, 제 법문을 잘 들으시기 바랍니다."

"네."

청명은 순순히 고개를 끄덕였다.

"양이 변하고 음이 합하여 수(水), 화(火), 목(木), 금(金), 토(土)를 생하니 오기(五氣)가 순차로 펴지어 사시(四時)가 돌아가게 되니 또 오행은 하나의 음양(陰陽)이요, 음양은 하나의 태극(太極)이요, 태극은 본래 무극(無極)이라. 오행의 생함이 각각 그 성(性)을 하나씩 가지니, 무극의 진(眞)과 이오(二五)의 정(精)이 묘합(妙合)하여 응결(凝結)되는 법이라.”

“……”

청명은 졸음이 쏟아지는 것을 느꼈다. 내용이 재미가 없기도 했지만, 어제의 노동에 비해 잠이 부족했기 때문이었다.

곽여휘의 강론은 계속해서 이어졌다.

“그러하므로, 화색적(火色赤)이요, 화궁설(火宮舌)이라. 화지희(火志喜)요, 화시하(火時夏)라.”

“……”

오행중 화(火)를 시작으로 곽여휘의 강론은 이어졌다. 청명은 조금씩 나른해져 갔다.

“금색백(金色白)이요, 금기조(金氣燥)라. 금시추(金時秋)며 금지비(金志悲)라……”

‘조… 졸려……’

청명의 눈이 조금씩 감겨갔다. 마침내 반 각이 지나서는 청명은 아예 꾸벅꾸벅 졸고 있었다.

곽여휘는 마지막으로 상생과 상극에 대해 강론했다.

“상극함에 있어 화극금(火剋金)이며 금극목(金剋木)이고, 수극화(水剋火)이나 토극수(土剋水)라.”

“……”

강론을 끝낸 곽여휘는 청명의 상태가 조금 이상하다는 것을 깨달았다.

“선인?”

“……”

대꾸가 없다. 곽여휘는 실망한 눈으로 고개를 도리도리 저었다. 이런 식으로면 스스로 내공을 일으키기는 글렀다. 하긴, 신선이니 또 무엇이 필요할꼬? 사실 선인께서 바라시지 않았다면 무공을 가르치지도 않았을 것이다.

"이만 일어나시지요, 선인."

"네?"

청명은 부스스 눈을 떴다. 졸린 눈을 뜨자 곽여휘의 엄한 얼굴이 보였다.

"아, 죄… 죄송해요."

청명의 얼굴이 붉어졌다. 그 모습을 본 곽여휘의 입에서 한숨이 터져 나왔다. 이대로는 안 된다.

"하아, 지금부터 가부좌를 튼 상태에서 움직이지 마십시오, 선인."

"네?"

"지금부터는 말을 해서도, 움직여서도 아니 됩니다. 그리고 몸속에 기운이 돌거든 그 기운이 도는 길을 제대로 기억해 두셔야 합니다."

곽여휘가 말했다. 직접 진기를 도인(導引)하려는 것이다. 고작해야 오행토납법이니 어려울 것도 없다.

청명의 등 뒤에 가부좌를 틀고 앉은 곽여휘를 바라보던 양태승의 눈에서 불길이 쏟아져 나왔다.

"내가 하겠소!"

"…뭐요?"

곽여휘는 뜬금없이 외치는 양태승을 바라보았다. 양태승은 단호하게 외쳤다.

"오행토납법쯤은 나도 익히 알고 있으니, 내가 하리다!"

곽여휘는 고개를 갸웃했다. 양태승의 흥분이 너무 과해 보인 탓이었다. 열의를 가지고 덤벼드는 모습을 보니 당혹스러운 마음도 들고 난감한 기분도 들었다.

　"…그, 그럼 양 장로께서 손을 보시지요."

　곽여휘는 떨떠름하게 중얼거렸다. 양태승은 희희낙락 청명의 뒷자리에 자리잡았다.

　'이런 좋은 기회가 있나!'

　양태승은 기분 좋게 청명의 등에 장심을 가져갔다. 청명은 다시 졸음이 오는지 꾸벅꾸벅 졸기 시작했다.

　양태승은 한번 히죽 웃고는 청명의 등에 내공을 주입했다.

　"…….."

　곽여휘는 그런 양태승을 이상하다는 듯 바라보았다. 양태승의 열의가 조금 이상하긴 했지만, 설마 무슨 사고라도 치겠냐 싶다.

　하지만 양태승의 입에서 신음성이 터져 나오자 곽여휘의 안색이 조금 변했다.

　"으음……."

　"무, 무슨 일이시오!"

　진기를 도인하는 와중에 신음성을 터뜨릴 일은 안 좋은 일 외에는 없다. 곽여휘의 얼굴에 진중한 기색이 돌았다. 고작 오행토납법을 도인하면서 그런 문제가 생긴단 말인가?

　양태승의 얼굴은 나름대로 괴로워지고 있었다.

　'기운이… 통하질 않아.'

　청명의 몸에 들어간 기운은 망망대해에 들어간 시냇물처럼 흔적도 없이 사라지고 있었다. 아니, 마치 나무나 바위에 내공을 주입하는 듯한 기분이 들었다. 나무나 바위는 감당할 수 없는 내공이 주입되면 터져 버리지만, 청명은 그럴 일은 절대 없다는 듯 여유롭게 양태승의 내공을 흡수해 버리고 있었다.

‘아니, 기운뿐만이 아니라……’

양태승의 눈썹이 꿈틀댔다. 이 소년의 몸은 정말 바위가 아닐까? 기운이 흘러버리는 것은 물론이거니와…….

‘혈도가 없잖아!’

이런 사람은 처음 본다. 전신에 혈도가 없다. 하지만 흐름이 없는 것은 아니다. 마치 자연처럼 모든 기운을 표용하지만 스스로 가지려 하지는 않는 듯한 신체였다. 이런 신체는 평생 내공을 익히지 못한다.

양태승은 대단히 실망한 얼굴로 손을 떼었다.

“…….”

“야, 양 장로, 무슨 일이시오.”

“…아무것도 아니외다. 이제 체력 단련을 해야겠구려…….”

양태승은 기운없이 말하고는 구석 자리로 걸어가 털썩, 자리에 앉았다.

곽여휘는 그런 양태승을 이상하다는 듯 바라보았다.

“그럼 내공은…….”

“익힐 필요도 없소. 선인께서는 내공을 익히지 못하오. 내공을 익히면 차라리 독이 될 게요.”

“그, 그렇소?”

곽여휘는 떨떠름하니 중얼거렸다. 양 장로의 뜻에 따라 열심히 오행토납법을 강론했건만, 결국 시간만 빼앗긴 셈이 되고 말았다.

“그… 그래도…….”

“독제의 이름을 걸어도 좋소. 정말 내공을 배울 필요가 없소이다.”

“…으음.”

곽여휘는 고개를 끄덕였다. 의학에 가장 능통한 양태승이 내공을 배울 필요가 없다는데에야 무슨 할 말이 더 있겠는가!

“그럼 얼른 체력 단련을 시작해야겠구려.”

곽여휘는 나직이 중얼거리며, 따듯한 잠에 취해 있는 청명을 깨웠다.

청명은 부스스 잠에서 깨어나자 곽여휘는 웃음을 지으며 부드러운 목소리로 말했다.

“자, 이제 체력 단련을 해야 할 시간입니다.”

*   *   *

안휘성 합비.

운풍자는 무표정한 얼굴로 운혜를 바라보았다. 운혜의 얼굴이 제법 밝아 보여 운풍자의 마음을 편하게 했다.

하지만 운풍자의 머릿속은 절대 편하지 않았다. 어제 장문 사부께서 남겨주신 말씀이 작지 않았던 것이다.

장문 사부께서는 ‘운혜의 안전에 만반을 기하라’고 했다. 아마도 누군가가 운혜의 목숨을 노리고 있다는 뜻이 될 것이었다.

운풍자의 눈에 비친 운혜는 해맑게 웃으며 식사를 하고 있었다. 옆에서 휘황찬란한 음식들에 놀라는 황우자와 함께.

안휘성의 요리는 대체적으로 민물에서 나온 어류와 집짐승을 대표적으로 한다.

때문에 운혜와 운풍자, 황우자와 운형자가 있는 식탁에서는 닭을 위주로 한다던가, 혹은 민물고기를 위주로 한 음식이 많았다. 특히 완남 산지에서 난 자라로 만든 요리가 대표적이었다.

자라로 만든 갑어포양배(甲魚煲羊排)라던가, 자라와 암탉으로 만든 패왕별희(覇王別姬), 닭으로 만든 랄자계(辣子鷄), 심지어는 호남성의 동안자계(東安子鷄)까지 있었다.

황우자는 패왕별희를 보고는 감동에 젖은 눈으로 운혜를 올려다보았다.

"사… 사고… 고기가……."

"쉿!"

운혜는 날카로운 얼굴로 운풍자를 주시했다. 황우 사질이 산통을 다 깰 뻔했다.

운풍자는 상념에 빠진 얼굴로 조용히 식사 중이었지만, 고기에는 손도 가져가고 있지 않았다. 그는 규율이 살아 있는 무당에서도 특히 엄격하다고 평가받는 사람이었던 것이다.

운혜는 눈치를 살살 살폈다. 고기가 왔으니, 기회를 틈타 먹어야 한다.

"헤헤헤, 사형."

"불가!"

운풍자는 운혜는 보지도 않은 채 무표정한 얼굴로 만두를 집어 입가로 가져가며 말했다.

"또 듣지도 않고……."

"불가!"

"……."

운혜의 얼굴이 딱딱하게 굳어져 갔다. 굳어진 얼굴은 운혜만이 아니었다. 황우자의 얼굴도 굳어졌다.

다른 도사들은 고기도 먹고 술도 먹고 하는데, 운풍 사숙께서는 절대 그런 일을 허락지 않을 기세다.

운형자는 이미 모든 것을 포기한 얼굴로 조용히 봉양양두부(鳳陽釀豆腐)를 한술 떠 입가로 가져가고 있었다.

"황우야, 미련을 버리려므나. 미련을 버릴 때에 비로소 도가 보이느니."

포기한 사람의 얼굴은 본래 평화로워 보이는 법이다. 운형자의 얼굴은 몹시 평화로워 보였다.

"그건 불가의 말 아닙니까?"

왠지 모르게 얄미운 생각이 들어 황우자는 눈을 가늘게 뜨고는 운형자를 노려보았다. 운형자는 해탈의 미소를 지었다.

"뭐, 불가나 도가나 기실 뿌리가 같으니라. 가는 길이 달라 그렇지."

운형자는 이번엔 강동의 명물 순채(蓴菜)를 들어 입가로 가져갔다.

"오, 강동제일묘품(江東第一 妙品)도 있군."

"……."

운혜는 얄밉다는 듯 운형자를 바라보았다. 언제 반드시 혼을 내주리라.

운혜의 옆에서 울상을 짓고 있던 황우자는 식탁에 코를 박고는 냄새를 깊이 들이마셨다.

"맛있는 냄새다……."

화중지병(畵中之餅)이라는 것이 바로 이런 것인가! 눈앞에 먹을거리가 잔뜩 있으나 허상이요, 허상이었다.

"마음이 미혹에 젖게 하지 않는 것이 규율이니, 사제는 마음을 다잡아라. 냄새도 맡지 말고."

운풍자는 여전히 황우자는 보지도 않고 무표정하게 만두를 들어 입가로 가져갔다. 황우자의 얼굴이 딱딱하게 굳어졌다. 쳇, 아무래도 만두나 소채 따위나 집어먹어야 할 팔자인가보다.

"그나저나, 다음 음식은 왜 이리 안 나온대요? 다음에 나올 음식은 좀 조리가 잘 된 채(菜)였으면 좋겠는데."

"…그러게?"

이번엔 이상한 얼굴로 운혜가 대답했다.

본래 음식의 순서란 소채(小菜), 량채(凉菜), 열채(熱菜)의 순으로 나온다. 차와 함께 나온 찐 땅콩은 벌써 주워 먹었고, 새콤한 량채들도 이미 맛을 본 후다. 그리고 열채로 자라 요리니, 닭 요리니 하는 것들이 나왔으니 끝으로 생선이 나오거나, 아직 대접이 끝나지 않았다면 다음 요리가 나와야 하는데 제법 오래 기다렸는데도 나오지 않는다.

운혜는 고개를 갸웃했다.

＊　　　　＊　　　　＊

치익― 치익―

본래 요리란 완성된 즉시 나가는 것이 원칙이다. 천하제일가라 불리는 남궁세가에서 음식을 부족하게 만들 리가 없으니, 만드는 데 시간이 걸려 그렇지 아직 수많은 요리들이 남아 있다고 볼 수 있다.

남궁세가의 주방에서는 숙수(熟手)가 열심히 과(鍋)를 잡고 흔드는 사이, 수많은 보조 숙수들이 그릇을 들고 옮긴다, 조갱을 닦는다 소란을 부리고 있었다.

남궁세가의 보조 숙수 서문지(署汶志)는 갑어황주탕(甲魚黃珠湯)을 그릇에 담고 있었다.

"……"

서문지는 눈치를 살피며 주위를 둘러보았다. 긴장된 듯, 얼굴에는 땀이 가득 배어 있었다. 주위를 둘러보던 숙수는 소매에서 기묘한 봉투를 꺼냈다.

엄지손톱만큼 작은 봉투였는데, 서문지는 탕을 그릇별로 나누어둔 후, 하나의 그릇을 골라 속에 그 봉투를 넣었다.

사르르륵―

봉투가 녹고, 그 안의 하얀 가루들도 탕 속에 녹았다.

"이것 보게, 문지! 서둘러 음식을 가져와야 할 것 아닌가! 우리가 모시고 있는 분들은 다름 아닌 무당파의 도사님일세!"

서 숙수의 선배 장 숙수가 엄한 목소리로 말했다. 어지간히 꼬장꼬장한 성격은 오늘도 한 소리를 타박하려나 보다. 서 숙수는 미소를 지으며 고개를 끄덕였다.

"예, 갑니다요, 가요!"

서 숙수는 서둘러 음식을 가지고 나섰다.

*　　　*　　　*

"탕이다!"

운혜는 맑은 얼굴로 외쳤다. 황우자 역시 마찬가지였다. 탕은 육수로 끓이는 경우가 많으니, 어쩌면 고깃기름이라도 맛을 볼 수 있을지도 모른다. 본래 탕이란 국물의 맛을 위해 먹는 것이니 후루룩 마셔 버려도 운풍 사숙께서 탓하시지는 않을 것이다.

요리를 가지고 나오는 서 숙수의 손에는 뜨끈뜨끈한 그릇 여섯 개가 담겨 오고 있었다.

"고… 고기는 안 들어갔겠지?"

황우자는 실망한 얼굴이 되어서 말했다. 운풍 사숙의 눈이 워낙에 무서우니, 크게 말하지도 못하겠다.

자그맣게 중얼거린 황우자의 목소리를 듣기라도 했는지, 운형자가 입을 열었다.

"어쩌면 들어갔을 수도 있지. 여기 봐라, 도사들이 묵고 있는데도 고기가 나오지 않더냐."

사실 강호인들 중에는 도가의 규율을 엄격하게 지키지 않는 사람이 많다. 가까운 화산파나 형산, 청성파의 사람들은 의례적으로 고기를 먹었다. 즐기지는 않지만 기회가 있거든 피하지 않는 것이다. 그들은 도사이면서도 강호인이었다.

하지만 무당의 운풍자는 전대의 무당제일검 현무 진인이 많이 말아먹었다는 무당의 규율을 다시 세우고 있는 사람, 즉 몹시 엄격한 사람이었다.

그런 운풍자의 귀에 서 숙수의 목소리가 들려왔다.

"걱정하지 마십시오, 도사님들! 이 탕은 고기가 들어가지 않았답니다!"

"……."

황우자의 얼굴이 단숨에 좌절로 굳어졌다. 눈치없는 숙수 녀석 같으니. 기왕이면 조금 챙겨줄 것이지…….

황우자는 실망한 얼굴로 주방장을 바라보았다. 그때였다. 서 숙수는 슬며시 미소를 지으며 눈을 한쪽 감았다 떴다.

황우자의 얼굴에 미소가 담겼다. 눈치가 없지는 않은 분이시로구나!

국이 하나씩 하나씩 도사들의 앞에 놓여졌다. 운풍자의 앞에도, 황우자의 앞에도, 운형자의 앞에도.

"자, 여도사님, 한번 맛을 보시지요!"

마지막으로 서 숙수는, 운혜의 앞에 그릇을 놓았다. 그 얼굴은 웃고 있었지만 그 눈은 웃고 있지 않았다.

운혜는 신나는 미소를 지었다. 숙수가 황우자에게 한 쪽 눈을 찡긋하는 것을 이미 보았던 탓이었다.

"자, 먹자!"

운혜는 조갱(調羹:작은 수저)를 들어 탕을 떴다. 그리고 탕을 입가로 가져가고는 행복한 미소를 지었다. 과연, 연하고 부드러운 고기가 들어 있다.

황우자는 조갱을 들지도 않았다. 손님이 요리를 남김없이 먹는 것은 식사 예절에 어긋나지만, 이 자리에는 남궁가의 사람들이 한 명도 없으니 굳이 예절을 지킬 필요가 없다.

황우자는 시원스럽게 그릇을 들고 탕을 후루룩 마셔 버렸다. 운풍 사숙께서 국에 고기가 들어갔다는 것을 아시기 전에 서둘러야 한다. 황우자의 입이 바빠졌다.

운형자는 조갱을 들어 허겁지겁 탕을 퍼먹다가 그런 황우자를 보고는 눈을 빛냈다.

'내가 왜 조갱 따윌!'

운형자는 조갱을 얼른 내려놓고는 그릇을 들어올렸다. 여태껏 평화로운 척 말했지만, 사실 자신이라고 왜 맛난 음식에 대한 미련이 없겠는가!

황우자에게 눈치를 보내는 숙수를 볼 때부터 이미 운형자의 마음도 정해져 있었다.

운형자와 황우자의 눈에 운풍자는 묵묵히 수저를 들어 탕을 뜨는 모습이 보였다.

꿀꺽, 꿀꺽, 꿀꺽—

황우자와 운형자의 속도가 빨라졌다. 하지만 방금 끓인 탕이라는 것은 본래 몹시 뜨거운 법이다. 내공을 운용하지도 않고 입에 뜨거운 것을 넣었으니, 그 입천장이 다 데어가고 있을 텐데도, 황우자와 운형자는 주저 없이 꿀꺽꿀꺽 마실 뿐이었다.

운풍자의 입에 탕이 담긴 조갱이 들어가는 것을 확인한 운형자의 마음이 급해졌다.

'이런! 급하다! 컥!'

씹지도 않고 다급히 국물을 들이마시던 운형자의 목에 커다란 자라 고기 건더기가 통째로 들어왔다.

'아… 안 돼!'

"푸웃—!"

탕의 뜨거움을 이기지 못한 운형자의 입에서 국물이 뿜어져 나왔다. 그사이, 황우자는 눈물을 글썽이며 텅 빈 그릇을 내려놓았다. 운형자의 눈에서 존경의 빛이 쏟아져 나왔다.

"잘 먹었습니다!"

"……."

마침내 운풍자의 눈에 조갱에 떠 있는 고기가 들어왔다. 운풍자는 그릇을 내려놓고는 냉혹한 눈으로 주위를 둘러보았다.

"이 탕은 먹지 마라."

하지만 황우자는 이미 모든 국을 다 마셔 버린 후였다. 내심 미소를 지으며, 황우자는 의아한 표정으로 운풍자를 바라보았다.

"예? 왜요? 이렇게 맛있는데?"

"벌써 다 먹었군."

운풍자는 냉정한 눈으로 황우자를 돌아보았다. 그 속셈을 이미 짐작하고 난 후였다.

"마보 세 시진."

"으앗, 왜요! 나는 여기에 고기가 들어가 있다는 것을 전혀 몰랐어요! 정말이에요! 전혀 모르고 먹은 건데!"

황우자는 어릴 적부터 도량에서만 자란 인물, 거짓말을 잘 할 줄 몰랐다. 결국 자기 입으로 고깃국이 맛있어요. 하고 시인해 버린 것이나 마찬가지다. 황우자도 스스로 그것을 깨달았는지 얼굴이 벌게져 버렸다.

운풍자는 묵묵히 황우자를 노려보고는 그 옆에서 머쓱한 표정으로 서 있는 운형자를 노려보았다.

"사제 운형도 마찬가지일 뿐더러……."

운형자의 얼굴이 구겨졌다. 운풍자는 마지막으로 운혜를 바라보았다.

"사매 역시 마찬……."

"…어?"

운풍자의 시선을 따라 운혜를 바라보았던 황우자의 입에서 놀란 신음성이 터져 나왔다. 운혜 사매는 조갱을 든 채 그대로 앉아 있을 뿐이었다.

"사매?"

멍청히 중얼거리는 운형자의 눈에 의자에 앉아 있던 운혜의 몸이 스르르 기울어지는 것이 보였다.

"사, 사매!"

운풍자는 다급히 몸을 움직였다.

털썩—

마침내 운혜의 몸이 바닥으로 떨어졌다.

*   *   *

텅—

청명은 물동이를 떨어뜨렸다. 불쾌한, 아니, 불길한 인연이 운혜 사손에게 다가가고 있었다. 어쩌면 벌써 그 인연을 만났을지도 모르는 일이다.

"물동이를 다시 드셔야… 선인?"

"운혜 사손……."

청명은 멍하니 중얼거렸다. 운혜 사손이 아프다. 예쁜 미소가 더 이상 지어지지 않고 있다. 예전 눈물을 흘릴 때처럼, 아니, 그때보다 더 마음이 아파왔다.

"운혜 사손이 아파요."

청명은 여전히 동쪽 하늘을 바라보며 나직이 중얼거렸다. 왠지 모를 감정이 가슴 깊숙한 곳에서 느껴지고 있었다. 떨림과도 같았고, 긴장되는 것처럼 가슴이 울렁거리거나 싸하기도 했다.

"아… 아프면 안 되는데……."

"선인?"

물동이를 떨어뜨린 청명을 탓하려던 곽여휘는 의아하다는 듯한 시선으로 청명을 바라보았다.

청명은 가슴이 저려오는 것을 느끼며 고개를 갸웃했다. 이게 무슨 느낌일까? 왜 가슴이 아프고 마음이 아플까? 도에 이르러 감정을 잊어야 하거늘, 왜 나는 마음이 아플까? 아니, 왜 인연은 나를 백련교로 부른 것일까? 운혜 사손과 함께 있어야 하는데!

"원시천존님……."

청명은 원망스러운 눈으로 하늘을 올려다보았다. 아직 인연의 끈은 닿지 않고 있었다.

"아!"

청명의 탄성에 청명의 무공 수련을 구경하던 양태승과 경추추의 눈이 심각해졌다. 선인은 마치 지금 멀리 있는 무엇인가를 느끼고 있는 듯했다.

청명은 다행이라는 듯 한숨을 내쉬었다. 그리고는 조그맣게 중얼거렸다.

"현성 사질."

＊　　　＊　　　＊

　방은 휘황찬란했다. 천하제일가라는 남궁세가의 본관이니 그 화려함은 더 말할 바가 없었다. 커다란 침상이 있는 것은 물론이요, 화려하게 조각된 문갑과 커다란 거울까지 있는 방이 바로 운혜의 방이었다.

　운혜는 자신의 침상에 누워 있었다.

　침상의 앞에 앉아 눈을 감은 심각한 얼굴로 운혜의 맥을 짚던 현성 진인은 한숨을 내쉬었다.

　"후우……."

　"……."

　방 안은 조용했다. 운풍자야 원래 말수가 없었고, 현평 진인은 아무런 말도 할 수가 없었다. 심지어는 운형자와 황우자마저 조용히 운혜를 바라보고 있을 뿐이었다.

　현평 진인은 조용히 현성 진인을 바라보았다. 아직 묵언 수행 중이라 말은 하지 못하지만, 사제는 아마도 전음을 보낼 것이다.

　아니나 다를까, 곧 사제의 전음이 들려왔다.

　"다행히 해독할 수는 있겠습니다."

　"…후우—"

　마침내 현평 진인의 얼굴에도 조금이나마 안심의 기색이 흘러나왔다. 현평 진인은 조용히 사제 현성 진인을 바라보았다.

　"독은?"

　"사절명독(四絶命毒)입니다. 섞어 만든 화학독이 아니고 생물독인지라 해독은 어렵겠습니다만, 가능하긴 합니다."

　현성 진인은 단언하듯 전음을 보냈다.

　현평 진인은 걱정스러운 시선으로 현성 진인을 바라보았다.

　"사절명독이라면 맹독이 아닌가? 참으로 가능한 겐가?"

“예. 다행히 이곳엔 약재가 있을 터이니, 가능할 겝니다.”

“으음······.”

현평 진인은 고개를 끄덕였다. 사제가 가능하다면 정말 가능한 것이
다.

묵묵히 입술을 달싹이던 현평 진인과 현성 진인을 바라보던 운형자와
황우자는 긴장된 얼굴로 서로를 바라보았다.

그리고 배분이 높은 운형자의 협박 어린 눈길에, 황우자가 먼저 입을
열었다.

“저, 사조. 아니지, 장문 사조······.”

황우자는 무심코 현성 진인을 불렀다가 현성 진인의 묵언 수행을 떠올
리고는 시선을 옮겼다.

“사고께서는······.”

“다행히 해독할 수는 있겠구나.”

현평 진인은 고개를 돌리며 말했다. 황우자의 얼굴에서 안심한 기색이
새어 나왔다. 황우자를 보며 작게나마 실소한 현평 진인은 시선을 돌려
운풍자를 바라보았다.

운풍자는 조용히 서 있었다. 입을 열어 질문하지는 않고 있었지만 현
평 진인은 운풍자의 속내를 짐작할 수 있을 것만 같았다. 아마도 누가 이
런 짓을 했느냐는 질문인 듯하다.

“으음······.”

현평 진인은 한숨을 내쉬었다. 누가 했는지 짐작이 갔다. 아마도 형
산······.

신음을 내뱉는 현평 진인에게서 시선을 돌린 운풍자는 묵묵히 운혜를
바라보았다. 운혜의 수척해진 얼굴을 바라본 운풍자는 여전히 무표정했
다. 하지만 그 속도 그럴까?

“……”

“운풍은 들으라.”

조용히 운혜를 바라보던 운풍자의 귓가에 현평 진인의 목소리가 들려왔다. 운풍자는 재빨리 시립하여 머리를 조아렸다.

“제자가 뜻을 받드옵니다.”

“흉수는 잡았느냐?”

운풍자는 고개를 끄덕였다. 숙수들을 탐문하여 흉수는 이미 알아내었다. 그러나 죽음의 위기에 처하자 흉수는 자결해 버렸다. 자살이 아니라 타살이라는 심증이 있었지만 증거를 발견해 내지 못했다.

운풍자가 입을 열었다.

“예, 하나 이미 자결한 후였습니다.”

“으음……”

현평 진인은 고개를 끄덕이고는 심각한 얼굴로 사제 현성 진인을 바라보았다. 잠시 침묵이 감돌았다. 전음을 나누는 듯 입술을 달싹이던 현평 진인이 다시 운풍자를 바라본 것은 일 다경이 훌쩍 넘은 뒤였다.

“운풍, 네가 가서 몇몇 한약재들을 찾아와야겠구나.”

현평 진인은 심각한 표정으로 말했다. 조금 전, 현성 진인과 대화를 나눌 때 들은 한약재를 알려주어야 했다.

“남궁가에 부탁하면 그쯤이야 쉬이 찾아줄 것이나, 상황이 제법 복잡하게 되어버렸구나.”

현평 진인이 중얼거렸다. 음식에 독을 섞은 것으로 보아 남궁가에 흉수의 방수가 있을 것이다. 그렇다면, 본 파의 제자들 외에는 믿을 사람이 없다. 약재를 구해달라고 말한다면 남궁세가에서는 틀림없이 그대로 해줄 테지만, 그 약재에도 독이 들어 있을지 모르지 않는가!

“그러하니, 제자는 무례를 무릅쓰고 약재 창고를 직접 찾아간 다음,

너의 눈과 손으로 직접 약재를 골라오너라.”

“제자가 뜻을 받드옵니다.”

운풍자는 시립한 채로 머리를 숙였다. 사부의 뜻은 이미 짐작할 수 있었다. 무당의 인물만 믿겠다는 뜻이리라.

“다급한 일이니 서두르라.”

“……..”

운풍자는 말없이 시립하여 머리를 조아리고는 방문을 나섰다. 현평 진인은 이번에는 말없이 황우자와 운형자를 바라보았다.

“아!”

눈치가 재빠른 운형자가 황우자의 허리께를 툭툭 치고는 먼저 시립했다.

“제… 제자는 이만 나가 이곳을 봉하오리다.”

“그리하라.”

운형자가 조용히 시립하고 몸을 돌리자, 황우자는 그를 따라 시립하고는 운형자의 뒤를 따라나섰다.

현평 진인의 귓가에 운형자와 황우자가 다투는 소리가 들려왔다.

“사숙, 도대체 왜 나가자는 겁니까? 운혜 사고께서 저렇듯 아프신데…….”

“시끄럽다, 이 녀석아. 조용히 하지 못할까.”

“네, 운형 사숙. 조용히 할 게요. 그런데 왜 나가자는…….”

“이 녀석이!”

현평 진인은 살짝 실소했다. 그것은 사제 현성 진인도 마찬가지였다. 잠시 여유로운 듯 웃던 현평 진인은 씁쓸한 얼굴로 운혜를 바라보았다.

“그보다 사제. 사절명독이라면…….”

“예, 운남(雲南)의 백모사(白毛蛇)에서 나오는 독입니다.”

"으음……."

운남성이라면 다름 아닌 마교가 있는 곳이다. 하지만 마교가 운혜를 죽이려 들 리는 없다. 그녀는 음화신녀이므로.

"마교… 겠나?"

"아닐 듯합니다. 운남에는 마교만 있는 것이 아니지요."

"……."

현평 진인은 시선을 돌렸다.

"으음, 그렇군……."

현평 진인의 입에서 부지불식간에 신음성이 터져 나왔다.

"너무 걱정 마시지요. 제가 곧 해독해 낼 터이니."

"할 수 있겠나?"

현평 진인의 시선에 현성 진인은 슬쩍 미소를 지었다.

"제 세속명을 아시지 않습니까."

"허헛, 그러고 보니, 사제의 세속명이 아마 당(唐)씨였었지?"

"예……."

현평 진인의 말에 현성 진인은 고개를 끄덕이며 씁쓸한 미소를 지었다.

"이곳입니다."

남궁세가의 집사가 직접 안내한 약재 창고는 대단한 보고였다. 약재 창고 안에는 거의 없는 약재가 없다고 봐도 좋을 만큼 수많은 약재들이 놓여 있었다.

"무량수불, 도우의 도움에 감사드리오."

"별말씀을 다 하십니다요."

운풍자의 무표정한 얼굴에도 집사의 얼굴은 기죽은 표정이 아니었다.

천하제일가라는 자부심 때문일까? 집사는 대수롭지 않게 중얼거렸다.

"남궁세가의 도움없이 필요한 것을 직접 고르시겠다니, 저는 밖에서 기다리고 있지요."

집사는 점잖게 남궁세가에 부탁하지 않고 직접 약재를 가지러 온 것을 탓했다.

"남궁세가의 도움은 잊지 않으리다."

운풍자는 나직한 목소리로 중얼거렸다. 운풍자의 무거운 목소리에, 집사는 조용히 목례하고는 약재 창고를 나가 버렸다.

텅—

문이 닫히는 소리가 들려왔다.

"……."

운풍자는 무표정한 얼굴로 주위를 둘러보았다. 먼저 당귀(當歸)를 고르고 난 다음, 강용(江茸)을 고른다. 그 다음에는 사연초(絲姸草)를 고른다.

운풍자의 손놀림이 조심스러워졌다. 혹여 약재의 뿌리 하나하나가 상할까 걱정하는 듯한 몸짓이었다.

조심스럽게 사연초의 뿌리를 챙긴 운풍자는 성희연과(聖熙緣果) 몇 알을 바라보았다. 성희연과는 영약 축에 끼는 고급 약재인데, 남궁세가에는 네댓 알이나 있었다.

운풍자는 성희연과를 몇 알 조심스럽게 들어올렸다.

"……."

운풍자의 머릿속에 복잡한 상념이 떠올랐다. 사매의 생기 어린 미소를 보는 동안의 평안을 생각했다. 사조님께서 떠나신 뒤 사매의 우울한 얼굴 덕택에 괴로웠던 날들도 떠올랐다.

도보다 그런 것들이 먼저 떠올라 운풍자의 마음을 아프게 했다.

끼이익—

흠칫.

운풍자의 몸이 살짝 굳어졌다. 이곳은 복마전이나 다름이 없다. 운풍자는 날카로운 눈으로 허리춤에 매달린 운검을 살짝 잡았다.

곧 운풍자의 귓가에 말소리가 들려왔다.

"무당의 제자로군."

운풍자는 천천히 몸을 돌렸다. 약재 창고의 문가에는 점잖은 얼굴의 노인이 서 있었다. 운풍자의 눈이 차갑게 변해갔다. 노인은 다름 아닌 형산파의 장문인이었다.

"무당의 제자 운풍이 형산의 장문인을 뵈옵니다."

"……."

노인은 아무런 말이 없었다. 잠시 침묵이 감돈 뒤에야 마침내 노인이 입을 열었다.

"…살려야 할 필요가 있는가?"

"……."

운풍자는 소요상인의 얼굴을 바라보았다. 단도직입적으로 물어오는 노인의 말에 할 말을 잃은 탓이었다.

아무런 말도 없는 운풍을 바라보며 노인이 다시 입을 열었다.

"살려야 할 필요가 있는가?"

운풍자는 무표정한 얼굴로 소요상인을 노려보았다.

"제 사매입니다."

"그리고 전 강호의 명줄을 쥐고 있는 아이지."

소요상인은 대수롭지 않다는 듯 중얼거리며 시선을 돌려 약재 창고를 바라보았다. 천천히 손을 내밀어 약재들을 하나씩 만져 보며, 소요상인이 입을 열었다.

"강호의 격언 중에 한 손이 열 손을 감당해 낼 수는 없는 말이 있다네."

이번에는 또 무슨 소린가! 뜬금없는 노인의 말에 운풍자의 머릿속이 헝클어졌다.

"그러나 그 격언이 틀린 말이라는 것을 나는 잘 알고 있다네. 한 손이 열 손을 감당할 수도 있지. 전대의 마교주 파월천마가 그러했네."

"……."

"그는 단신으로 두 개의 문파를 멸문시켰네, 단신으로. 고작 팔성밖에 이르지 못했다는 그 무공으로 말이야."

"……."

운풍자는 아무런 말도 하지 못했다. 파월천마의 무공에 대해서는 익히 알고 있었다. 그러나, 소요상인의 입에서 나온 말은 강호에 알려진 상식과는 또 달랐다. 단일 무력으로 어찌 수백의 무력을 상대할 수 있단 말인가!

"음화신녀가 있어 십이성에 오를 수 있었다면 그는 단신으로 아홉 개의 문파를 부술 수 있었을 게야."

"……."

구파.

"그리고 지금 음화신녀가 이 자리에 있네. 구파의 명이 그 여도사에게 달렸다고 해도 과언이 아니야. 팔성과 십이성의 차이는 크지."

무공의 고하를 나누는데 어찌 틀이 있겠냐만, 보통 완성의 단계를 십이성이라고 한다. 때문에 칠성과 팔성은 비슷하다고 말할 수 있지만 십일성과 십이성을 비슷하다고 말할 수는 없다. 완성된 무공의 힘은 불가해하리만치 높아진다.

"살려야 할 필요가 있겠는가."

"…제 사매입니다."

운풍자는 나직히 대답했다.

소요상인은 고개를 가로저었다.

"아니, 음화신녀지. 그녀는 강호의 운명을 쥐고 있는 사람일세. 그 한 사람을 위해 강호를 희생하려 드는가."

"……."

운풍자는 묵묵히 몸을 돌렸다. 그리고는 마지막 약재인 백년삼(百年蔘)을 집어 들었다. 뒤에서 씁쓸한 소요상인의 목소리가 들려왔다.

"나는 그 희생을 잘 알지. 그녀로 인해 모든 사형제와 사부, 제자들을 잃었으니. 그대는 내 심정을 짐작할 수도 없을 걸세."

"……."

"자네는 음화신녀로 인해 벌어질 수백 목숨의 죽음을 감당할 수 있겠나."

"무당의 제자 운풍은… 이만 나가보겠습니다, 장문인."

"……."

이번에는 소요상인이 침묵했다. 침묵한 소요상인에게 짧게 목례한 운풍자는 조용히 몸을 돌렸다. 소요상인에게서는 아무런 움직임도 느껴지지 않았다.

"자네는 수백 목숨을 감당할 수 있겠나."

귓가에 소요상인의 목소리가 들려오는 듯했다. 수백 목숨의 죽음이라… 수백 목숨의 죽음…….

운풍자는 약재를 들고 걸음을 옮겼다. 하지만 걸음을 걷는 자신은 전혀 느껴지지 않고 있었다.

운풍자의 상념이 깊어졌다.

"자네는 내 심정을 짐작할 수도 없을 걸세."

만약, 소요상인처럼 장문 사부께서 죽는다면? 그리고 사제들과 그리고 사숙들이 죽는다면? 운혜 사매를 살렸다가, 그 모두가 죽는다면?

운풍자의 고민이 심해졌다. 운풍자는 고개를 들었다. 약재 창고에서 창천관의 운혜의 방까지 걸어가는 길은 그 어느 때보다 길었다.

사부와 사숙, 사제들의 문제만이 아니었다. 운혜 사매의 일이 잘못되어 만약, 또 다른 소요상인이 생겨난다면 자신이 그것을 감당할 수 있겠는가. 아직 겪지도 않은 일을 상상함만으로도 벌써부터 가슴이 저리거늘, 타인을 겪게 하고 자신이 감당할 수 있겠는가.

운풍자의 무표정이 조금이나마 흔들렸다. 미간이 살짝 찌푸려졌다.

'아직 벌어지지 않은 일이다.'

운풍자는 살짝 고개를 저었다. 하지만 머릿속에서는 또 다른 목소리가 들려오고 있었다. 마치 소요상인의 목소리처럼 들리는 그것은 어쩌면 자신의 마음의 소리였을지도 모른다.

언젠가는 벌어질지도 모르는 일이다. 아직 벌어지지 않았을 뿐, 위험성은 언제나 내포하고 있다.

그러나… 운혜를 죽인다면 그 위험성조차 사라진다. 강호는 이대로 평안함을 유지할 것이다.

"……."

운풍자는 고개를 돌렸다. 그리고 자신이 돌아온 길을 살펴보았다. 벌써 약재 창고와는 멀리 떨어져 있었다.

죽여야 하는가, 살려야 하는가. 한 사람, 오직 한 사람을 위해 전 강호를 희생해야 하는가, 아니면 강호, 그 수백 목숨을 위해 한 사람, 운혜를 희생해야 하는가.

　간단한 일이다. 그 위험성마저 없애려면 이 약을 가져가지 않으면 될 일이다. 가져가지만 않는다면······.

　"······."

　운풍자는 시선을 들었다. 어느새 자신은 창천관의 입구에 서 있었다. 아직 상념은 머리에서 떠나지 않았건만, 길은 점점 더 짧아지고 있었다.

　'사조······.'

　사조께서 계셨다면, 사조께서 계셨다면 어떠셨을까? 도를 이루신 분은 어떠한 선택을 할까?

　"만물은 하나고, 하나는 마음으로써 존재한다······."

　예전, 사조께서는 자신에게 검리(劍理)를 가르쳐 주신 바가 있다. 그러나, 사조께서는 그것이 검의 이치라고 생각하고 가르치신 일은 아니었을 것이다.

　사조께서는 도를 이야기하셨으리라.

　"그러나, 마음은 꼭 변하는 법."

　운풍자의 머릿속에 운혜의 얼굴이 떠올랐다. 옥가락지가 가지고 싶다고 조르던 뾰로통한 얼굴. 그리고 한낱 나물을 팔며 즐겁다는 듯 웃던 사매의 얼굴과 사조께서 떠나가시고 난 뒤 사매의 슬픔을 생각했다.

　"······."

　운풍자는 소매를 내려다보았다. 소매 속에는 아직도 옥가락지가 들어 있었다.

　운풍자는 고개를 들었다. 그리고는 곧게 걸음을 옮겨 창천관 안으로 들어갔다.

　한 사람을 위해 강호를 희생할 수는 없다. 하지만 강호를 위해 사매를 희생시키지도 않겠다. 사매가 마교에 잡혀가지 않게 함으로 강호를 구하겠다. 그리고 사매를 섣불리 죽음의 길에 이르지 않게 함으로 사매도 구하겠다.

나는 사매와 강호를 동시에 지키겠다.

만물이 하나인지는 모르겠지만 마음은 하나요, 전부다. 자신의 마음을 변화시킬 수 있다는 것은 세상을 변화시킬 수 있다는 소리.

어느새 운혜의 방에 다다른 운풍자는 마음을 정하고는 문을 열었다.

"제자 운풍이 장문 사부의 명을 받들어 약을 가져왔습니다."

＊　　　＊　　　＊

청명은 부드러운 미소를 지으며 고개를 돌렸다. 잠시 멍하니 동녘 하늘만 바라보던 선인을 의아한 듯 바라보던 곽여휘와 경추추, 양태승은 조금 전보다 밝아 보이는 청명의 얼굴에 다행스럽다는 듯한 얼굴을 지었다.

"서… 선인……."

"예?"

청명은 그제야 상황을 돌아볼 여유가 생긴 듯 고개를 갸웃거렸다. 모두들 궁금하다는 듯한 얼굴로 자신을 바라보고 있었다.

"왜 그러시나요?"

"혹여 선계에 무슨 일이라도……."

곽여휘가 멍청히 중얼거렸다. 신선이 하늘을 유심히 바라보고 있으니, 아무래도 괴이쩍었던 것이다. 세상에 큰 변고가 난 줄 알았다.

"와, 곽 장로는 선계의 일도 알 수 있나요?"

청명은 호기심 어린 눈으로 곽여휘를 바라보았다. 곽여휘는 고개를 저었다.

"아니요, 그런 뜻이 아닙니다."

"그럼요?"

궁금하다는 듯한 청명의 얼굴에 곽여휘의 얼굴이 난감하다는 듯 변해갔다.

"벼, 별일 아니니 신경 쓰지 마시지요, 선인. 그보다 체력 단련을 해야 하는데 시간이 이리 지났으니……."

곽여휘는 한숨을 내쉬며 해를 바라보았다. 해는 중천에서 조금 서쪽으로 기울어져 있었다. 오전에 하려 했던 체력 단련은 이미 물 건너간 셈이다.

"허어… 오늘은 어쩔 수 없지요. 그럼 삼재검의 검형을 수련합시다."

곽여휘는 차분한 어조로 입을 열었다.

"본래 삼재검이란 하늘과 땅과 인간의 이치를 담고 있습니다."

"와아, 그렇군요."

청명은 고개를 끄덕이며 곽여휘의 삼재검 주해를 듣고 있었다. 청명이 나타난 후로는 그 좋아하던 바둑도 잘 두지 않는 장로들은 옹기종기 모여 앉아 청명의 무공 수련을 구경하고 있었다. 오랜만에 집안일을 일찍 마친 설수진 역시 청명을 바라보고 있었다.

"예, 그렇습니다. 그러니, 삼재검만 익혀도 강호의 모든 검을 다 안다고 말할 수 있습니다."

"예?"

"…삼재검은 모든 검의 기초이자, 모든 검의 완성형이라는 말입니다."

곽여휘가 나직이 중얼거렸다. 삼재검은 진실로 그러했다. 줄이고 줄이자면 하늘에서 땅으로 베어가는 동작, 그리고 가로로 검을 긋는 동작, 그리고 대각선으로 베어나가는 간단한 세 초식만 있을 뿐인 삼재검은 그

것만으로 완성된 검이며, 그것만으로 모든 검공을 이룰 수 있는 무공이 었다.

"그러니 그 초식을 알고 그 초식이 담고 있는 바를 깨달으시면 모든 검공을 깨달으신 바나 마찬가지일 겝니다."

물론, 숙련도는 필요하겠지만 말이다.

"와아, 그렇군요!"

"…먼저, 제 검형을 잘 보고 따라하신 후……."

곽여휘는 말을 늘이며 청명을 바라보았다. 청명에게는 검이 없었다. 자신의 검을 줄 수도 있는 노릇이지만 자신은 무공을 시연해야 하지 않 겠는가!

"으음, 선인께서는 검을 지니고 계시지 않군요."

"네, 저는 검이 없어요. 삼보는 예전에 장문 진인께 드렸거든요."

청명은 고개를 끄덕이며 대답했다. 하계로 내려왔을 때 무당의 제자임 을 증명하는 삼보를 장문 진인께 드린 이후 되찾은 적이 없었다. 본시 우 화등선한 사람의 삼보는 조사지동에 가져다 놓는 법이다. 우화등선한 다 음 하계로 내려온 조사가 한 분도 계시질 않았으니 청명의 경우는 조금 특이하지만, 어쨌든 규율이 그러하니 청명의 삼보 역시 그곳에 가져다 두었다.

"음… 그럼 검을 하나 드려야겠군요."

양태승이 벌떡 일어났다. 체력 단련이 선인의 기괴한 신체의 근력을 알아볼 수 있었다면 검형 수련은 선인의 반사 신경을 알아볼 수 있는 좋 은 기회였다.

"내가 가져오리다! 선인의 체력이 아직 높질 않으시니, 가벼운 목검이 면 되겠지!"

경추추는 양태승을 바라보았다. 왜 저렇게 열심인지는 모르겠지만, 여하튼 나쁠 일은 없다.

경추추는 피식, 웃음을 지었다.

"내가 가겠소이다. 오십 년쯤 전에 내가 충수목(沖水木)을 가져다 둔 일이 있지. 그것으로 대신하면 되겠구려."

"충수목?"

충수목이라면 나무가 중수(重水) 속에 빠져 만들어지는 기물이었다. 중수의 압력 속에서 눌리고 눌린 나무는 가볍고도 단단해진다. 속이 꽉 차고도 가볍다 하여 붙은 이름이 빈 물의 검, 충수목이었다.

다만 경추추가 그것을 구했을 시, 모양이 둔탁해 다듬고 다듬어도 경추추의 마음엔 그저 매끄럽고 길쭉한 막대기와 같을 뿐이었다. 게다가 조금 짧기도 했다.

하지만 선인의 체구가 그리 크지 않으니 나름 적당하다.

양태승이 떨떠름하게 중얼거렸다.

"아… 아깝지 않으시겠소?"

"예전에 쓸 일이 있어 가져다 두었는데, 결국에는 쓰지를 못해 그저 창고에만 박혀 있소이다. 아깝지 않으니 걱정 마시구려."

경추추는 씁쓸히 웃으며 창고로 걸어갔다.

일 다경도 지나지 않아, 작은 목검이 청명의 손에 쥐어졌다. 조금 짧다 싶었지만 청명이 드니 그럭저럭 모양새가 났다.

"이야아—"

청명은 환호성을 지었다. 예쁜 나무로 된 검은 무겁지도 않고 길이도 적당한 것이 마음에 쏙 들었다.

"호오, 좋은 검이구려. 한데 정말 나무로 만드신 게 맞소이까? 생김생김을 보아하니 나무로 되었다고는 믿어지지 않소이다."

양태승은 감탄한 눈으로 경추추를 바라보았다. 경추추의 마음에는 들지 않았지만, 검은 제법 멋진 형상을 띠고 있었다.

약간 청색이 섞인 백색의 검신은 곧게 뻗어 있었다. 잘 만들어진 명검처럼 곧게 뻗은 검신에는 짧게 문양이 조각되어 있었는데, 수수한 나뭇잎 두어 개가 조각되어 있었다. 검은 보통의 검처럼 날카롭진 않았지만 날까지 서 있었다. 검병은 살짝 청색을 띠고 있었는데, 아무런 문양도 없이 빗살 모양을 띠고 있었다. 회청색이 살짝 입혀진 손잡이는 따로 연결한 듯 부드러웠다.

"와아, 너무 고마워요, 경 도우! 이 검은 제게 주는 건가요?"

청명은 밝은 목소리로 외쳤다. 청명이 든 검은 색부터 시작해서 모양까지 목검이 아닌 진검의 형을 띠고 있었다.

"그렇소. 그 검은 이제부터 선인의 검이외다."

"이야!"

청명은 신이 나서는 깡충깡충 뛰기 시작했다.

그 모습을 바라보던 설수진은 조용히 자리에서 일어나 몸을 뒤로하고 걸어나갔다.

"어? 설 도우는 어디로 가나요?"

신이 나 뛰던 청명은 의아한 표정으로 사라져 가는 설수진을 바라보았다. 설수진의 손은 어느새 눈가로 다가가 있었다.

대답을 한 것은 경추추였다.

"가만히 내버려 두시오, 선인."

"…예?"

"그 검은……."

청명은 고개를 갸웃했다. 설수진뿐만이 아니라 경추추의 얼굴도 조금은 쓸쓸한 얼굴이 되어 있었다.

"아니외다. 잠시 내자를 보고 오겠소."

경추추는 짧게 말하고는 몸을 일으켰다.

사실 저 충수목검은 설수진이 임신했을 당시, 아버지가 된다는 기쁨 속에서 만들었던 것이다. 어쩌면 검이 마음에 안 드는 것은, 그것이 못났기 때문이 아니라 잃어버린 아이 때문이었을지도 모른다.

곽여휘는 그런 경추추의 마음을 알기라도 한 듯 씁쓸한 얼굴로 그 뒷모습을 바라보았다. 그리고는 시선을 돌려 청명을 바라보았다.

"자, 선인, 이제 검이 왔으니 수련을 시작합시다."

"네."

청명은 의아한 표정으로 설수진을 한 번 더 바라보고는 시선을 돌렸다. 설도우의 마음에서 슬픔이 느껴져 괜스레 기분이 울적해졌다.

"이제 삼재검을 공부해요."

청명은 나직이 중얼거렸다.

일 다경이 지났다.

"와─"

청명은 부드럽게 검을 휘둘렀다. 어지간한 목검도 계속 들고 움직이다 보면 무거워지는 법인데, 청명이 들고 있는 충수목검은 가벼움 탓인지 피로가 쉽게 찾아오지 않았다. 아니, 조금씩 무게가 느껴지긴 했지만 청명의 근력으로도 수월하게 검을 들어올릴 수 있었다.

검을 움직이는 것이 즐거워 청명은 희희낙락 검을 휘둘렀다.

"그러니까 천의 초식은 하늘을 담고 있는 것입니다. 하늘을 본시 주기만 하고 받지 않으니 천의 검 역시 그러합니다."

곽여휘는 난감한 표정으로 청명을 바라보며 천의 초식에 대해 설명했다.

하지만 청명은 새 검을 휘두르며 노는 데 정신이 팔려 곽여휘의 설명은 조금도 듣고 있지 않았다.

"와아—"

청명은 검이 제 뜻대로 부드럽게 움직여지자 탄성을 터뜨렸다. 그리고는 곧 황홀한 눈으로 손에 들린 검을 바라보며 방긋 웃음을 지었다.

"예쁘다—"

"선인."

마침내 참지 못한 곽여휘가 엄한 얼굴로 청명을 바라보았다. 검을 휘두르는 데 정신이 팔려 있던 청명은 의아한 시선으로 곽여휘를 바라보았다.

"저, 왜 부르셨나요?"

"허허헛……."

곽여휘는 너털웃음을 터뜨렸다. 오랫동안 무시를 당했으니 화가 날 법도 하건만, 곽여휘의 마음속에는 그러한 감정이 전혀 느껴지지 않고 있었다.

"검이 마음에 드십니까?"

"네!"

청명이 기운차게 외쳤다. 곽여휘는 부드러운 미소를 지으며 중얼거렸다.

"검의 이름은 정하셨습니까."

"네?"

"본래 자신의 검을 가지게 되거든 이름을 정하는 법입니다."

곽여휘의 말에 청명은 밝게 미소를 지으며 외쳤다.

"그렇군요! 그럼 저도 이 검의 이름을 지을래요. 음—"

청명은 눈동자를 데굴데굴 굴리며 하늘을 바라보았다. 도무지 좋은 이름이 생각나지 않는 것이다.

"음, 저는……."

곽여휘는 빙긋 미소를 지으며 청명이 고민하는 모습을 바라보았다. 청명은 마침내 마음을 정한 듯 미소를 지었다. 이 검은 예쁘니까, 예쁜 이름을 주어야 한다. 그리고 가장 예쁜 이름은 이미 알고 있었다.

"운혜라고 할 거예요!"

곽여휘는 고개를 끄덕거려주었다.

"허허헛, 그러시군요. 구름 속의 지혜라. 좋은 이름입니다."

운혜에 대해 모른 채 그저 단어의 뜻만을 알아들었을 뿐인 곽여휘는 고개를 끄덕였다.

청명은 헤헤 웃음을 지었다.

"안녕, 운혜!"

스스로 말하고도 부끄러운 듯, 청명의 얼굴에서 홍조가 떠올랐다. 운혜라고 말하고 보니 꼭 운혜 사손이 떠오른다.

"자, 그럼, 이제부터는 정말로 삼재검을 공부합시다."

"네."

청명은 순순히 고개를 끄덕였다. 곧 곽여휘는 검을 곧게 세워 하늘로 뻗었다.

"조금 전에도 설명드렸듯이, 천의 초식은 하늘에서 땅으로 내리긋는 초식입니다. 검을 들어 저를 따라 움직이시지요."

"네."

청명은 고개를 끄덕이고는 검을 들어 엉거주춤 서서 곽여휘의 몸짓을 따라했다.

곽여휘는 쾌속한 속도로 검을 내리그었다.

휘잉—

청명 역시 그 모습을 흉내 내었다. 곧 검이 아래로 빠르게 내려왔다.

"와, 저도 됐어요."

"허헛, 잘 하셨습니다, 선인. 하나, 이 초식은 상대가 반격할 수 없도록 강하고 빠르게 내리긋는 것이 중요합니다."

"왜 반격을 하면 안 되나요?"

청명은 고개를 갸웃거렸다.

"본래 하늘은 주기만 하고 받지 않으니까요[天只給不收取]. 하늘은 태양을 내려 생물이 자라게 해주고 비를 내려 마실 물을 주지만, 땅 위의 모든 것에게 보답을 바라지는 않지요. 검을 움직임에도 마찬가지, 하늘처럼 내리그어야 할 뿐, 받으려고 해서는 아니 됩니다."

"……."

청명은 고개를 갸웃했다.

"하늘은 그렇지 않은데……."

"다음은 땅의 초식입니다."

곽여휘는 재빨리 설명을 이어나갔다. 선인의 집중도가 높지 않으니, 다른 생각을 하기 전에 검에 집중하게 해야 한다.

"따라하시지요."

"…네."

청명은 무엇인가가 이상한 듯 고개를 갸웃거리면서도 곽여휘의 몸놀림을 흉내 냈다.

곧 곽여휘는 가로로 검을 길게 그었다.

"땅은 널리 안습니다[地遍及抱]. 하늘이 내린 것을 모아두었다가 그대로 우리들에게 선물해 주지요. 즉, 검을 움직임에도 널리 포용하는 마음이 있어야 합니다."

청명은 곽여휘를 따라 검을 움직였다. 하지만 상대를 크게 베어나가는 곽여휘의 초식을 따라가지는 못했다.

곽여휘는 천천히 청명을 잊어갔다. 앞의 두 초식으로 그린 검의 궤적이 청명이 아니라 검 자체를 생각나게 했다.

곽여휘의 두 눈에서 이제까지 보이지 않던 선기가 빛났다.

"다음은 인의 초식입니다. 모든 동물은 땅을 보는 머리를 가졌지만[臉看地] 인간은… 하늘을 보는 머리를 가졌지요[臉看天]. 하늘로 가기를 원하지만[希望向天去], 땅을 딛고 살아갑니다[但住在地]."

곽여휘는 검을 대각선으로 내리그었다. 하늘에서 땅으로 베어나가는 검 놀림 하나에 천지를 양분할 듯한 기운이 느껴지고 있었다.

청명은 의아한 얼굴로 곽여휘를 따라 검을 휘둘렀다. 도저히 인간은 모르겠다. 곽여휘의 설명을 이해할 수 없었다.

하지만 이것은 안다.

'하늘은 그렇지 않은데…….'

곽여휘는 일차적으로 시범을 마치고는 청명을 바라보았다. 마음 한구석이 조금 답답했다. 방금 삼재검을 시연하면서 무엇인가 실마리를 얻을 뻔했는데, 아무런 방해도 없었거늘 부지불식간에 그것을 놓쳐 버린 탓이었다.

"허어……."

이미 지나갔으니 더 찾아보려고 해도 찾을 수 없다. 곽여휘는 실마리를 잡은 것에 만족하기로 하고는 다음번의 기회를 노리기로 했다.

"자, 잘 보셨습니까?"

청명은 움직임을 멈추고는 곽여휘를 바라보았다. 그리고는 살짝 볼을 부풀리며 중얼거렸다.

"하늘은 그렇지 않은데……."

곽여휘는 대답하지 않았다. 수련하는 동안 다른 잡생각은 도움이 되지 않는다.

"이제 선인의 차례입니다. 동작들을 잘 보셨으니, 제가 말한 뜻을 잘 생각하면서 각 초식마다 삼백 번씩 행하시지요."

"예?"

곽여휘가 말했다.

"서둘러 검을 놀리셔야 할 겝니다. 식사 시간이 다 되어가니까요."

"아, 저는 배고파요."

청명은 헤죽헤죽 웃으며 곽여휘를 바라보았다. 곽여휘는 냉정한 얼굴로 말했다.

"삼백 번씩 하지 못하면 식사는 늦어지게 될 겝니다."

"네?"

청명의 얼굴이 울상이 되어갔다. 삼백 번씩 하지 않으면 밥을 안 준다니, 이런 잔인한 처사가 없는 것이다.

청명은 울상을 지으며 검, 운혜를 들고 기수식을 취했다.

"허허헛……."

곽여휘는 뒤로 걸어가 느긋하게 자리를 잡고 앉아 청명을 바라보았다. 이제 선인이 제대로 하시는가 감시해야 한다. 청명의 몸놀림을 보다 자세히 보기 위해, 양태승도 자리를 잡았다.

*   *   *

경추추는 씁쓸한 얼굴로 주름진 설수진의 손을 내려다보았다. 나이가 먹고 또 먹었으니 이제 잊혀질 만하건만, 내자는 아직도 잃어버린 아이 생각을 놓지 못하고 있었다.

"괜찮소?"

설수진은 주름진 고개를 끄덕끄덕거렸다.

괜찮아요.

"이제 잊을 때도 되었지 않소. 너무 마음 상해하지 마시구려."

설수진은 다시 고개를 끄덕끄덕거렸다. 하지만 그 몸짓은 느렸고 또 기운이 없었다.

네…….

경추추는 씁쓸한 미소를 지었다. 내자는, 설매는 그때의 일을 후회하지 않을까? 그때 자신에게 해준 크나큰 희생을 후회하고 있지는 않을까? 바로 그 때문에, 설매는 아이를 잃었다.

"후회… 하고 있지는 않소?"

설수진은 의아한 눈으로 경추추를 바라보았다. 무슨 소리인지 알 수가 없었다.

뭐가요?

"내게… 그 약을 준 것에 대해 말이오."

설수진의 눈빛이 아련하게 변해갔다.

경추추는 경공을 펼쳐 설수진이 묵고 있는 곳으로 달려갔다. 그녀가 누구인지, 그녀가 어떤 사람인지에 대한 궁금증은 아니었다. 그저 그녀 하나만으로 좋으니, 그 외의 것들에 대해서는 눈곱만큼의 관심도 없었다. 그저 경추추는 설수진의 얼굴이 한 번 더 보고 싶을 뿐이었다.

경추추는 마침내 설수진을 발견하고는 미소를 지었다. 그리고는 청력을 돋웠다.

"며칠만 더 있어요."

설수진은 분노한 듯 앞에 서 있는 호위무사를 바라보았다. 호위무사는 딱딱한 얼굴로 말할 뿐이었다.

"더 이상은 지체할 수 없습니다, 영애."

설수진은 당황한, 하지만 화가 잔뜩 난 얼굴로 호위무사를 노려보았다.

"하지만 내게는 이 주야간의 시간이 더 있다고 했잖아요."

"아가씨의 몸 상태가 악화되고 있습니다. 더 이상의 시간은 불가합니다. 영약이 준비되었으니, 이제 독왕(毒王) 선배를 찾아가야 합니다."

설수진의 얼굴이 조금씩 아래로 숙여졌다. 설수진은 울상을 지으며 말했다.

"하지만, 하지만……."

호위무사는 잠시 묵묵히 설수진을 바라보더니, 짧게 한숨을 내쉬었다.

"하루를 더 묵도록 하지요, 아가씨. 하나 이튿날에는 반드시 출발할 테니 그리 아십시오."

호위무사는 대답도 듣지 않고 표정 변화 한 점 없이 고개를 돌렸다.

"……."

그 모습을 경추추가 바라보고 있었다.

설수진은 아무렇지도 않은 얼굴로 만들어온 요리를 펼쳤다. 그간 제법 요리 실력이 늘었는지, 이번에는 태우지도 않은 멀쩡한 음식을 경추추에게 가져갈 수 있었다.

설수진은 너무나 밝은 얼굴로 부귀계(富貴鷄)를 경추추에게 내밀었다.

"모두 드셔야 해요, 경 소협."

예. 알았어요.

경추추는 미소를 지으며 식사를 시작했다. 잘 구워진 닭을 뜯는 경추추의 모습에 설수진은 행복한 미소를 지었다.

짧은 식사 시간이 지났다.

설수진은 느티나무 아래에 앉아 노을 지는 마을을 바라보았다.

"……."

설수진의 눈이 슬퍼 보였기 때문일까? 경추추는 슬며시 미소를 짓고는 설수진의 눈앞에 나비 모양의 노리개를 꺼내어 흔들었다.

이것 봐요.

"어머……."

경추추는 빙긋 웃음을 짓고는 나비 모양의 노리개를 던졌다. 곧 나비 모양의 노리개는 살아 움직여 훨훨 날아갔다. 설수진은 부드럽게 미소를 지으며 그 광경을 바라보았다.

경추추는 설수진의 어깨를 툭툭 쳤다. 설수진은 고개를 돌려 경추추를 바라보았다. 경추추는 설수진의 머리카락에 손을 집어넣었다.

"예전에 했던……."

경추추는 고개를 저었다. 그리고는 눈을 길게 감았다 떴다.

눈을 감아봐요.

설수진은 고개를 갸웃했다. 또 무언가 신기한 거라도 보여주려는 걸까? 설수진은 눈을 감았다.

따뜻한 무엇인가, 부드럽고 따뜻한 무엇인가가, 눈을 감은 설수진의 입술에 스치고 지나갔다.

"……!"

설수진은 황급히 눈을 떴다.

눈앞의 경추추는 싱긋 웃으며 노리개를 흔들고 있었다.

이것… 봐요.

설수진은 미소를 지었다.

"아! 잠시만……."

미소 짓던 설수진은 뭔가를 기억해 낸 듯 주머니에서 작은 보자기를 꺼내었다. 그리고는 떨리는 손을 들어 그 속에서 무엇인가를 꺼내었다. 붉은 구슬이었다.

설수진은 경추추를 바라보았다.

"이것을 먹어야 해요."

경추추는 고개를 저었다. 어제… 영약과 독왕의 이야기를 들었다. 설수진의 몸이 붕괴되고 있다는 것도 들었다.

먹지 않을 거예요.

"드세요. 저희 집에는… 많이 있는 영약이니까. 약효는 며칠 후에 갑자기 발현될 거예요, 그러니 며칠 동안은 움직이면 안 돼요."

먹지 않을 거예요.

설수진은 단호한 음성으로 경추추를 바라보았다.

"경 소협."

"……."

"아니, 경 가가."

경추추의 눈이 설수진을 향했다.

"나는 몸이 좋지 않아요. 그래서 아버님께서 나를 위해 수많은 약을 준비하셨지요. 그 약 중에서 내게 필요한 약은 두 가지뿐이에요. 딱 두 개요."

설수진은 단호한 눈으로 경추추를 바라보았다.

"다행히 이것은 그 두 가지 영약에 속하는 약은 아니에요. 그럼 저에게는 먹어보았자 보약 같은 의미밖에 없어요."

그래도 난 먹지 않…….

"먹어요."

설수진은 단호한 눈으로 경추추를 바라보았다.

"……."

경추추는 아무런 말도 하지 못했다. 잠시 설수진의 눈을 바라보던 경추추는 고개를 끄덕였다.

"지금요."

경추추는 설수진을 바라보며 당혹스러운 얼굴을 했다.

지금요?

"네, 지금요."

경추추는 고개를 끄덕였다. 그리고는 붉은 구슬을 입가로 가져갔다. 입 안에서 구슬은 부드럽게 녹아버렸다.

경추추가 영약을 먹는 것을 확인한 설수진은 안심한 듯 웃었다.

"진을 다시 보고 싶어요."

"……."

경추추는 아무런 말 없이 고개를 끄덕였다.

옛 추억을 떠올린 설수진은 부끄러운 듯 웃었다. 하지만 그 웃음 속에는 아이를 잃은 어머니의 슬픔이 담겨 있어 가슴 저렸다.

하지만 설수진은 후회하지 않았다. 그때의 일은 조금도 후회하지 않았다. 만약 다시 그때로 돌아간대도, 아마 그렇게 할 것이었다.

후회하지 않아요.

설수진은 단호한 눈으로 경추추를 바라보았다.

*　　　*　　　*

“…….”

교주는 천천히 걸음을 옮기고 있었다. 예의 청수한 노인의 명에 따라 장로원을 훑어보았던 교주는 마천각에 돌아와 있던 참이었다.

교주는 이를 악물었다. 양기가 솟구치고 있었다.

“크윽, 쿨럭, 쿨럭…….”

교주는 기침을 토해냈다. 기침 사이사이로 살짝 핏빛이 떠올랐다.

“쿨럭, 클… 쿨럭!”

퉤―

강한 기침과 함께 교주는 피를 토해냈다. 피와 함께 약간의 양기도 빠져나갔다. 피 묻은 옷을 입은 채, 교주는 무표정한 얼굴로 돌아와 시선을 옮겼다.

“…….”

뒤에서 인기척이 느껴지자 교주는 조용히 몸을 돌렸다. 뒤에는 청수한 얼굴의 노인이 서 있었다. 노인은 부드러운 미소를 지으며 교주를 바라보았다.

“그래, 몸은 좀 어떻느냐?”

“…….”

교주는 아무런 말도 할 수 없었다. 교주는 그저 멍하니 노인을 바라볼 뿐이었다.

“아마도 음기가 모자랄 테지?”

교주의 머릿속에 조금씩 이성이 찾아들어 왔다.

“…그러하옵니다.”

교주는 멍하니 노인을 바라보던 시선을 거두어 천천히 자리에 부복했다. 그리고는 노인의 다음 말을 기다렸다.

"때가 되었구나. 이제 더 이상 선인을 놓아둘 수가 없게 되었다."

"……."

"가서 죽여라."

교주는 살짝 고개를 들었다. 노인의 말이 이어졌다.

"장로들과 함께."

"……."

장로들도?

"그래, 장로들도 함께 그 목숨을 거두거라."

"…그리하오리다."

노인은 부드러운 미소를 지었다. 교주가 대답했음에도 장로들의 생이 아직 살아 있다. 미래의 일이지만 인연을 읽는 노인으로서는 그것을 알 수 있었다. 이것은 필시 눈앞의 서중희가 다른 생각을 가지고 있다는 뜻.

노인은 부드럽게 중얼거렸다.

"나도 함께 가마."

"……!"

"굳이 다른 사람을 데려갈 필요는 없겠지. 너는 홀로 그들을 찾으라."

교주는 이를 악물었다.

"…그리하오리다."

"……."

노인은 시선을 돌렸다. 이번에는 정말로 인연이 바뀌었다. 선인도, 장로들도 목숨을 잃게 되리라. 노인은 부드러운 미소를 지었다.

"그럼, 언제가 좋겠느냐?"

"…미륵의 뜻에 따르오리다."

"그렇다면, 바로 내일 출발하지."

"존명!"

“준비하라.”

노인은 웃음을 터뜨렸다. 그리고는 다시 하늘을 바라보며 눈을 빛냈다.

“허허헛, 원시천존이여, 그대의 뜻은 나와 같으나 행함은 나와 같지 않구려.”

“…….”

노인을 바라보는 교주의 눈이 깊어졌다.

*   *   *

하늘에서는 빗방울이 떨어지고 있었다. 우기도 아닌데 내리는 비는 처연한 데가 있었다.

툭— 투둑—

우기가 아닌 탓에 한두 방울씩 떨어지는 빗방울은 아스라이 물안개를 만들어 회색 하늘을 비추었다.

“…….”

설수진은 청명을 바라보았다. 청명의 얼굴은 전에 없이 우울하게 변해 있었다.

힘든가요?

설수진은 걱정스럽다는 듯 청명을 바라보고는 손을 내밀었다. 오늘 하루 동안 검형을 약 천 번 가까이 연마했으니, 무인이라면 모르되 일반인도 못 되는 체력을 지닌 선인으로서는 굉장히 괴로운 일이었을 것이다.

“네, 힘들어요, 설 도우. 하지만…….”

설수진의 친절에 살짝 울상을 지으며 동조한 청명은 우울한 얼굴을 들어 하늘을 보았다. 운혜 사손의 얼굴이 떠오른 탓이었다. 운혜 사손이 아프다. 현성 사질이 어떻게든 수습을 해둔 모양이지만, 아무래도 완벽하지는 못할 것이었다.

청명은 조용히 입을 열었다.

"설 도우, 나는요, 운혜 사손이 보고 싶어요."

"…클, 클클."

설수진은 잔뜩 쉰 목소리로 웃음을 터뜨렸다. 세수가 무려 백오십이나 된다지만 하는 행동은 아이와도 같다. 누군가를 보고 싶다고 칭얼대는 모습은 마치 아이의 그것과 같았다.

운혜 사손이 누군가요?

설수진은 자신을 가리키고는 청명의 입을, 그리고는 손가락으로 머리를 가리키고는 고개를 젓는 시늉을 했다.

"제 사손이에요. 키는 요만하구요, 볼이 가늘고 눈이 예뻐요. 가끔은 볼이 통통해지구요."

청명은 조금은 기운이 난 얼굴로 운혜에 대해 설명했다.

설수진은 고개를 끄덕였다. 그러고 보면, 경 가가와 만난 것도 딱 저 나이 때쯤이다.

곧 만나실 수 있을 거예요.

"…네. 저도 그러고 싶어요. 하지만 아직 인연이 허락지 않아요."

청명은 시무룩한 얼굴로 중얼거리며 동쪽 하늘을 바라보았다. 인연은 아직도 운혜 사손에게 가는 것을 허락하지 않고 있었다. 도에 이르러 인연을 알게 되니, 그것을 거스르는 것이 옳지 않음도 안다.

"가고 싶은데……."

설수진은 슬며시 미소를 지었다.

운혜 사손은 어떤 사람인가요?

청명의 얼굴색이 훨씬 밝아졌다. 운혜 사손에 관해서라면 할 말이 제법 많은 편이다.

"운혜 사손은요, 땅따먹기를 잘해요. 가끔은 치사하지만 그래도 재미 있는 놀이도 많이 알구요, 또 장사도 잘해요. 가끔 무섭기도 하지만 재미 있어요."

설수진은 부드러운 미소를 지었다.

설명해 줘요.

청명은 해맑게 웃으며 고개를 끄덕이고는 이야기를 시작했다. 자신 이 처음 하계로 내려와 운혜 사손을 만나고, 그리고 운혜 사손이 몸이 안 좋았던 이야기, 세상에 나와서 운혜 사손과 농사를 짓던 일, 그리고 싸움… 청명은 기운찬 어조로 여러 가지를 이야기했다. 하지만 아직 마 음을 씻지는 못했는지, 곧 청명의 얼굴은 다시 우울한 얼굴로 변해갔 다.

"그렇게 운혜 사손과 저는 헤어지게 되었어요. 저는 인연을 따라 와야 했으니까요. 운혜 사손은 얼른 오라고 했는데, 저는 아직도 여기 있어 요."

청명은 서글픈 얼굴로 중얼거리고는 다시 동쪽 하늘을 바라보았다.

설수진의 얼굴에서는 미소가 많이 가서 있었다. 자세한 사정은 모르지 만, 적어도 그 마음은 안다.

청명은 이상한 기색을 느끼고는 시선을 돌려 설수진을 바라보았다.

"응? 설 도우?"

청명의 부름에 설수진은 쓸쓸히 고개를 끄덕이고는 상념에 빠져 들어 갔다.

"설 도우……."

청명의 말은 길게 늘어졌다. 예전 운혜 사손의 마음을 보았던 것처럼, 설수진의 마음이 밀려들어 왔다. 일부러 읽으려고 한 것도 아닌데, 어째서 마음이 느껴지는지 알 수 없는 노릇이었다.

"……."

청명은 아무 말 없이 눈을 감았다.

청명이 눈을 떴을 때는 마치 지금처럼, 비가 오고 있었다.

청명의 눈에 경추추가 진을 다시 구축하는 것이 보였다. 설수진이 들어올 수 있도록 늘 열려 있던 진은 어느새 닫혀 있었다.

경추추는 진의 입구에 서서 설수진을 바라보고 있었다.

툭, 투둑―

비가 내리고 있었다.

"……."

안녕.

"네."

설수진은 고개를 숙인 채였다. 비를 맞으면 몸에 좋지 않을 텐데도, 설수진은 그저 내리는 비 아래서 꿈쩍도 하지 않을 뿐이었다.

설수진의 얼굴이 조금씩 슬프게 변해갔다.

"……."

경추추는 손에 들린 나비 모양의 갑판을 들어올렸다. 그리고는 설수진의 앞에서 그것을 흔들었다.

이것 봐요.

"……."

설수진의 슬픈 눈은 아직도 퍼지지 않았다. 설수진은 나비 모양의 갑판을 보았음에도 불구하고 고개를 들지 않은 상태였다.

경추추는 슬며시 미소를 지으며 나비 모양의 갑판을 공중으로 던졌다. 마치 진 안에서처럼, 나비 모양의 갑판은 너울너울 춤추며 공중으로 사라졌다.

"……."

설수진은 여전히 아무런 말도 없었다.

경추추는 설수진의 고운 얼굴로 손을 가져갔다. 그리고 경추추의 손을 따라, 설수진의 머리카락에서 나비 한 마리가 날아올라왔다.

평소라면 늘 그것을 보고 웃었을 설수진은, 이번엔 아무런 말 없이 고요히 서 있을 뿐이었다.

나비 모양의 갑판을 들고 설수진을 향해 환히 웃음 지은 경추추는 조용히 설수진에게 나비 모양의 갑판을 건네었다.

이거 줄게요.

설수진은 아무런 행동도 할 수 없었다. 경추추는 조용히 서 있는 설수진의 손을 쥐어 들고는 손을 펴 올렸다. 그리고는 나비 모양의 갑판을 설수진의 손에 내려놓았다.

"흑……."

설수진의 눈에서 마침내 눈물이 솟아올랐다. 경추추는 설수진의 손을 모아 나비 모양의 갑판을 쥐게 하고는 설수진의 얼굴을 바라보았다.

이제 가요.

설수진이 훌쩍거리는 소리가 빗소리를 뚫고 경추추의 귓가에 들려왔다.

"흑흑, 흑, 흑……."

경추추는 손을 들어 흔들었다. 잘 가라는 듯.

설수진은 마침내 몸을 돌려 진 밖으로 빠져나가기 시작했다. 경추추는 오래도록 그 모습을 보며 손을 흔들었다. 경추추의 얼굴에 어린 미소가 가신 것은 제법 오랜 시간이 지나서였다.

경추추가 흔들던 손이 조금씩 움직임을 멈출 때쯤, 경추추의 미소도 사라졌다.

경추추는 아무런 말 없이 몸을 돌려 진 안으로 사라졌다. 이제 이 진 안에 아무도 들어오지 못하리라.

그녀를 살리기 위해 그녀를 포기했으니, 그녀가 다시 돌아오기 전까지는 아무도 이 진 안에 들이지 않으리라.

경추추는 느티나무 아래에 털썩 주저앉았다. 느티나무에도 비가 오고 있었다.

경추추는 멍한 눈으로 나무 아래를 바라보았다. 경추추의 눈에는 눈물이 없었다. 하지만 진이 대신 울고 있었다. 우울한 회색빛이 하늘을 감쌌다.

설수진의 주름 진 눈에서 눈물은 쏟아지지 않았다. 그저 과거의 기억은 과거의 기억일 뿐일까? 하지만 설수진에게서 느껴지는 감정의 파고는 결코 작지 않았다.

설수진은 시선을 돌려 청명을 바라보았다. 그리고는 혼자 상념에 빠져들어 미안하다는 듯 빙긋 웃고는 청명을 톡톡 쳤다.

이제 들어가서 쉬셔야지요. 내일도 무공을 수련하게 될 텐데.

"네……."

청명은 우울한 얼굴로 고개를 끄덕였다. 하지만, 왠지 모르게 설 도우와 경 도우의 옛 이야기가 느껴지는 것 같아 마음이 저렸다.

'운혜 사손…….'

설수진의 마음을 돌아본 청명은, 경추추와 설수진의 과거가 마치 자신과 운혜 사손의 이야기처럼 느껴진다고 생각했다. 떠나 버린 자신과 떠난 자신을 기다리고 있을 운혜 사손.

'운혜 사손은 그렇게 슬프면 안 되는데.'

청명은 경추추의 슬픔을 생각했다. 하지만 생각은 깊이 이어지지 않았다.

톡, 톡.

이만 들어가서 자요.

설수진은 조용히 청명을 깨워 불렀다.

방으로 돌아온 청명은 울상을 지었다.

작은 방의 침상 위에서 잠시 울상을 짓던 청명은 운혜를 생각했다.

'운혜 사손이 보고 싶은데.'

청명은 동쪽 하늘을 바라보았다. 어쩌면 운혜 사손은 자신이 없는 새 많이 아파서 울고 있을지도 모른다.

'아프면 안 돼요, 운혜 사손.'

청명은 입술을 비죽였다. 입술을 비죽이며 생각해 보니, 운혜 사손이 아파서 끙끙 앓으면서 자신을 찾는 상상이 떠올랐다.

"…헤헷."

자신을 생각하고 있을 운혜 사손을 생각하니 괜스레 얼굴이 화끈화끈 거려 청명은 속절없는 웃음을 지었다. 기분이 묘해졌다.

이건 무슨 느낌일까.

청명은 고개를 갸웃했다. 선경에 오르기까지 느꼈던 감정 중에서는 이런 느낌이 없었다. 오로지 평안했는데, 세상에 나오니 슬픔도 많고 이처럼 초조한 느낌도 많다.

청명은 잠시 시무룩한 얼굴로 운혜와 자신의 가슴속에서 느껴지는 미미한 울렁거림에 대해 생각했다.

'음―'

청명의 머릿속이 복잡해졌다. 운혜 사손을 보고 싶다…….

“아!”

청명의 머릿속에 좋은 생각이 떠올랐다. 보러 가고 싶으면 보러 가면 될 일이다. 육신을 잠시만 버려두고 양신만 가져가면 별문제가 없을 것이다. 노리개가 있으니 찾는 것 역시 어렵지 않을 터였다.

청명은 고개를 끄덕였다.

“헤헷.”

청명은 슬며시 웃음을 짓고는 무릎을 모으고 쪼그려 앉은 채로 고개를 묻었다. 곧 청명의 숨소리가 고요하게 가라앉더니 이내 숨이 멈추었다.

마침내 전이(轉移)가 시작되었다.

육신을 벗어난 청명의 마음은 하늘 높이 솟아올랐다. 높은 하늘의 한가운데에서 청명은 눈을 감았다. 부드러운 바람이 불어왔다.

청명의 마음은 미소를 지었다. 잠시 눈을 감고 하늘에서 유영하던 청명의 마음이 눈을 떴을 때는 제법 오랜 시간이 흐른 뒤였다.

‘운혜 사손······.’

청명의 시선이 동쪽을 향했다. 운혜 사손의 몸에 가득했던 음기와 자신이 가지고 있었던 노리개가 동쪽에 있었다. 노리개에 묻어 있던 자신의 선기가 느껴지는 곳으로 청명의 마음이 빠르게 움직였다.

*　　　*　　　*

바스락—

운혜가 머무는 방 안의 창문 너머로 나뭇가지가 스치는 소리가 들려왔다. 서늘한 바람들 사이로 이제 갓 돋은 새순이 흔들리고 있었다.

운혜는 독에 중독된 채로 깊은 잠에 빠져 있었다. 현성 진인의 노력으로 생명을 건졌다지만, 아직은 의식불명의 상태였다.

운혜는 아무 소리도 듣지 못하고 아무런 감각도 없이, 마치 모든 시간이 정지한 것만 같은 시간을 보내는 듯 움직이지 못했다.

다만, 꿈은 꾸었다.

어떤 때에는 청명 사조와 함께 농사를 짓는 꿈을 꾸었고, 또 어떤 때에는 같이 땅따먹기 따위의 놀이를 하는 꿈도 꾸었다.

그런 꿈을 꿀 때면, 잠 든 운혜의 얼굴에 미소가 감돌곤 했다.

바스락―

다시 짧은 소리가 울려 퍼졌다. 열려진 창문 사이로 작은 바람이 불어왔다. 서늘한 공기가 방 안을 침범했다.

그리고 살짝 미소 지으며 잠에 빠져 있는 운혜의 얼굴에 낯익은 손길이 닿았다.

청명이었다. 청명은 운혜 사손을 다시 만났다는 사실에 설레어 볼이 발그레해진 상태였다.

“운혜 사손, 또 자요?”

“으으음…….”

행복한 꿈을 방해하는 누군가의 소리에 운혜는 몸을 뒤척였다.

“운혜 사손은 잠꾸러기예요. 우리 사부는 그렇게 자면 소가 된댔는데.”

“으음…….”

청명은 운혜의 얼굴을 자세히 바라보았다. 길게 자란 속눈썹과 꼭 감은 두 눈, 그리고 붉은 입술을 바라보던 청명은 다시 미소를 지었다. 어느새 조금 전의 울렁거림은 사라져 있었다.

“많이… 아팠어요?”

청명은 걱정스러운 눈으로 운혜를 내려다보았다. 걱정하는 눈빛 사이로 마음이 아려오는 것이 느껴졌다.

"…아프지 말아요."

청명은 시무룩한 얼굴로 손을 들어 부드러운 운혜의 눈을 감쌌다. 조금 전만 해도 가파르던 운혜의 호흡이 서서히 느려졌다. 마침내는, 완전히 가라앉아 정상인의 호흡만 같이 느껴졌다.

청명은 화가 난 눈으로 북쪽을 바라보았다. 북쪽에 나쁜 사람들이 있다. 운혜 사손을 아프게 한 나쁜 사람들이다.

청명은 가늘게 뜬 눈으로 북쪽을 바라보다가 시선을 돌렸다.

다시 운혜 사손의 얼굴을 내려다보자, 운혜 사손의 얼굴이 예전보다 조금 나아 보인다.

"헤헷."

청명은 웃음을 지었다. 왠지 모르게 볼이 통통해 보여 청명은 손가락을 들어 운혜의 볼을 쿡 찔러보았다.

"아하핫."

청명의 입에서 밝은 웃음이 터져 나왔다. 청명의 발그레한 볼은 조금씩 그 색체를 더해갔다. 청명은 다시 손가락을 들어 운혜의 볼을 쿡 찔러보았다.

하지만 운혜는 아직도 깨어나지 못하고 있었다. 청명은 몇 번 더 볼을 쿡쿡 찔러보다가, 부드러워 보이는 볼살을 한번 만져 보았다.

"안 일어나네……."

청명은 시무룩한 얼굴로 중얼거렸다.

아프지 않게 해줬는데도 운혜 사손이 잠에서 깰 생각을 하지 않자, 청명은 잠시 기다려보고는 침상 앞에 쪼그려 앉았다. 그리고 침상 위에 손을 얹고 그 위에 머리를 가져다 대고는 소곤소곤 속삭였다.

"있잖아요, 운혜 사손, 저는 눈빛이 예쁜 사람들하고 같이 지내요. 작고 쭈글쭈글한 사람도 있고 예쁜 사람도 있어요. 사부처럼 생긴 사람도 있고요."

"으으음……."

조잘거리는 목소리를 들었음일까? 운혜의 뒤척임이 조금씩 심해졌다. 조금씩 정신을 차리는 것인지 운혜의 숨소리도 계속해서 짧아졌다.

청명은 꾸준히 속삭였다.

"그리고요, 운혜 사손, 이제 저는 무공도 배워요. 무당산의 평범한 도사들이 무공을 배우는 것처럼 백련교의 평범한 장로들은 무공을 연구하거든요. 그런데 무공을 연구하려면 체력 단련도 해야 한대요. 체력 단련을 하느라 여기랑, 여기가 너무 아파요."

청명은 약간 억울한 목소리로 중얼거리며 어깨와 팔뚝을 쿡쿡 찔렀다. 아픈 곳을 이리저리 설명하던 청명의 목소리는 계속 이어졌다.

"하지만 이젠 저도 제법 힘이 세졌답니다! 나중에 운혜 사손에게도 보여줄게요."

"으음……."

어디선가 도란도란 말소리가 들려오는 것이 느껴졌다. 그 말소리에 운혜는 조금씩 정신을 차려갔다. 깊이 잠들어 있을 때는 누가 건드려도 몰랐는데, 웬일인지 작은 말소리에 정신이 드니 이상한 노릇이었다.

"그리고 저한테도 검이 생겼어요. 장문 사질이 준 검은 아니지만, 예쁜 검이에요. 이름은……."

청명은 잠시 부끄러운 듯 얼굴을 붉히며 몸을 배배 틀었다.

"이름은 운혜예요. 헤헷……."

"으으음……."

"……."

조잘거리던 청명은 조용히 입을 다물고는 서쪽의 운남성을 바라보았다. 누군가가 자신의 몸으로 다가오고 있다. 예전 무당산에서처럼 몸을 잃어버릴까 두려워 신경을 잔뜩 쓰고 있는 상태였다.

청명은 깨어나지 않는 운혜를 섭섭한 듯 바라보았다. 잠시 운혜를 내려보던 청명의 눈에 운혜의 손이 보였다.

손에는 자신이 준 노리개가 쥐어져 있었다. 그 모습에 청명의 얼굴에 웃음이 돌았다.

"헤헷……."

청명은 운혜의 손에 잡힌 노리개를 어루만졌다. 노리개를 쥐고 있는 운혜의 손가락들 사이로 노리개의 감촉이 느껴졌다. 청명은 노리개를 잠시 어루만졌다.

바스락—

다시 바람 소리가 들려왔다. 나뭇잎들이 서로 부딪치는 소리에 청명은 다시 눈을 들었다. 머릿속에는 운혜 사손과 헤어질 때 노리개를 주면서 했던 말이 떠오르고 있었다.

좋아하는 사람에게는 가장 좋아하는 것도 주어야 한다고 했다. 자신은 운혜 사손에게 노리개를 주었으니, 자신은 운혜 사손을 좋아하는 것일 테다.

청명은 노리개를 쥔 운혜의 손을 한번 쓰다듬었다.

"이제 난 가봐야 해요, 운혜 사손. 몸을 잃어버리면 큰일나거든요. 금방 다시 올게요."

이제 거의 정신을 차린 운혜의 귀에 마지막 청명의 목소리가 똑똑히 들려왔다. 마음이 다급해진 운혜는 서둘러 눈을 뜨려 했다. 하지만 마치 가위에 눌린 것처럼 눈이 떠지지 않았다. 운혜는 다급한 마음이었지만, 운혜의 몸은 청명의 선기를 마주하고도 아직 그 효력을 발휘하고 있었다.

독도 독이거니와 운혜는 순음지체였다.

청명은 나직이 중얼거렸다.

"운혜 사손, 나는 운혜 사손을 좋아해요."

화악—

움직이지 못하는 와중에도 운혜의 볼을 새빨갛게 물들었다. 하지만 청
명은 그 모습을 보지 못한 듯, 몸을 불쑥 일으켰다.

불투명했던 청명의 몸이 점점 더 투명해져갔다. 조금씩 투명해지던 청
명의 모습은 마침내 흔적도 없이 사라졌다.

운혜가 정신을 차린 것도 그때쯤이었다.

"으음……."

말소리가 들리지 않자 불안해진 운혜는 서둘러 눈을 뜨기 위해 움직였
다. 뜻대로 되지 않던 몸도 서서히 부드럽게 움직이고 있었다.

운혜는 입을 열었다. 나직하게 나오던 목소리도 제법 힘을 찾고 있었
다.

"사… 사… 사조……."

조금씩 나오던 목소리에 힘이 들어갔다. 그리고 그와 동시에 운혜의
눈도 번쩍 떠졌다.

"사조님?!"

바스락—

마침내 운혜가 몸을 일으켰을 때에는 방 안에 아무도 없었다. 누가 다
녀간 흔적도 없었고, 소리도 없었다. 오직 바람에 흔들린 나뭇가지가 서
로 부딪치는 소리만이 들려왔다.

운혜는 방 안을 두리번두리번거렸다. 변함없이 아무도 없다.

한참을 그렇게 두리번거리며 무언가를 찾던 운혜는 실망한 듯 고개를

숙였다. 분명히 사조님의 목소리를 들었다고 생각했는데, 꿈이었나 보다. 예전에 몇 번 꾸었던 꿈처럼, 그냥 환상이었던 모양이다.

실망한 운혜는 손에 쥐고 있던 노리개를 더욱 세게 쥐었다.

"……?"

무언가 이상함을 느낀 운혜는 노리개를 내려다보았다. 노리개 역시 변함없는 모습이었다. 하지만 조금 다른 점이 있었다.

운혜는 멍한 표정으로 노리개를 바라보았다.

"따… 따듯하네……?"

노리개는 따듯해져 있었다. 너무 뜨겁지도 않고, 그렇다고 차갑지도 않은, 따듯한 온기가 전해져 들어왔다.

운혜는 처음 노리개를 청명에게 받았을 때를 떠올렸다. 노리개는 그때처럼 따듯해져 있었다.

운혜는 벌떡 몸을 일으켰다.

"사조님!"

바스락—

고요히 들리는 바스락거리는 소리 외에는 아무런 소리도 들리지 않았다.

"사조님, 계세요?!"

운혜는 정신없이 방 안을 둘러보았다. 방문 밖에도, 그리고 탁자 뒤에도 아무도 없었다. 한 군데 한 군데 뒤져볼 때마다, '놀랐지요, 운혜 사손!' 이라고 말하는 청명 사조의 모습이 있을 것 같아 운혜의 가슴은 콩당콩당 뛰었다.

하지만 아무도 없었다.

"……."

운혜는 허탈한 표정으로 침상에 가 앉았다. 그리고 따듯해진 노리개를 소중히 쥐고는 가슴에 품었다.
"사조님……."
얼른 오세요.
운혜는 스스로에게 말하듯 중얼거렸다.

3장

제6화 인연은 하늘이 아니라 인간이 만든다

청명은 아침 일찍 깨어났다. 웬일인지 잠이 잘 오지
않아 일찍 일어날 수밖에 없었다.

"으음—"

모처럼 맑은 하루였다. 아니, 늘 맑았지만 오늘 더 맑아 보이는 것일
수도 있었다. 어제 비가 왔기 때문일까?

청명은 고개를 갸웃하고는 접객실 너머로 내리쬐는 햇살을 바라보았
다.

"헤헷."

청명은 짧게 웃음을 지었다. 어제 보았던 운혜 사손의 얼굴이 떠올랐
다.

아침 일찍 일어나 햇살을 받으며 웃는 청명의 모습에 청명을 깨우러
왔던 양태승은 충격을 받았다. 이렇게 일찍 일어나다니!

"선인……."

“아, 양 도우! 안녕하세요?”

“예… 일찍 기침하셨군요?”

양태승은 의아한 표정으로 청명을 바라보았다. 보통이라면 이 시간에 늦잠을 자고 있어야 한다.

“네, 저는 일찍 일어날 수 있게 되었어요.”

청명은 제가 말하고도 스스로 감탄한 듯 자랑스럽게 고개를 끄덕였다.

“허헛, 잘하셨습니다. 밖에 곽 장로가 기다리고 있으니 소세하고 나오시지요.”

“네.”

청명이 미소를 지으며 대답했다.

곽여휘는 무심히 서서 청명을 바라보았다. 주위에는 늘 그렇듯 장로들이 옹기종기 모여 청명을 구경하고 있었다.

“…허헛, 오늘도 재미있는 풍경을 볼 수 있을지도 모르겠구려.”

“…….”

양태승은 아무런 말이 없었다.

“음?”

경추추는 의아한 시선을 들어 양태승을 바라보았다. 평소라면 눈을 빛내며 청명을 관찰해야 할 양태승은 조용히 침묵한 채로 소맷가를 만지고 있을 뿐이었다.

“양 장로, 무슨 일이라도 있으시오?”

“…아무것도 아니외다.”

“표정이 좋지 않아 보이는구려.”

양태승은 쓸쓸한 미소를 지었다. 오랫동안 함께 살았으니, 얼굴만 보고도 장로들은 자신의 심정을 읽고 있었다.

“독을 하나 만들었는데 그게 뜻대로 되지 않아서 그렇소이다.”

“오오, 독제의 새로운 독이라면 그야말로 대단하겠구려!”

“허헛, 과찬이올시다.”

여전히 기운없는 표정으로 양태승이 말을 받았다. 양태승에게서 여전히 생기가 느껴지지 않자, 경추추는 의아한 듯 양태승을 바라보고는 시선을 돌려 버렸다.

경추추의 귓가에 곽여휘의 말소리가 들려왔다.

“오늘도 검형을 수련할 겝니다.”

“…네.”

청명의 얼굴 역시 양태승처럼 생기없게 변해갔다. 오늘도 힘겹고 어려운 수련을 또 해야 하는 것이다. 아니, 어려운 이라는 말은 취소하자. 힘든 수련을 또 해야 한다.

“그럼, 시작하시지요.”

“…네.”

청명은 고개를 끄덕였다. 곽여휘가 뒤로 몇 걸음이나 물러가 청명에게 충분한 공간을 만들어주자, 청명은 한숨을 한번 내쉬고는 검을 들어올렸다. 그리고는 위에서 아래로 내리그었다.

“오늘도 삼백 번씩을 해야 합니다.”

“…조, 조금만 줄여주면 안 되나요?”

“안 됩니다.”

곽여휘는 냉정하게 대답했다. 청명은 울상을 지으며 검을 들어올렸다.

“……”

장로들이 앉아 있는 자리로 돌아온 곽여휘는 고개를 갸웃했다. 양태승이 너무나 기운없어 보인다.

“양 장로, 무슨 일이라도 있으시오?”

"아니… 아무것도 아니외다."

하지만 곽여휘는 그런 양태승의 마음을 꿰뚫어 보기라도 한 듯 허허 웃음을 지었다. 양태승이 괴로울 만한 일이라.

"선인과 관련된 일이지요?"

"예?"

양태승은 깜짝 놀란 얼굴로 곽여휘를 바라보았다.

"그… 그걸 어찌……."

"허헛, 며칠 전에 양 장로께서 선인께 내공을 가르치지 않았습니까. 그때부터 표정이 어지럽길래 한번 짐작해 본 것이지요."

곽여휘가 너털웃음을 짓자 경추추는 그제야 이해했다는 듯한 얼굴로 양태승을 바라보았다.

"그랬던 것이구려. 선인께 무슨 문제라도 있으시오?"

"사실……."

양태승은 천천히 입을 열었다.

"사실 그간 선인의 신체를 연구했었소."

"호오……."

그쯤이야 짐작했다. 선인의 수련을 꾸준히 지켜보는 양태승의 모습에서 무엇인가 연구를 하고 있다는 것쯤이야 짐작해 낸 것이다.

"그리고 선인의 신체와 인간의 신체가 다름을 깨닫고 인간은 물론이거니와 선인의 신체에도 통할 수 있는 독을 연구했소이다만……."

"아아!"

곽여휘의 입에서 탄성이 터져 나왔다. 독제의 새로운 독이 완성되었으니 이번에도 강호를 놀라게 하리라. 하지만 양태승의 얼굴이 어둡다는 것을 깨닫자, 곽여휘의 얼굴에서 감탄의 기색이 사라졌다.

"으흠, 그런데… 잘 안 된 것이오?"

"그렇소이다. 제독(制毒)에는 성공했으나……."

"했으나?"

경추추가 의아한 듯 반문하자 양태승은 피식 웃음을 지었다.

"약이 되더이다."

"약?"

독이 극에 이르면 약이 된다. 하지만 독의 극에 이른 자가 독과 약을 구분하지 못할 리가 없다. 원하면 독을, 원하면 약을 만들 수 있다. 한데…

"독을 만들었는데 약이 되었다는 소리요?"

"그렇소."

"으음……."

곽여휘의 얼굴이 심각하게 변해갔다.

"이유는?"

"불명이오. 아마도 선인의 신체를 연구하던 중 무언가 실수가 있지 않았나 싶소만."

곽여휘는 무거운 고개를 끄덕였다. 그럴 법도 하다.

"으음……."

곽여휘와 경추추, 양태승은 시선을 돌려 청명을 바라보았다. 청명은 여전히 검을 휘두르고 있었다.

장로들은 침묵했다.

고요한 가운데서 잠시 청명을 바라보던 곽여휘는 의아한 기색을 띠었다. 청명의 얼굴이 전에 없이 심각하다.

'평소에는 울며 겨자 먹기로 하더니?'

갑작스레 수련에 열심인 청명의 모습에 곽여휘는 고개를 저었다. 아무리 봐도 이상한 일이다.

그때, 어두운 얼굴로 청명을 관찰하던 양태승이 입을 열었다.

"그런데… 저거 정말 삼재검이 맞소?"

"음?"

곽여휘는 청명을 세세히 살펴보았다. 아니나 다를까, 어딘가 이상한 점이 보인다. 청명의 검은 천의 초식을 그리고 있었는데, 천의 초식이 곧지 않고 부드럽게 휘어져 있었다. 게다가, 내리긋는 것으로 끝나는 초식을 다시 휘돌려 올림으로써 크게 원을 그려 끝을 맺었다.

"…삼재검이 맞는 듯한데……."

다음은 지의 초식이었다. 이번에도 마찬가지였다. 가로로 곧게 그어나가야 할 검이 휘어져서 그어지고 있었다. 그리고 마찬가지로 크게 원을 그린다.

다만, 인의 초식은 그대로였다.

"……."

곽여휘의 눈이 부릅떠졌다. 저것은 삼재검이 아니다. 하지만… 현기가 돋보였다. 검의 궤적에서 기묘한 선기가 느껴지고 있었다.

"저것은 삼재검이… 아니구려."

"새… 새로운 검이오?"

검의 궤적만 가지고도 검을 논할 수 있는 것은 장로들의 무공이 높기 때문이리라. 고작 작은 궤적의 흔들림만 가지고도 장로들은 그 속에 담긴 오의가 얼마나 큰지를 짐작하고 있었다.

"삼재검은 아니나… 현기가……."

"어찌……."

양태승의 중얼거림을 듣던 곽여휘의 얼굴에서 당황이 뒤섞인 흥분이 새어 나왔다. 믿을 수 없는 것을 목도한 까닭에 절로 흥분이 된 것이다.

"어찌 이런 일이… 선인께서는 무공도 배우지 않았는데……."

“허어…….”

곽여휘는 멍하니 탄성을 내뱉었다. 잠시 침묵이 흘렀다.

상념 속에 청명을 바라보던 장로들 중 곽여휘가 제일 먼저 입을 열었다.

“…한번 저 검을 견식해 보아야겠소.”

곽여휘는 그 한마디를 중얼거리고는 입을 일자로 다물었다. 장로들은 그런 곽여휘를 놀란 듯 바라보았다.

검귀 곽여휘의 눈에서는 새로운 검에 대한 열망과 그리고 놀랍게도 투지가 새어 나오고 있었다.

“…과, 곽 장로.”

“선인!”

곽여휘는 경추추의 말에는 대꾸 한 번 없이 앞으로 뚜벅뚜벅 걸어나갔다.

“그만하면 검형은 이루었으니 다음은 비무를 할 차례입니다.”

“네?”

한참 동안 검을 휘두르던 청명은 검형을 이루었다는 말에 반색했다.

“이야! 그럼 이제 끝난 건가요?”

안 끝났다.

선인의 근력은 여전히 허약하고 여전히 내공 하나 없다. 하지만 곽여휘는 슬쩍 미소를 지었다.

“예, 끝났습니다.”

곽여휘는 시원스럽게 대꾸했다.

“이제 비무를 마지막으로 무공 수련을 마치겠습니다.”

곽여휘는 마침내 청명의 앞에 섰다. 하지만 청명은 검 운혜를 든 채로 의아하게 곽여휘를 바라볼 뿐이었다.

"비… 비무가 뭔가요?"

"지금까지 익힌 것을 저와 함께 수련해 보는 것입니다. 제가 공격하면 선인께서 막으시고, 선인께서 공격하면 제가 막으면 되는 것이지요."

"아, 그렇군요!"

청명은 헤벌쭉 웃으며 말했다. 이제 자신도 무공을 다 익혔으니 드디어 평범한 장로들처럼 무공을 연구할 수 있다!

"이제 무공을 함께 연구하는 건가요?"

곽여휘는 실소를 내뱉었다. 틀린 말은 아니다. 현기 넘치는 삼재검을 견식하러 나온 것이니.

"그렇습니다. 이제 저와 함께 무공을 연구하시면 됩니다."

"네, 그럼 얼른 비무를 해요."

청명은 고개를 끄덕이며 말했다. 곽여휘는 웃음을 지어 보이고는 청명의 앞에 서서 손을 모아 청명에게 포권을 했다.

청명은 의아한 표정으로 그것을 바라보았다.

"비무는 하지 않을 건가요?"

"허허헛, 그럼 시작하시지요."

본래 비무를 하기 전에는 상대에 대한 예우로 포권을 먼저 취하고 시작한다. 선인께서 그런 것을 모르시니 마땅히 가르쳐 드려야겠지만, 그것보다는 선인의 검이 더 궁금했다.

"……."

곽여휘는 무거운 표정으로 검을 뽑아 들었다. 그리고는 눈을 한번 감고 호흡을 골랐다.

"후우—"

번쩍!

다시 뜬 곽여휘의 눈에는 신광이 가득했다. 날카로운 그 눈에 청명은 고개를 갸웃했다.

"왜 눈을 부릅뜨… 으앗!"

청명은 재빨리 자리에 앉았다. 검이 날아오고 있는 것이다!

휘잉—

검은 청명의 머리 위로 지나갔다. 청명은 사색이 다 된 얼굴로 곽여휘를 바라보았다.

"왜 갑자기 저를 때리려고… 앗!"

이번에도 검이 날아왔다. 곽여휘의 검은 날카로웠다. 청명은 다시 재빨리 머리를 숙여야 했다.

"검을 마주 부딪쳐야 합니다, 선인!"

"네? 으앗!"

청명은 깜짝 놀라 검을 들었다. 곽여휘가 날린 검과 청명의 검이 맞부딪쳤다.

챙—

나무 목검과 곽여휘의 검이 부딪혔으니 마땅히 나무 목검이 부러지는 소리가 들려야 하건만 들려오는 소리는 쇳덩이가 부딪치는 맑은 소리였다.

곽여휘의 힘에 청명은 바닥에 털썩 쓰러지고 말았다.

곽여휘는 검을 수습했다.

"이렇게 서로 검을 마주치며 무공을 연구하는 것을 비무라 합니다. 일어나시지요, 선인."

"후… 후아— 너무 무서워요!"

청명은 새파랗게 질린 얼굴로 곽여휘를 바라보았다. 울상이 된 청명의 얼굴에 곽여휘는 쓴웃음을 지었다. 내공을 섞지도 않았고 팔의 힘도 많이 빼놓은 후였다.

"위험하지 않을 테니 걱정하지 마시고 검을 맞부딪쳐도 괜찮습니다, 선인."

"네, 네에……."

청명은 떨떠름한 얼굴로 자리에서 일어나 운혜를 들었다.

곽여휘는 다시 기수식을 취했다. 청명은 그저 운혜를 들고 멀뚱멀뚱 서서 곽여휘를 바라볼 뿐이었다.

곽여휘는 귀마혈검의 여덟 초식중 일곱 번째 초식인 혈해산검(血海散劍)의 기수식을 취했다.

휘잉—

다수의 적을 향해 극쾌의 빠르기로 공격한다. 그렇게 되면 마치 검이 수십 개로 분열되는 듯한 움직임을 보인다. 지금 곽여휘의 검이 그러했다.

"으앗!"

청명은 이번에도 아무렇게나 검을 들어 막았다. 하지만 놀라 버렸는지 또 바닥에 엉덩방아를 찧고 말았다.

"허허헛……."

구경하던 경추추의 입에서 쓴웃음이 터져 나왔다. 선인께서 생사결(生死決)을 치루고 있었다면 벌써 열댓 번쯤은 죽고도 남았다.

청명은 다시 자리에서 일어났다. 그리고는 엉덩이를 툭툭 털고는 이번에는 제법 평화로운 얼굴로 곽여휘를 바라보았다. 빠른 검에 놀라긴 했지만 이제는 검에 살기가 없다는 것을 잘 안다.

"저… 저는 제가 배운 검법으로 공격하면 되는 건가요?"

"그러합니다."

곽여휘가 대답하자 청명은 고개를 갸웃하더니, 검 운혜를 들어 하늘로 높이 치켜세웠다.

곽여휘는 눈을 빛냈다. 드디어 그 검식이 나온다. 선인께서 창안한 검식.

"…흡!"

곽여휘는 귀마혈검의 네 번째 초식 일창귀(一槍鬼)를 펼쳤다. 빛살 같은 빠르기로 찌르면 마치 창처럼 보인다 하여 붙여진 초식 명이었다.

쐐악―

과연 검은 그 길이가 몇 배로 늘어난 듯 보였다. 하지만, 청명의 눈에는 똑똑히 검이 보였다. 곽여휘가 청명의 수준에 맞추어 손속을 가볍게 하고 있기에 가능한 일이었다.

하지만 검귀의 이름이 어디 갈까! 청명이 그 검식을 감당해 내는 것은 불가능한 일에 가까웠다.

청명은 하늘로 치켜든 검을 아래로 내렸다.

"천(天)!"

"헛!"

구경하던 양태승과 경추추의 입에서 경호성이 터져 나왔다. 장로들은 제대로 앉아 있지도 못하고 자리에서 일어나 눈을 부릅뜬 채로 곽여휘의 검을 바라보았다.

곽여휘의 검은 방향이 바뀌어 청명의 허리 옆을 찌르고 있었다.

"허… 허……."

하지만 장로들이 놀랐다고 해도 어디 곽여휘만 하랴! 곽여휘는 멍하니 중얼거렸다.

"어… 어찌 천의 초식이……."

처음 청명이 검을 내리그을 때만 해도 찌르기를 베기로 막는다는 것은 불가능했다. 하지만 직선이 아니라 곡선을 그리며 내려온 청명의 검은 찌르는 곽여휘의 검의 검신을 타고 부드럽게 검을 비껴놓았다.

“차력타력(借力打力)?”

경추추의 입에서 부지불식간에 탄성이 터져 나왔다. 양태승은 재빨리 반박했다.

“아니, 이화접목일 게요!”

곽여휘는 멍하니 청명의 검을 바라보았다. 청명의 검의 묘리가 무엇인지 논하는 장로들의 목소리는 들려오지도 않았다.

직접 검을 마주친 곽여휘는 이미 확실히 검의 정체를 알고 있었다. 겉보기에는 이화접목처럼 보이지만…….

“태, 태극… 혜검(太極慧劍)…….”

곽여휘는 놀란 입을 다물지 못했다. 고요해진 장로원에서 신이 난 것은 오로지 청명뿐이었다.

“이야아! 막아냈다! 막아냈다! 이야!”

신이 난 청명은 팔딱팔딱 뛰었다.

*　　　*　　　*

안휘성 합비.

추걸개는 웃음을 터뜨리고 있었다.

“그래, 정말로 이제 개방도가 아니라니까?”

“…정말이에요?”

운혜가 샐쭉한 미소를 지으며 추걸개를 노려보았다. 그 모습에 추걸개는 다시 웃음을 터뜨렸다.

“으하하핫! 그렇지, 까짓 개방도가 아니면 거지가 아니라던가! 개방도든 아니든 간에 나는 어디에 데려놓아도 거지일 뿐이라네!”

“정말인가 보군요…….”

운혜는 씁쓸한 얼굴로 중얼거렸다.

오늘 오전.

아침에 깨어난 운혜 때문에 한바탕 난리가 일어났다. 갑작스럽게 완치된 독 덕택에 현성 진인는 당혹스러운 듯 고개를 저었으며, 현평 진인은 사조께서 다녀가신 듯하다는 운혜의 말에 홍소를 터뜨렸었다.

운풍자는 변함없이 무표정했고, 황우자는 '고깃국 먹고 쓰러지다니, 사고답지 않아요' 라는 식으로 중얼거리다가 운형자의 손에 고통을 당했다.

그리고 난 다음, 놀라운 손님이 찾아왔다. 다름 아닌 추걸개였다.

"걱정하지 말게, 운혜 도고! 정말 나는 괜찮으니."

"…네."

운혜는 고개를 끄덕였다. 자세한 속내는 모르지만, 문파에서 파문당하고 나온 사람의 마음이 편할 리가 없다. 만약 자신이 무당을 벗어났다면 결코 편하지 않으리라.

"정말 괜찮으신 거 맞지요?"

"허어, 것참 까다롭구먼, 정말 괜찮으니 신경 쓰지 말게! 그보다 저 친구들은 참 재미있구먼."

울상을 지으며 마보를 취하고 투덜투덜 대는 황우자와 투덜투덜 대는 황우자 때문에 인상을 찌푸리는 운형자를 발견한 추걸개는 너털웃음을 터뜨렸다.

"허허헛, 재미있는 친구들이야."

아주 예전, 자신과 사형도 저러한 때가 있었다.

이틀 전.

개방의 방주 표주신개 초영은 술병을 들이키고 있었다. 벌컥벌컥 시원스럽게 들이키는 품이 목이 몹시 칼칼했나 싶다.

"크아—"

"……."

추걸개는 무표정한 얼굴로 초영을 노려보고 있었다. 초영은 그런 추걸개의 시선을 발견하고도 담담한 얼굴이었다.

"어찌 사형께서……."

"내가 뭘."

머쓱하니 대답하는 초영의 말에 추걸개의 안색은 더 더욱 딱딱하게 변해갔다.

"어찌 사형께서 개방도의 본분을 잊으신 게요?"

"…가진 것이 없으니 바랄 것이 없고 천하가 내 집이니 꺼릴 것이 없도다. 버리고 버리고 버렸으니 남는 것은 협뿐이노라. 가지지 못했으니 가진 자를 돕고, 가지지 못했으니 남을 가지게 하라."

"잘 기억하고 계시구려."

초영은 가래를 카르륵 모아 퉤 하고 뱉었다. 그리고는 흘러내린 침을 대충 닦아 옷에 문질렀다.

"에이, 니미럴 놈아, 뭐가 그리 심각하더냐!"

"어찌 그 여도사를 죽이자고 한 거요?"

"……."

초영은 아무런 말이 없었다. 잠시 술이 든 호리병을 어루만지던 초영이 다시 입을 열었다.

"막둥아, 협(俠)이 무엇이냐?"

초영은 다시 술병을 입가로 가져갔다. 술을 벌컥벌컥 들이마시는 사형을 보며 추걸개는 무거운 표정으로 입을 열었다.

"지금은 그 여도사를 살리는 것이 협이 될 게요."

"캬아— 그것이 아니지, 이 미친놈아. 그 여도사로 인해 죽게 될 사람들을 살리는 것이 협이니라, 협!"

"아직 벌어지지 않은 일이오."

"……."

능글능글맞게 대답하던 초영은 침묵했다.

"막둥아, 아니, 사제."

초영은 무거운 표정으로 추걸개를 바라보았다. 그 눈에서 애절한 빛깔이 새어 나오고 있었다.

"벌어질 일이다, 사제. 벌어지지 않았다고는 하나 벌어지면 강호가 뒤집어질 일이야. 미연에 방지할 수 있다면 하고 싶은 게 내 마음이었어."

"……."

추걸개는 그런 초영의 눈을 마주 바라보았다. 사형께서도 어쩔 수 없었으리라. 십만 개방도를 한 몸에 지고 있으니, 사형께서도 어쩔 수 없었으리라. 강호의 모든 만민을 위해, 사형께서도 어쩔 수 없었으리라.

하지만 나는 용납할 수 없다.

추걸개는 천천히 몸을 돌렸다.

"사형, 그간 고마웠소. 둘째 사형에게도 안부 전해주시오."

툭, 투둑—

추걸개는 몸에 붙어 있는 매듭을 떼었다. 하나, 둘, 셋…….

"나는 개방도니, 내 나름의 협을 따르겠소. 사형은 사형의 협을 따르시구려. 원망하지 않겠소."

"막둥아!"

"나는… 살리겠소. 그 여도사도, 강호도."

초영의 눈이 깊어졌다. 어찌 보면, 협이라는 개방의 본분에 가장 잘 맞는 것은 사제가 하고 있는 행동일지도 몰랐다.

툭—

마지막 매듭이 떨어졌다. 그리고 추걸개는 더 이상 말이 없었다. 초영 역시 그러했다.

"……."

"다음에 또 뵙시다. 사형, 아니… 방주."

"……."

초영은 여전히 아무런 말이 없었다. 그리고 추걸개는 그대로 걸어나왔다.

추걸개는 한숨을 내쉬고는 운혜를 바라보았다. 이제 내 목숨은 이 소녀가 가지고 있다. 아니, 어찌 보면 선인께서 가지고 계신 걸까?

"으하하핫, 그보다, 선인께서 얼른 오셔야 할 터인데… 선인의 얼굴이 궁금해 죽겠소."

"저도요."

운혜는 수줍은 얼굴로 중얼거렸다. 사조님이 보고 싶었다. 사부만큼…….

사부와 사조님을 동급으로 취급한 운혜의 얼굴이 조금씩 빨개졌다. 하지만 추걸개는 시선을 돌려 운풍자를 바라보느라 그 모습을 확인하지는 못했다.

"이보게나, 운풍. 자네도 잘 지냈나?"

"예, 선배. 와주신 데 감사드립니다."

"뭘, 그럴 것까지야 있나."

추걸개는 머쓱한 듯 시선을 돌렸다. 그리고는 무언가가 이상하다는 것을 파악해 냈다.

"음… 그런데 참 조용하지 않나?"

“예?”

아무것도 모르겠다는 듯 자신을 바라보는 운혜와 달리, 운풍자의 얼굴은 굳어져 있었다.

“…….”

＊　　　　＊　　　　＊

집안일을 마친 설수진은 부드러운 미소를 지으며 밖으로 걸어나왔다. 오늘도 열심히 무공 수련 중일 선인을 구경하러 나온 것이다.

“…….”

설수진은 의아한 표정으로 주위를 돌아보았다. 선인께서는 무공 수련은 하시지 않고 구석에 쪼그려 앉아 지나가는 나비를 보고 헤헤 웃고 있었고, 다른 장로들은 모두 한쪽 구석에서 심각한 얼굴로 논의 중이었다.

설수진은 천천히 경추추에게로 걸어갔다. 경추추의 옆에 앉아 있던 양태승이 흥분한 표정으로 외치는 것이 보였다.

“태극혜검이라니, 말도 되지 않소!”

경추추는 흰 수염을 긁적거리며 중얼거렸다.

“아니, 말이 안 되는 것은 아니외다. 선인께서는 무당의 인물이지 않소이까.”

“하나 무공을 익힌 적은 없다고 하셨소이다!”

경추추는 한숨을 내쉬었다.

“흐음…….”

“아니, 그래도 가능한 일이외다.”

곽여휘가 입을 열었다. 검을 마주쳐 본 결과 확실히 깨닫게 되는 것은, 선인께서 무공을 모른다는 점이었다.

“내가 내공을 사용했고 내 잠력을 이용했다면 선인을 이기는 것은 여반장과 다름없었소.”

“……”

양태승은 침묵했다. 곽여휘는 말을 이어나갔다.

“선인의 근력은 여전히 형편없고 몸에 내공이라고는 한 자락도 없소이다. 그저, 검의(劍意)만을 놓고 보았을 때, 선인께서는 태극혜검을 사용했다는 것이오.”

경추추는 무거운 얼굴로 입을 열었다. 혹여 곽여휘가 착각을 했을까 싶어서다.

“이화접목의 묘리를 이용한 삼재검이 아니라?”

“나는 한때… 무당제일검 현무자의 스승 청허자와 맞부딪친 적이 있소.

경추추는 입을 다물었다.

“그의 무공은 태극혜검이었지.”

“……”

곽여휘는 확고히 입을 열었다.

“확신할 수 있소. 선인의 검의 묘리는 태극혜검과 같았소이다.”

“으음……”

장로들은 모두들 침음성을 흘렸다.

고요해진 장로들을 바라보며 설수진은 고개를 갸웃했다. 무공을 모르는 자신으로서는 알 수 없는 이야기들이 오가고 있었다.

설수진은 경추추를 툭툭 쳤다.

경 가가, 무슨 일인가요?

경추추는 설수진을 돌아보고는 미소를 지었다.

“아아, 할멈이구려. 별거 아니요, 선인께서……”

"대화들 나누고 계시구려. 나는 잠시 선인께 다녀오겠소."

경추추의 말을 끊으며 곽여휘가 말했다. 그의 머릿속은 복잡해질 대로 복잡해져 있었다.

곽여휘는 청명에게로 걸어갔다. 청명은 나비를 바라보다가 손을 뻗어 나비를 손 위에 얹어둔 상태였는데, 곽여휘가 날아가자 나비는 곧 포로롱 날아 청명의 주위를 맴돌았다.

사부작—

바람이 불어왔다. 텃밭 사이의 식물들이 서로 부대끼는 소리가 들려와 청명의 마음을 청량하게 해주었다.

곽여휘는 무거운 표정으로 청명을 바라보았다.

"정녕 선인께서는 무공을 익힌 적이 없으십니까?"

청명은 순순히 고개를 끄덕였다.

"네, 저는 무공을 익힌 적이 없어요. 아니, 삼재검은 익혔어요!"

청명은 자랑스럽게 웃었다. 그렇게 배운 삼재검으로 곽여휘의 검을 막아내었다.

곽여휘는 다시 입을 열었다.

"…혹시, 선인께서는 태극혜검이라는 검법을 아십니까?"

청명은 고개를 살레살레 저었다. 그런 건 모른다.

"아니요."

청명은 나직이 대답하며 나비를 어루만졌다. 아니, 바람을 어루만졌다. 청명이 손을 들어 둥글게 원을 그리자, 바람이 짙어지고 있었다. 사부작거리던 소리가 더 더욱 깊게 들려왔다.

그 바람을 타고, 나비는 흥겨운 듯 청명의 손을 오가며 노닐었다. 벌려진 손가락 사이로 나비가 지나가는 것을 보며 곽여휘는 입을 다물었다.

'정녕… 태극혜검을 모르면서 태극혜검을 사용했단 말인가.'

말도 되지 않는다. 불가능하다.

청명은 고민에 빠져 있는 곽여휘는 신경도 쓰지 않은 채 헤벌쭉 웃으며 손을 더 강하게 휘저었다. 바람이 더 짙어졌다.

상념에 빠져 있던 곽여휘는 조용히 입을 열었다.

"알겠습니다."

곽여휘는 몸을 돌려 장로들에게로 걸어갔다, 아니, 가려 했다.

사부작, 싸아아―

갑자기 바람이 강해졌다. 뒤에서 불어오는 부드럽지만 강한 바람에 곽여휘는 다시 황급히 몸을 돌렸다. 조금전 선인의 손놀림이 머릿속에 떠올랐다. 선인은 바람을 움직여 나비를……

"서… 선인, 선인께서는 지금… 무엇을……"

청명은 여전히 신이 난 듯 대답했다.

"나는 지금 바람과 더불어 놀고 있는 거예요."

"……"

곽여휘는 당혹스러운 얼굴로 청명을 바라보았다. 이게 무슨 말도 안 되는 소린가! 인간의 몸으로 어찌 바람과 함께 노닐 수 있단 말인가!

하지만 곽여휘의 놀란 얼굴에도 청명은 너무나 부드러운 얼굴로 말할 따름이었다.

"바람과 나는 다르지 않거든요[風和我同]."

"그게… 무슨 소립니까?"

"이런 거예요."

청명은 손을 휘휘 젓던 모습을 멈추고 하늘을 바라보았다.

"헛!"

곽여휘의 입에서 경호성이 터졌다. 하늘을 바라보던 청명의 몸이 천천히 하늘로 떠 올라갔다. 그리고는 하늘하늘 춤추기 시작했다. 마치 파도 위에 떠 있는 사람처럼, 청명은 아무런 저항 없이 바람이 흐르는 대로 부드럽게 유영하며 공중에서 춤추고 있었다.

청명은 미소를 지으며 말했다.

"참, 곽 도우. 옛날부터 말하려 했는데, 천의 초식은 그렇지 않아요. 하늘은 보답을 바라지 않지만 땅은 늘 하늘에 보답하니, 땅과 하늘은 다르지 않아요."

무슨 소린지 알 수가 없다. 곽여휘는 멍하니 청명을 바라보았다. 청명은 예전에 곽여휘가 삼재검을 강론했던 것을 반박하고 있는 것이었다.

"본래 약함이 강함을 이기고 부드러움이 딱딱함을 이기는 법이에요[柔弱勝剛强]. 하늘은 늘 강하기만 한 것이 아니라 때로는 바람처럼 부드럽답니다."

"허… 허어……."

청명은 바람 사이에 떠 까르르 웃음을 터뜨렸다. 바람이 옷깃을 스치자 간질간질했다.

"아하핫, 간지러워!"

청명의 웃음소리를 듣던 곽여휘의 눈이 커졌다. 어쩌면 방금 선인이 한 말은 태극혜검의 요체일지도 모른다.

'혹시…….'

곽여휘의 머릿속에 좋은 생각이 떠올랐다. 어쩌면 선인께서는 일찌감치 무공에서의 원융의 이치를 알고 있을지도 모른다.

"선인, 혹시 원융에 대해 아시는 바가 있습니까?"

곽여휘의 목소리는 떨림이 가득했다. 청명은 다시 한 번 까르르 웃고는 고개를 끄덕였다.

"네, 알아요."

안단다!

모든 장로들의 귀에 그 말이 파고들었다. 장로들은 하나하나씩 청명의 곁으로 달려왔다.

곽여휘가 다시 질문했다.

"제… 제게도 가르쳐 주십시오."

"네."

청명은 순순히 대답하고는 입을 열었다.

"만물[萬物]이 이어져 있으니[連接着] 원융[圓融]이고요, 모두 이어져 있으니 하나예요[一洋]. 아, 아하핫!"

다시 바람이 간질이자, 청명은 웃음을 터뜨렸다.

"하늘도 땅도 거스르지 않으면[不違抗天地] 하나가 되고[一洋], 갈라섬과 경계가 없으니[沒有分, 沒有警戒] 역시 하나가 되요[一洋]. 거기서 더 채우려 들지 않으니[不想充] 원융[圓融]이지요, 아하핫, 간지러워!"

곽여휘의 입이 벌려졌다. 바람을 타고 노니는 청명의 모습은 곽여휘의 마음을 파고들었다.

"허… 허어……."

곽여휘는 알 수 없다는 듯 한숨을 내쉬었다. 그리고는 생각의 바다로 잠겨 들어갔다. 청명의 중얼거림을 들었던, 아니, 공중을 노니는 청명의 목소리를 들었던 장로들 역시 그러했다.

곽여휘는 눈을 반개했다.

'원융, 원융이라……! 누가 갈라섬을 만들고 누가 경계를 만들었던가!'

곽여휘의 머릿속에 새로 무공을 만든답시고 이것저것에 경계를 긋고 틀을 만들던 자신의 모습이 떠올랐다.

'허헛… 모자라다 여기고 더 채우고 채우려 했던 것은 다름 아닌 내가 아니던가!'

새로운 무공을 만들겠답시고 이것도 넣어보고 저것도 넣어보려 했던 자신의 모습도 떠올랐다.

곽여휘의 얼굴에서 헛웃음이 터져 나왔다.

"허, 허허, 허허헛……."

"과… 곽 장로……."

멍하니 청명을 바라보던 양태승은 곽여휘를 바라보았다. 곽여휘는 웃고 있었다.

"허허헛, 그렇소, 그렇소이다. 선인의 말씀이 맞소. 이미 내 안에 모두 갖추었으니, 또 무엇인가를 채울 이유가 어디 있겠소. 허허헛……."

곽여휘의 웃음이 짙어졌다. 그랬다. 모두 자신 안에 있었다. 꽉 차 있는 것에 더 넣으려 했으니, 불가능할 수밖에. 아니, 어쩌면 자신 안은 비어 있는 것일 수도 있었다.

"허허허헛!"

경추추는 신비로운 눈으로 곽여휘를 바라보았다. 곽여휘는 웃으며 외쳤다.

"이제 나는 알겠소이다! 물은 차면 넘치는 법이라오. 흘러가면 완성되는 법이고. 우리의 무공은 이미 옛날 옛적에 완성되었소이다. 새로이 경계를 그을 필요가 없소이다! 그대의 독도 그러하오! 으허헛!"

양태승의 눈이 부릅떠졌다. 내 독이 완성되었다고?

"아!"

양태승의 입에서 탄성이 터져 나왔다. 그랬다. 과연 그러했다. 어제 독을, 아니, 약을 만들 때 생각했었다. 삶과 죽음이 무엇일까! 두 개는 다른가, 아니면 하나인가! 하늘과 땅이 그러하듯 생사는 다르면서도 여일하고 늘 모자람없이 서로 돌고 도는 것을! 그러니 독은 약과 같고, 약은 독과 같은 것을! 독의 극에 오르면 약이 된다는 것이 이런 것이었던가!

양태승에게서도 웃음이 터져 나왔다.

"으하핫, 그러니까 내가 독제가 아니라 약선(藥仙)이라는 소리구려! 어쩐지, 최근에는 치료하는 일이 더 쉽더니만!"

"그렇지, 그렇지!"

곽여휘는 경추추를 바라보며 검을 들었다. 경추추도 무엇인가 깨달음을 얻었는지, 슬며시 미소를 짓고 있었다.

"이보시오, 경 장로! 그대가 맞소! 선각자가 닦아놓은 길을 무시했어야 하오! 아니, 그대도 틀렸소! 그것들은 모두 하나였단 말이오! 으하핫, 내 비록 도는 모르겠으나, 나는 이제 무공을 알겠소!"

말을 마친 곽여휘는 참지 못하겠는지 검을 들었다. 그리고는 검을 휘두르며 너울너울 춤추었다. 공중에서 자신을 간질이는 바람에 웃음 짓던 청명은 땅으로 내려왔다. 그리고는 신난 듯 외쳤다.

"곽 도우, 우리 같이 놀아요!"

"으하핫, 그럽시다, 선인!"

곽여휘의 대답을 들은 청명은 땅에 내려와 자신의 검 운혜를 들어올렸다. 그리고는 거침없이 춤을 추었다. 아무런 초식도 없고, 아무런 검로도 없다. 그저, 마음가는 대로 검을 들고 베고 찌르며 놀 뿐이었다.

놀라운 것은 곽여휘 역시 그러했다는 것이다.

경추추가 외쳤다.

"마치 아이처럼 재밌게들 노는구려. 나도 끼워주시오."

경추추는 돌멩이를 하나 집어 들고 곽여휘와 청명의 검 아래에 던졌다.

"호오, 그림 실력이 엉망이구려?"

옆에서 양태승이 비웃듯 말했다. 경추추가 던진 돌멩이는 검 아래에서 기묘한 환상을 만들어내고 있었는데, 이번에 경추추는 건이고, 감이고

자시고 할 것 없이 아무렇게나 돌을 던졌을 뿐이었다. 하지만 검 사이사이로 나비가 맴돌고 있었다.

"뭘, 이만하면 아름답지요! 내 내자는 아직도 이걸 보면 처녀처럼 미소 짓는다오!"

경추추는 자랑스레 말하고는 수십 마리의 나비를 바라보았다. 그리고 시선을 돌려 설수진을 바라보았다.

옛 추억을 떠올린 설수진의 눈에는 살짝 눈물이 맺혀 있었다.

"할멈… 허헛, 예쁘지요?"

설수진은 멍하니 고개를 끄덕였다.

네, 너무 아름다워요.

경추추의 옆에 서 있던 양태승은 입맛을 한번 쩝쩝 다시고는 말했다.

"이거, 나만 가만히 있을 수 없구려. 어디 보자, 어제 독으로 약을 만들었으니 이미 나는 이루었고, 이번에는 뭘 해야……."

"과연 진일보했군."

"…음?"

양태승은 어디선가 들려오는 소리에 의아한 듯 뒤를 돌아보았다. 뒤에서 들려오는 나직한 소리는 그도 익히 아는 목소리였다. 목소리 주인의 생김생김을 보아하니 더 더욱 낯이 익다.

양태승의 입에서 신음성이 터져 나왔다.

"교주……."

*   *   *

현평 진인과 현성 진인은 한숨을 내쉬고 있었다.

오늘로써 묵언이 풀린 현성 진인은 모처럼 입을 열어 목소리를 내어 말하고 있었다.

"다행입니다, 장문 사형."

"허허헛, 그렇지? 사백께서 운혜를 두고 떠나신 줄 알았건만, 마음을 두고 떠나셨는 줄은 몰랐네."

현평 진인은 너그러운 얼굴로 말했다. 사백께서 계시다면, 바람 앞의 촛불이 되어버린 운혜의 운명은 아마 다르게 흘러갈 것이다.

"잘 되었습니다."

"허헛, 그래, 잘 되었지……."

현평 진인은 차를 들어 입가로 가져갔다. 따듯한 다향이 그 어느 때보다도 마음에 들었다.

차를 들어 마시는 현평 진인을 바라보며 현성 진인 역시 푸근한 미소를 지었다.

"음……?"

그런데 조금 이상한 점이 있다. 창천관에 가득해야 할 시비가 한 명도 없는 것이다. 보통 이맘때면 청소를 한다, 뭘 해야 한다 시끄럽게 움직이는 게 시비다. 물론 제 딴에는 조용히 움직이겠지만, 무인들에게 그 소리는 가끔 크게 들릴 때가 있다.

그런데 오늘은 그런 소리가 하나도 없다.

"장문 사형, 그런데 오늘은 퍽 조용합니다?"

"…음?"

차를 마시던 현평 진인은 의아한 표정으로 현성 진인을 바라보았다.

"……."

침묵이 감돌았다. 현평 진인은 내공을 끌어올려 청력을 돋웠다. 아니나 다를까, 아무런 소리도 들려오지 않는다.

현성 진인이 입을 열었다.

"이게 무슨 일일……."

"운혜!"

현평 진인은 재빨리 몸을 일으켰다.

＊　　　　＊　　　　＊

현평 진인이 몸을 일으켰을 시각이었다. 소리가 없어졌다는 것을 깨달은 운풍자는 묵묵히 주위를 노려보았다.

"그러니까요, 사숙. 사숙께서 운풍 사숙처럼 그렇게 꼬장꼬장한 것도 아니고, 이만 하면 저도 제법 마보를 오래 했으니 용서해 주실 만도…….

"들릴라, 이 녀석아! 운풍 사형의 귀가 얼마나 밝……."

"사제와 사질은 입을 다물라!"

운풍자가 소리를 질렀다. 추걸개는 무거운 표정으로 주위를 둘러보았다.

"정말… 고요하군."

"그렇군요. 인기척이 조금도 느껴지지 않습니다."

추걸개는 조용히 시선을 돌렸다. 추걸개의 시선이 머문 곳에는 문이 위치해 있었다.

운풍자는 추걸개를 바라보았다.

"……."

추걸개는 고개를 끄덕였다. 곧 둘은 천천히 걸어가 문을 활짝 열었다.

문밖에는 시비들의 시체가 널려 있었다.

"이런 염병할!"

"무량수불……."

운풍자는 재빨리 걸음을 뒤로 옮겼다. 유운신법을 펼치며 뒤로 물러난 운풍자는 재빨리 검을 쥐었다.

"제자들은 모두 검을 들고 사매를 보호하라!"

쐐아이아악─ 챙!

운풍자는 재빨리 운검을 뽑아 들고는 날아오는 화살을 쳐냈다.

"무량수불……."

문밖에서 화살과 함께, 검은 복면을 뒤집어쓴 흑의인들이 달려들어 왔다.

*　　　*　　　*

교주, 흑마 서중희는 무거운 표정으로 청명을 바라보았다. 다른 인원을 아무도 데려오지 않았는지, 교주는 시비 한 명 없이 홀로 서 있었다.

곽여휘와 양태승, 경추추와 설수진은 재빨리 땅에 엎드려 오체투지했다.

"미륵 현세! 광명 천하!"

교주는 무미건조하게 중얼거렸다.

"저자가 신선인가?"

"그러하옵니다."

인사를 마치고 자리에서 일어난 곽여휘가 대답했다. 검을 들고 노닐던 곽여휘는 이미 검을 수습하여 둔 후였다. 경추추 역시 서서 무표정한 얼굴로 교주를 바라보고 있었다. 하지만 설수진을 보호하듯 설수진의 앞에 선 경추추의 눈매는 날카로웠다.

기도가 다르다. 교주에게서 지금 느껴지는 기파는 살기.

대표적으로 양태승이 입을 열었다.

"못 본 새 많이 날카로워지셨구려, 교주."

"…서 있다니, 예의가 없군."

"……."

양태승은 묵묵히 교주를 바라보다가 다시 자리에 무릎을 꿇었다. 다른 장로들 역시 마찬가지였다. 하지만 그 몸은 잔뜩 긴장시켜 둔 채였다. 여차하면 무공을 쓸 수 있도록.

"…장로원을 폐하러 오신 게요?"

경추추가 입을 열었다. 하지만 교주는 아무런 신경도 쓰지 않은 채 엎드려 있는 사람들을 훑어보고는 뒤를 돌아보았다.

뒤에서는 청수한 노인이 걸어 들어오고 있었다. 교주는 노인에게 짧게 목례했다.

"이제… 뜻대로 하시옵소서."

"허허헛, 그래. 제법 준비가 철저하구나. 내 앞에서 서 있을 만한 사람은 이곳에 없지."

장로들을 바라보던 노인은 너털웃음을 터뜨리며 걸음을 옮겼다. 그리고는 청명의 앞으로 걸어가 그 앞에 섰다.

청명은 당혹스러운 눈으로 노인을 바라보았다. 선기(仙氣)…….

노인이 입을 열었다.

"그대구려."

"당신은……."

청명은 눈을 크게 떴다. 선계에 오른 자가 하계로 다시 내려오는 경우는 거의 없다. 아니, 있다 한들 인세에 간섭하지 못해야 한다. 그러나 눈앞에 서 있는 사람은…….

"당신은… 누군가요?"

청수한 모습의 노인은 크게 웃음을 터뜨렸다.

"허헛, 나? 그대가 신선(神仙)이듯 나 역시 신선이지. 아니, 어쩌면 나는 마선(魔仙)쯤 될까?"

청명은 멍하니 입을 벌린 채 노인을 바라보았다. 노인은 신선이었다. 분명히 신선이었다.

"…당신은……."

"하핫, 그래, 나는?"

"……."

청명의 얼굴색이 어두워졌다. 노인은 도(道)에서 멀지 않았다. 아니, 가득 느껴지는 선기는 노인의 깨달음이 적지 않다는 것을 알려주고 있었다.

하지만 동시에 느껴지는 것이 있었다. 시체의 냄새, 피 비린내.

"당신은 어째서……."

청명은 몇 마디 중얼거리지도 않았건만 노인, 아니, 마선은 모든 말을 알아들은 듯 말했다.

"하핫, 선인지경에 오르신 분이 그것도 모르시겠소? 그야, 마음이 흐르는 길을 따라가는 것이 아니겠소?"

청명은 그 말을 단숨에 이해할 수 있었다. 무릇 무위자연(無爲自然)에 도달하기까지는 도(道)에서 어긋나는 일이 있지만, 깨달음이 깊어 만물이 나와 다르지 않다는 것[物我一體]을 알게 되면 마음이 좇는 대로 행해도 도(道)에서 어긋나지 않는다.

"하지만… 하지만 사람을 죽이는 것은 도(道)에 가깝지 않아요."

"무릇 죽음과 삶을 떼어 생각하는 것도 우습지 않겠소? 없음에서 살아감이 나왔고[有生於無] 살아간다는 것에서 죽음이 나오지[有死於生]."

"…도(道)는 만물을 이롭게 해요."

노인의 얼굴에서 웃음이 사라졌다. 그 모습에 청명의 얼굴이 의아해졌다.

“내 도(道)도 그렇다오.”

“…….”

청명은 아무런 말도 할 수가 없었다. 노인은 대수롭지 않게 중얼거렸다.

“허헛, 원시천존이 나 말고 다른 신선을 내려 보냈다기에, 대단한 신선이 왔는 줄 알았더니 핏덩이였구려. 흑마.”

“…….”

교주는 묵묵히 부복했다. 잠시 교주를 바라보던 노인은 다시 웃음을 터뜨리고 중얼거렸다.

“모두 살(殺)하라. 나는 이만 떠나야 할 듯하니.”

“……!”

장로들의 눈이 부릅떠졌다.

교주는 머리를 한번 조아리고는 다시 자리에서 일어나 검을 빼어 들었다. 그리고는 무심한 얼굴로 곽여휘를 바라보았다.

그사이, 노인은 청명을 바라보며 중얼거렸다.

“나는 운혜를 죽이고 운풍자를 죽일 것이라오. 그들에게 도(道)가 멀지 않음을 내 직접 보여드리리다. 이 자리에 있는 사람들 역시 죽을 것이오. 아니, 강호 전체가 그 숨을 끊을 것이오.”

“…….”

청명은 눈을 부릅떴다. 마선이라고 스스로를 칭한 노인이 수많은 죽음들을 말하자마자, 인연이 바뀌었다.

“음화신녀가 죽으면 강호도 끝장나지.”

“…….”

청명은 이해할 수 없다는 듯 노인을 바라보았다. 노인은 너털웃음을 터뜨렸다.

“허허헛, 수십 개의 목숨은 그저 목숨들이 하나하나 모인 것뿐이지. 수십이라고 위안하며 저 살자고 남을 죽이는 것이 인간이고, 그 인위가 무위를 막았으니 결과야 뻔하지 않겠소?”

자기가 살자고 남은 죽인다. 음화신녀로 인해 자신이 위험에 처할지도 모르니, 음화신녀를 죽인다. 그 인위가 무위를 가로막고 있었다.

휘이잉—

바람이 불었다. 바람 사이로, 청명은 죽음의 냄새를 맡았다. 운혜 사손의 죽음과 운풍 사손의 죽음이었다. 그리고 설 도우의 죽음과 경 도우의 죽음 역시 느껴졌다.

아니, 강호가…….

“어찌… 그대는 어찌…….”

청명의 얼굴에서 처음으로 분노가 솟아올랐다. 화가 났다. 참을 수 없이 화가 났다. 죽음은 도에 가까울 수 있지만 죽이는 것은 도에 가까울 수 없다.

청명은 목검에서 손을 뗴었다. 곧 청명의 목검은 수십 개가 되어 마선의 앞에 놓였다.

챙—

“허허헛…….”

자신을 가리키는 검을 바라보던 마선은 웃음을 지었다.

“선검(仙劍)이구려.”

“막을 거예요. 제가 막을 거예요.”

“막아보시오.”

청명은 고개를 저었다. 이해할 수 없었다.

“당신은 선인이에요. 그런데 어찌 하늘의 인연을 함부로 바꾸어 살 사람을 죽이려 하는 거지요?”

"하늘의 인연? 허허헛, 우습구려."

"어찌······."

"인연은 결코 하늘에서 만들어지지 않소. 인연을 만드는 것은······."

청명은 눈을 부릅떴다. 노인은 서서히 사라져 가고 있었다. 노인의 양신은 바람에 흩어지고 있었다. 흐릿해졌던 노인의 모습이 사라지기 직전, 노인은 마지막 단어를 내뱉었다.

"인간이지."

청명의 눈이 커졌다. 하지만 노인의 양신은 이미 사라진 후였다.

챙—

청명의 뒤에서 검명이 들려왔다.

"흐읍!"

청명에게 검을 날리는 서중희의 앞을 막은 것은 곽여휘였다.

곽여휘는 귀마혈검을 펼쳐 서중희를 베어나갔다.

혈해산검!

곽여휘의 검은 수십 개로 분리되어 교주를 향해 뻗어나갔다.

"······."

서중희는 대수롭지 않다는 듯 검을 들어 앞으로 찔러 나갔다. 수십 개의 검날 가운데 하나의 검날이 빛났다.

단순하게 그것만으로, 교주는 혈해산검의 초식을 파훼했다.

"좋군."

교주는 무표정한 얼굴로 서서 곽여휘를 바라보았다.

곽여휘는 이를 악물었다. 그리고 다시 귀마혈검의 이 초식, 역수혈검(逆手血劍)을 펼쳐 내었다. 검을 거꾸로 쥐고 베듯이 그어나간다.

하지만 이번에도 교주는 대수롭지 않다는 듯 검을 들어 베어오는 검을 막아낼 뿐이었다.

챙—

“…제길!”

차이가 난다. 교주의 무공이 이렇듯 높았던가! 검귀라는 이름이 허망할 만큼, 교주의 무공은 상상을 초월했다.

“귀마혈검으로 이 정도라니, 좋은 솜씨야.”

교주는 무표정한 얼굴로 중얼거렸다.

곽여휘는 슬며시 미소를 지었다. 조금 전 선인께 깨달음을 얻었다. 아니, 예전 삼재검을 연마할 때도 그 냄새를 맡았지만, 이제 확실히 안다.

“이제부터는 귀마혈검이 아닐 게요.”

곽여휘는 눈을 감았다. 그리고 전혀 새로운 검식을 펼쳐 나갔다. 검을 놓아버린 것이다.

둥실—

검이 하늘로 떠올랐다. 그리고 곽여휘는 검에 마음을 담았다. 검은 아무런 궤적도 그리지 않고, 그렇다고 빠르지도 않게 앞으로 쏟아져 나갔다.

“…심검(心劍)?”

교주는 대수롭지 않게 중얼거렸다. 교주의 얼굴에서 잠깐 미소가 솟아올랐다. 교주는 눈을 감고 검을 들었다. 그리고 검을 아래에서 위로 쳐올렸다.

창—!

곧게 날아오던 곽여휘의 검이 단숨에 베어졌다. 검은 한순간에 두 동강나 땅에 떨어졌다.

“크, 쿨럭. 어… 어떻게……. 쿨, 쿨럭!”

곽여휘는 피를 토하며 쓰러졌다. 마음을 담은 검이니, 교주가 벤 것은 단순히 검이 아니라 마음이었다.

"그쯤은 나도 익혔어."

교주는 무표정하게 말했다.

"이제 죽어."

교주는 검을 내려쳤다.

챙—

"……."

교주는 이를 드러내며 뒤를 돌아보았다. 자신의 검을 막은 것은 공중에 떠 있는 철검이었다. 아니, 목검이었다.

뒤에서는 청명은 교주를 바라보고 있었다.

"그만 해요."

청명은 우울한 표정으로 중얼거렸다. 운혜 사손을, 운풍 사손을, 설 도우를… 사람들을 모두 죽이겠다면 자신이 막겠다. 절대 그런 일이 벌어지지 않게 하겠다.

교주는 슬며시 미소를 지었다.

"선검이군. 아니, 영검(靈劍)인가?"

"이제 그만 해요."

"그대는 선검의 약점을 알고 있나?"

교주는 무미건조하게 말했다. 청명의 표정은 바뀌지 않았다.

"영기선검(靈氣仙劍)은 조화의 산물이지."

교주는 시선을 돌려 자신의 검을 막은 목검을 바라보았다. 그리고는 내공을, 순수한 양기를 끌어올려 손에 모았다. 손이 불타는 듯 붉어졌다.

"그리고 나는 부조화의 산물이야."

맞는 말이었다. 교주에게는 양기만이 존재할 뿐, 음기란 없었다. 어찌보면, 그것은 선검의 조화에 대응하는 방법이 될 수 있었다.

툭—

청명의 목검은 아무렇지도 않게 바닥에 떨어졌다. 교주는 시선을 돌려 청명을 바라보았다.

"당신은 아직 신선이 아니군. 아니, 신선이지만 아직 마선을 이기기에 부족해."

교주는 청명에게 검을 날려갔다.

*   *   *

운혜는 당혹스러운 눈으로 화살비가 멈춘 주위를 훑어보고 있었다. 복면인들의 목표는 다름 아닌 자신, 음화신녀인 자신이었다. 사형제들과 추걸개 선배께서 자신을 살리기 위해 싸우고 있었지만, 세가 너무 불리했다.

운혜의 얼굴이 슬프게 변해갔다.

'사조님……'

"조심하게!"

상념을 뚫고 어디선가 추걸개의 목소리가 들려왔다.

"까악!"

운혜의 입에서 비명이 터져 나왔다. 운혜는 재빨리 검을 들어 바닥에 내려쳤다. 운혜를 향해 바닥을 쓸어가던 검은 운혜의 검에 막혀 움직이지 못했다.

"무량수불!"

운풍자는 재빨리 운혜를 공격하던 복면인의 검을 걷어찼다. 검이 날아간 복면인을 바라보던 운풍자는 묵묵히 각(脚)을 움직여 복면인을 후려쳤다.

“쿨럭!”

복면인의 입에서 피가 토해졌다.

운풍자는 재빨리 주위를 둘러보았다. 위기에 처한 황우자가 보였다.

“조심하라, 사질!”

“나도 무량수불!”

황우자는 재빨리 검을 날렸다. 황우자의 검이 부드럽게 움직여 구궁(九宮)의 방위를 짚었다. 일백건휴(一白乾休)!

챙—

검을 날리던 복면인의 검을 막아낸 황우자는 기운차게 외치며 자신에게 검을 날려 오는 또 다른 복면인을 향해 마주쳐 갔다.

“아자, 살았다!”

“이 멍청아, 뒤를 조심해!”

황우자를 흘끗 본 운형자가 비명처럼 외쳤다. 운형자는 맞부딪쳐 있는 복면인의 검을 후려쳤다. 오행검(五行劍)의 육초식 화중적검(火中赤劍)이었다.

푹—

검을 들어 복면인의 어깨를 찔러 버린 운형자는 재빨리 유운신법(流雲身法)을 펼쳐 황우자의 뒤로 날아갔다.

“협!”

운형자는 검을 들어 원을 그렸다. 오행만합(五行滿合)의 초식이었다. 늦지는 않았는지 다행히 황우자의 등을 베어가던 검을 막아낼 수는 있었다.

“사숙, 감사합니다!”

“아, 앞을 봐, 이 멍청아!”

황우자는 재빨리 고개를 돌려 앞을 바라보았다. 잠시 뒤를 본 사이에

다가온 복면인의 검이 바로 눈앞에서 날아오고 있었다.

"으아악!"

황우자는 재빨리 머리를 숙였다.

"이… 이런!"

그렇게 됨으로, 황우자의 뒤에 서 있던 운형자에게로 검이 날아가게 되었다.

"이 녀석아, 막았어야지!"

운형자는 그렇게 외치면서도 검을 들어 마주쳐 갔다.

"쿨럭!"

하지만 복면인의 검은 운형자에게로 날아오다가 시들시들 사그라지고 말았다. 밑에 엎드렸던 황우자가 장을 날린 것이다.

"아하핫! 이럴려고 그랬지요!"

"시끄럽소!"

운형자 대신 추걸개가 외쳤다. 추걸개는 장을 움직여 두 명의 복면인을 거꾸러뜨린 후에 다시 외쳤다.

"것참. 내 운풍자가 말이 없어 재미없다 생각했거늘, 오늘 도장들을 보니 운풍자와 함께 있는 것이 훨 낫구려! 뭐 이리 말이 많소!"

"……."

추걸개를 흘끗 바라본 운풍자는 자신의 앞을 막아선 복면인을 노려보았다. 검법이 제법 눈에 익다.

"…형산."

"흡!"

복면인은 아무 말 없이 검을 들어 날렸다. 운풍자는 허리를 부드럽게 움직여 피하며 복면인의 검에 운검의 검면을 붙였다.

쉬리릭―

검면을 타고 운풍자의 검이 복면인의 손으로 솟구쳐 올라갔다.

"큭……."

복면인의 장심부터 팔꿈치까지를 베어버린 운풍자의 검은 스르륵 빠져나와 피를 뿌렸다.

"……."

'인원이 부족하다.'

운풍자는 냉정한 눈으로 주위를 둘러보았다. 검은 복면인의 수는 사오십 명을 육박하고 있었다.

"무량수불……."

이쪽은 다섯 명. 자칫하다가는 자신들뿐만이 아니라 운혜의 목숨도 위험하다.

운풍자가 검을 들고 상황을 주시하고 있을 무렵이었다.

"조심하게!"

"까악!"

뒤에서 비명 소리가 들려왔다. 운풍자는 재빨리 뒤를 돌아보았다. 뒤에서는 운혜가 비명을 지르고 있었고, 그 앞에는 추걸개가 피를 뿌리고 있었다.

"쿠… 쿨럭……."

운혜를 향해 다가가는 복면인을 후려치던 추걸개가 협공을 받아 다른 복면인의 장에 등을 찍힌 것이다.

외상보다 내상이 컸는지, 추걸개의 입에서 피가 흘러나왔다.

"…막 선배!"

"쿨럭, 쿨럭……."

운풍자는 검을 들어 추걸개의 등을 후려친 복면인의 장을 마주쳐 갔다. 복면인의 장은 추걸개의 그것보다 능숙했다. 복면인의 장은 이번엔 운풍자의 검을 피하며 운풍자의 가슴으로 다가가고 있었다.

'고수······.'

"모두 멈추라!!"

어디선가 경호성이 들려왔다. 그리고 곧 거센 바람이 불어왔다.

복면인은 운풍자를 향해 마주쳐가던 장을 거두고는 장심을 곧게 펴 바람에 대항했다.

"큭··· 장풍?"

장풍(掌風)!

무당 장문인의 화후가 그렇게 깊었던가! 전설에나 나올 법한 장풍이 방금 나타난 현평 진인의 회풍무류(回風無流)에서 펼쳐지고 있었다.

"······."

운풍자는 다급히 현평 진인을 바라보았다. 현평 진인의 뒤에서는 현성 진인이 검을 들어 복면인들과 마주치고 있었다.

"제자 운풍이······."

"예는 나중에 갖추라!"

"뜻을 받드옵니다."

운풍자는 무표정한 얼굴로 현평 진인을 바라보고는 뒤를 돌아보았다.

흑의 복면인이 무표정하게 서 있었다.

"형산이 어쩐 일로 무당을 방문하셨소?"

"······."

복면인은 아무런 말이 없었다. 하지만 방금 장을 부딪쳤던 현평 진인은 그 정체를 짐작할 수 있었다.

소요상인.

복면인들의 움직임이 조금이나마 잠잠해졌다. 운풍자는 재빨리 추걸개에게로 달려갔다.

“괜찮으신지요, 막 선배.”

“으음……”

추결개는 이를 악물고는 내기를 수습했다. 그 귓가로 복면인의 목소리
가 들려왔다.

“…그야, 강호의 우환거리를 제거하러 왔소이다.”

방금의 말로 간접적으로나마 복면인은 자신이 형산파의 일원임을 인
정했다. 직접적으로는 잡아뗄 테지만.

현평 진인이 입을 열었다.

“강호의 우환을 도대체 누가 결정했길래?”

“손바닥으로 하늘을 가리려하지 마시오. 장문인도 이미 알고 계시질
않소이까.”

“……”

현평 진인은 아무런 말 없이 복면인을 바라보았다. 현평 진인은 조용
히 입을 열었다.

“그대도 내상이 적지 않을 터, 지금 이대로 물러난다면 더 탓하지 않
겠소.”

“…허허헛, 사내가 검을 뽑았으면 풀이라도 베란 말이 있지.”

현평 진인은 무거운 표정으로 소요상인을 바라보았다. 소요상인은 핏
빛이 어른거리는 이를 드러내며 웃었다.

“그리고 나도 사내대장부란 말이오!”

부웅—

인간의 장을 휘두르는데 어찌 이런 소리가 날까! 복면인의 통천장(通
天掌)은 쾌속했다.

현평 진인은 마주 장을 들어 부딪쳐 갔다. 부드러운 손놀림 속에 감당
못할 내기가 숨어 있었다.

면장(綿掌)!

"큭……."

복면인이 한 걸음 뒤로 물러섰다. 소요상인은 다시 장을 들어 현평 진인에게 부딪쳐 갔다.

현평 진인은 허리를 굽힌 채로 몸을 빙글 돌렸다. 그리고 원심력을 이용해 복면인의 허리를 찍어갔다.

"쿠, 쿨럭!"

복면인의 입에서 기침이 터져 나왔다. 기침뿐만이 아니었다. 복면인은 털썩 무릎을 꿇었다. 내상을 더 감당하지 못하는 것이다.

"…이제 그만 물러나신다면 더 탓하지 않겠소."

마음대로라면 강호를 뒤집어서라도 탓하고 싶지만, 구파일방의 결속력은 수대를 걸쳐 만들어진 것이다. 당장 어떤 일을 벌일 수는 없다.

"…큭, 클… 현평 진인."

"……."

아무 말 없이 현평 진인이 복면인을 바라보았다.

"후회하실 거요."

"큭!"

"사형!"

현성 진인의 비명 소리와 함께 현평 진인이 재빨리 몸을 흔들며 뒤로 물러났다. 말을 맺은 복면인의 소매에서 암기가 발출된 것이다.

"쿠… 쿨럭……."

현평 진인의 입에서 기침이 새어 나왔다. 쾌속한 속도로 쏟아진 것은 작은 세침이었다. 복면인은 천천히 몸을 일으켰다.

"당가의 절명세화침(絶命細和針)이오."

상황이 뒤바뀌었다. 넘어진 사람은 현평 진인이고 일어선 사람은 복면인이었다. 어찌 정파의 인물이 암기를……!

"어찌 정파의……."

"정파를 위하는 길이외다."

복면인은 고개를 돌렸다. 그리고는 당황한 듯 마주친 상대를 뿌리치려는 현성 진인을 바라보았다.

"종남의 힘도 대단하구려."

복면인을 물리치려던 현성 진인의 눈이 커졌다. 현성 진인은 재빨리 자신과 맞부딪친 복면인을 바라보았다.

'종남?'

"……."

현성 진인과 맞붙던 복면인이 현평 진인에게 암기를 날린 복면인을 바라보았다. 복면인은 이를 갈았다.

"여기서 정체를 밝히시다니, 후환이……."

"어차피 우리는 이곳에 온 적이 없소."

복면인은 슬쩍 웃음을 지었다. 자신의 정체가 밝혀졌으니 일행의 정체도 밝힌다. 끝까지 한통속으로 물고 들어가려는 속셈인 것이다.

"…지금쯤 우리는 청성의 장문인과 만나고 있을 테니, 걱정하지 마시구려. 그리고 이곳에는 목격자 하나 남지 않을 것이오."

"……."

현성 진인과 마주친 복면인은 입을 다물었다.

살인멸구(殺人滅口).

소요상인으로 짐작되는 복면인은 여유로운 미소를 지으며 주위를 둘러보았다.

"모두 추살하라."

"무량수불!"

운풍자의 진언을 끝으로, 다시 전투가 재개되었다.

*　　　　*　　　　*

곽여휘는 피를 토하며 뒤로 물러섰다.

"크윽"

곽여휘는 속으로 밀려드는 화기를 내리눌렀다. 교주의 파천화련공은 벌써 십일성에 달해 있었다.

"쿠… 쿨럭……."

화기를 이겨내지 못한 곽여휘의 입에서 기침이 솟아올랐다. 청명을 밀쳐 내고 대신 교주의 검을 받은 대가는 참혹했다.

결국 곽여휘는 피를 토해내었다.

하늘.

곽여휘에게 밀려 바닥에 쓰러져 있는 청명의 머릿속에 생각들이 떠올랐다. 마선이라 칭한 노인이 남겨둔 상념들이었다.

'인연…….'

인연, 인연이 무엇이길래 이토록 사람을 괴롭힌단 말인가!

청명의 머릿속에 여러 생각들이 연이어 떠올랐다. 아니, 하나의 생각일지도 몰랐다. 운혜 사손.

운혜 사손이 죽으면 강호도 끝장난다는 말은 아직 이해할 수 없었다. 하지만 그것은 차지해 놓고라도 운혜 사손이 죽는 것은 상상하기 싫었다.

하지만, 조금 전 운혜 사손과의 인연이 끊어지고 말았다. 앞으로 다시는 운혜를 볼 수 없다.

청명은 하늘을 바라보았다.

'원시천존님… 저는 어찌해야 하나요.'

청명의 머릿속에 수십 가지 생각들이 떠올랐다. 평범함, 비범함, 선계와 하계, 마선… 그리고 운혜 사손.

운혜 사손을 죽이려는 사람들처럼, 자기가 살기 위해 남을 죽이고, 예전 경일을 살리기 위해 몸을 던졌던 삼득 도우처럼 상대를 살리기 위해 자신을 죽인다. 삼득 도우가 어떻게 그럴 수 있었는지, 왜 그런 건지 아직 이해할 수 없었지만 하나는 이해할 수 있었다.

그 인위들이 모두 모여 인연을 만든다. 그래, 사람이 인연을 만든다.

"헤헷."

청명은 웃음을 지었다. 잠시 누워 인연의 흐름을 관조하니, 짧게나마 그 말을 이해할 수 있을 것 같았다. 인연은 하나로써 계속 존재하지 않았다. 끊임없이 바뀌고 바뀌는 것은 계속하고 있었다.

이제야 알 것 같았다. 마선의 말이 맞았다.

'인연은 인간이 만드는구나. 평범한 인간이……'

청명은 웃음을 지었다. 원시천존님은 자신이 평범해야 한다고 했다. 평범한 인간…

'나는 인연을 만들 수 있어.'

청명은 눈을 감았다. 이제야 알 것 같았다. 운혜 사손의 죽음은 전 강호의 파멸을 불러올 것이다. 모든 인연이 운혜의 손에 쥐어져 있음으로. 아니, 정도 무림의 강호인이 인연을 그렇게 만들고 있었으므로.

청명은 끊어진 인연을 생각했다.

'원시천존이여……'

원시천존은 평범하게 살라 했다. 그리고 평범한 사람은, 평범한 사람은 인연을 따르는 것이 아니라 인연을 만든다고 했다.

‘내가 갈게요, 운혜 사손.’

청명은 슬쩍 미소를 지었다. 하늘의 도는 비우고 비우면 이루어지고[損之又損 以至於無爲], 무위에 이르거든 못할 일이 없다 했다[無爲而無不爲].

이미 무위에 달했으니, 인연은 보이지만 사실 인연은 없다.

‘운혜 사손, 조금만 더 기다려요.’

양태승은 허겁지겁 곽여휘에게 달려갔다.

“…괜찮으시오, 곽 장로?”

“쿠, 쿨럭, 쿨럭.”

양태승은 피를 통하는 곽여휘를 슬쩍 내버려두었다. 뒤에서 짜릿한 살기가 느껴지고 있었다.

“독제, 검귀, 천기신사… 모두 무용한 것이었구려. 교주의 무공이 이처럼 높을 줄은 몰랐소.”

평범한, 아니, 고수더라도 독제를 마주쳤다면 지금 독제가 느끼는 심정을 이해하리라. 무공이 높아 더 오를 길이 없다 생각했건만, 교주를 보니 우물 안의 개구리였다.

양태승은 씨익 웃고는 다시 한 번 독을 하독했다. 어쩌면 여기서 인생이 끝날지도 모른다.

“…….”

교주는 아무런 움직임 없이 앞으로 걸음을 옮겼다. 그리고 그와 동시에 놀라운 광경이 보였다. 교주의 주위에 불꽃이 솟아올라 넘실넘실 춤을 추었다.

“…독기를 태우고 있군…….”

양태승은 이를 악물었다. 독에 상극이라면 화공, 상대의 수위가 낮으면 모르겠으나 상대의 수위가 높다면 화공이 압도적으로 유리하다.

"파천화련공이……. 어찌… 전대 교주를 넘어서는 화후를……."

"……."

교주는 자그마한 미소를 지었다. 살기가 어린 핏빛 미소였다.

"서… 설마… 시… 십이성?"

"십일성. 이제 죽어."

교주는 무표정한 얼굴로 검을 들어 내려쳤다. 양태승이 각오한 듯 눈을 감자, 천기신사가 경호성을 터뜨렸다.

"멈추시오!"

경추추는 소매 속에서 몇 개의 갑판을 꺼내어 강하게 던졌다. 내공이 실린 갑판은 빠르게 날아들어 바닥에 박혔다. 방위를 무시하고 아무렇게나 던진 것과 같았지만 어느새 진은 펼쳐지고 있었다.

"……."

교주는 무심한 눈으로 천기신사를 돌아보았다.

화아악―

그리고 그와 동시에 장면이 바뀌었다. 경추추의 그림자가 묻히듯 사라지고 다시 나타난 광경은 다름 아닌 자신의 방이었다.

"……."

교주는 아무런 말 없이 검을 수습했다. 그리고는 주위를 둘러보았다. 교주의 눈앞에 노인이 보였다. 조금 전, 스스로를 마선이라고 설명한 청수한 노인이었다.

"……."

교주는 슬며시 미소를 지었다. 노인의 얼굴이 슬쩍 변했다.

"무릎을 꿇어라."

"…어리석군, 천기신사."

교주는 노인을 바라보지도 않았다. 기괴하게도, 교주는 자신의 방의 벽을 바라보며 말한 것이다.

"…무릎을 꿇어라."

노인이 무표정한 얼굴로 말했다. 살기 어린 눈빛이 날카로웠다.

"천기신사의 약점은 강호행을 할 때부터 잘 알려져 있지."

노인은 이제 더 이상 말하지 않았다. 그저 손을 들어올렸을 뿐이다. 하지만 동시에 노인의 손에 검이 쥐어졌다.

"수현옥녀(秀賢玉女) 설수진."

교주는 아무런 말 없이 검을 들어 자신의 등 뒤를 베어나갔다.

챙—

검이 부딪치는 소리가 들려왔다.

"어리석군, 천기신사."

경추추는 교주에게 진을 펼치고도 아무런 행동을 하지 못했다. 진이 이렇듯 쉽게 파훼될 줄이야!

"천기신사의 약점은 강호행을 할 때부터 잘 알려져 있지."

"…이익."

경추추는 이를 악물었다. 진을 파훼하는 교주의 행동에서 느껴지는 것이 있었다. 그는 설매를 공격하려 하고 있었다.

'설매는 안 돼!'

다급한 외중에, 경추추는 옛 생각을 떠올렸다. 자신에게 무릎 베개를 해주던 설매, 그리고 맛없는 음식이었지만 정성껏 만들어 가져다준 설매, 그리고… 늘 자신을 향해 웃어주던 설매.

경추추는 무심코 옛 추억 속에 잠겨 들어갔다.

'내 목소리를 준 것이 누구였지?

경추추는 눈을 감았다.

설수진은 내리는 비를 맞으며 마차에 올랐다. 호위무사는 아무런 말도 없이 조용히 마차를 몰 뿐이었다. 설수진은 마차 밖으로 보이는 비 내리는 풍경을 바라보았다.

"…경 가가……."

설수진의 목소리는 조금씩 쉬어 있었다. 아니, 쉬는 것이 아니라 성대의 움직임이 서서히 마비되는 것이리라. 그 목소리를 얼려 버린 음기를 녹여줄 영약은 이미 자신에게 없다.

"헉!"

마차를 몰던 호위무사가 비명을 질렀다. 그리고는 환상이라도 발견한 듯, 검을 들어 허공을 향해 휘저었다.

"으아악!"

비명 소리가 들렸다. 그리고 곧 고요해졌다. 호위무사는 아무런 행동도 보이지 않고 있었다.

덜컹—

마차의 문이 열렸다.

설수진은 슬픈 눈으로 마차 밖을 주시했다. 마차의 문을 열고 들어온 것은 경추추였다.

경추추의 눈에서 마침내 눈물 한 방울이 비어져 올라왔다.

왜 그랬어요? 왜?

"…흑, 흑……."

설수진은 아무 말 없이 눈물을 흘렸다. 경추추는 설수진의 어깨를 잡고 화난 눈으로 그녀를 바라보았다. 이번만큼은 아무런 행동도 없었지만, 설수진은 그 눈이 하는 말을 모두 알아들을 수 있었다.

왜 그 약을 내게 준 거예요? 왜! 내가 원하지 않으리란 걸 알면서!

설수진은 아무런 말 없이 경추추를 바라보았다. 경추추의 눈이 분노에서 슬픔으로, 그리고 애잔함으로 변해갔다. 자신의 작은 연인은……

경추추는 설수진에게 천천히 손을 가져갔다. 설수진은 작은 눈을 꼬옥 감았다.

하지만 경추추는 아무런 화도 내지 않았다. 단지 설수진을 꼬옥 안을 뿐이었다.

경추추의 심장 박동이 설수진에게 전해져 왔다.

경추추는 설수진을 품에 안은 채로, 세상에 태어나 가장 큰 울음을 터뜨렸다.

설수진은 부드러운 손을 들어 경추추의 등을 두드렸다.

설수진의 입에서 잔뜩 쉰 목소리가 나오자, 경추추의 울음이 더 심해졌다.

"경… 가가, 본래 좋아하는 사람에게는……."

경추추는 웃음을 지었다. 다급한 와중에 교주의 목소리가 들려왔다.

"수현옥녀 설수진."

'가장 소중한 것도 주는 법이지.'

그것이 목숨이라도.

경추추는 더 생각할 겨를 없이 경공을 펼쳤다. 경추추가 도착한 곳은 설수진의 앞이었다.

설수진의 눈이 부릅떠졌다.

안 돼요, 경 가가!

경추추는 눈을 감았다. 이제 죽는다, 설매만 남겨두고.

'설매… 내세에… 다시 만나거든 웃으시오. 꼭 웃으셔야 하오. 꼭.'

설수진은 비명을 질렀다. 하지만 마비된 성대 탓에, 소리는 자그맣게 날 뿐이었다. 안 된다, 경 가가는 그래서는 안 된다. 안 돼.

"……."

경추추는 고통을 기다렸다. 하지만 아무런 느낌도 오지 않았다.

챙—

챙—

교주의 검을 막은 것은 이번에도 자그마한 목검이었다. 하지만 목검은 둥실 떠 있지 않았다. 목검을 쥔 사람은 청명이었다.

"……."

교주는 청명을 돌아보았다. 청명의 얼굴에는 웃음이 떠올라 있었다.

"그만 둬요."

"……."

교주는 묵묵히 검을 들어올렸다. 그리고는 청명의 목을 베어나갔다. 짙은 살기가 어린 검놀림이었다.

"……."

청명은 아무런 말 없이 교주에게 검을 마주쳐 갔다. 이번에는 조금 전과 달랐다. 청명의 검은 삼재검의 초식을 그리고 있었다.

챙—

청명은 교주의 검을 막아내었다. 아니, 막아낸 것이 아니라, 비껴내었다.

그 모습을 바라보던 양태승의 눈이 부릅떠졌다. 선인은 내공 하나 없이 십일성의 파천화련공이 담긴 교주의 검을 막아내었다.

"서… 선인?"

더 놀랄 만한 것은, 청명의 손이 보이지 않을 정도로 빠르게 움직였다는 점이었다.

"선기를 다른 식으로 이용하기 시작했군."

교주가 말했다. 사실 청명 스스로 계획하고 한 것은 아니었지만, 청명은 검을 띄울 때처럼 삼재검에 마음을 싣고 있었다. 마음이 닿았으니, 내공이고 체력이고 무슨 소용이 있겠는가! 마음이 교주의 검을 막자 검도 교주의 검을 막아내었다.

청명이 중얼거렸다.

"비우고 비워 무위에 달해 있으니, 못할 일이 없어요[無爲而無不爲]."

"우습군."

교주는 묵묵히 다시 검을 들어올렸다.

청명 역시 지의 초식을 펼쳤다. 아니, 어쩌면 지의 초식이 아니었을지도 모른다. 검은 부드러운 원을 그리며 교주의 가슴에 마주쳐 갔다.

그리고 양태승은 곽여휘가 맞았다는 것을 확인했다.

"태극혜검……."

챙―

이번에는 청명이 아니라, 교주가 몇 걸음 뒤로 걸음쳐 갔다.

"……."

교주는 씨익 웃음을 지었다. 이 정도면 가능하다. 이 정도면 마선을…….

"어쩌면 그대가……."

교주는 검을 다시 들어올렸다. 그리고는 내공을 끌어올리는 듯 화기가 짙어졌다.

교주는 극한까지 내공을 끌어올렸다. 육신의 붕괴로 인해 한번도 해보지 못한 일이었지만, 마선의 도움으로 시도해 볼 만했다.

"…흡!"

청명은 검을 들어올렸다. 하지만 검을 움직이지 못하고 눈을 꼬옥 감았다. 인의 초식을 그릴 차례건만, 아직 인의 초식은 그리지 못하겠다. 자신은 인간을 모른다.

챙—

경쾌한 소리와 함께, 청명의 검 운혜가 날아갔다. 청명이 부족한 것이 아니었다. 그저, 청명은 검을 움직이지 않았다.

교주의 검은 청명의 목에 겨눠졌다.

“……”

청명은 슬쩍 미소를 지었다. 교주의 검에는 살기가 없었다는 것은 예전부터 알고 있었기 때문일 것이다.

아니나 다를까, 교주는 무표정한 얼굴로 검을 거둬들였다.

“그대는 조화를 버리는 법을 배워야 할 것이오.”

청명의 눈동자가 당혹으로 물들어갔다. 뜬금없이 무슨 소릴까?

청명은 의문 섞인 목소리로 입을 열었다.

“그게 무슨 소린가요?”

“……”

교주는 검을 검집에 넣었다. 그리고는 묵묵히 서서 주위를 둘러보았다. 더 이상 청명에게 관심을 가지는 모습은 아니었다.

마침내 교주가 입을 열었다.

“지금부터 모두들 백련교를 떠나. 그리고 아무도 모르는 곳에 은거해. 살려면 그러는 게 좋을 거야. 다시 만나면 모두 죽게 될 테니까.”

“……”

장로들은 아무런 말도 못했다. 아니, 교주는 대답을 기다리지도 않았다. 그저 걸음을 옮기기 시작했다.

걸음을 옮기는 교주의 눈은 무표정했다. 인간의 몸으로 신선과 맞부딪쳤다고 보기엔 너무나 멀쩡한 모습이었다. 하지만 자세히 보면 알 수 있으리라.

검을 들었던 교주의 오른손은 부들부들 떨리고 있었다.

"……."

교주는 왼손을 들어 오른손을 부여잡았다.

오른손이 저릿저릿했다. 본래 가득했던 양기가 빠져나가고 음기가 차오르고 있었다. 아니, 양기가 사라지고 있다는 말이 맞을 것이었다. 청명의 손과 부딪칠수록 양기는 사라져 가고 있었다. 그리고 그 자리에는 양기와 음기가 적절히 조화를 이루어갔다.

'영기선검…….'

선검의 조화로움으로, 부조화가 깨져 버리고 말았다.

교주는 무표정한 얼굴로 손가락으로 오른팔의 혈도를 몇 군데 툭툭 찍었다. 교주의 한 쪽 팔은 축 늘어져 버렸다.

교주는 조용히 뒤를 돌아보았다. 순진한 눈망울이 떠올랐다. 교주는 이를 드러내며 웃었다.

'어쩌면 그대가 마선을…….'

상념이 끊겼다.

교주는 다시 몸을 돌리고는 앞을 향해 걸어갔다.

"곽 도우, 괜찮아요?!"

청명은 곽여휘에게 다급히 다가갔다. 곽여휘는 피를 토하고 있었다. 아직 화기를 이겨내지 못했는지, 전신이 대추처럼 붉었다.

"큭, 쿨럭……."

"원시천존님……."

청명은 하늘을 올려다보았다. 자연지기를 이용해 치료를 해야 한다.

하지만 그것은 평범한 일이 아닐 수 있는데…….

청명은 울상을 지으며 하늘을 올려다보았다. 원시천존님이 화를 낼지도 모르지만 어쩔 수 없는 일이다. 마음이 곽 도우를 치료하라고 시키고 있었다.

원시천존님의 뜻은 그게 아니었는지 모르겠지만, 뜻한 바가 있거든 명을 거부하라고 하지 않았던가?

청명은 마음을 정했다.

곽여휘는 기침을 내뱉으며 자신의 앞에 멀뚱멀뚱 서 있는 청명을 바라보았다. 선인께서는 주저주저하면서 자신을 바라보고 있었다.

곽여휘를 치료하기로 한 청명은 울상을 지으며 곽여휘를 바라보았다.

"쿨럭, 큭, 쿨럭……."

"아, 아프겠다!"

말이라고.

곽여휘는 욕을 내뱉고 싶은 심정을 참아냈다.

곧 청명은 부드럽게 손을 떨쳐 곽여휘의 몸을 크게 훑었다. 아무런 느낌도, 아무런 빛도 없었지만, 곽여휘는 몸이 조금씩 나아지는 것을 느꼈다.

"이제 괜찮을 거예요."

"…허… 허어."

양태승은 놀란 눈으로 청명을 바라보았다. 독제라는 이름에 걸맞게 약학에 대한 상식은 적지 않으나, 저런 것은 하늘에 맹세코 처음 본다.

"크… 쿨럭!"

곽여휘는 눈을 부릅떴다. 양기가 사라지고 있었다. 몸의 색이 서서히 정상으로 돌아오고 있었다.

"쿨럭, 쿠울럭!"

곽여휘의 입에서 검은 피가 토해져 나왔다. 곽여휘는 멍하니 청명을 바라보았다.

양태승이 재빨리 자리에서 일어나 곽여휘에게 다가갔다.

"괜찮으시오?"

곽여휘는 멍하니 청명을 바라보고 있었다.

"괜찮으시오? 이보시오, 곽 장로!"

양태승은 정신없이 곽여휘의 몸을 흔들었다. 곽여휘는 시선을 돌려 양태승을 바라보았다.

"괘, 괜찮소… 운기를 해봐야 알겠소이다만 내상은 치료된 듯하오."

곽여휘는 멍하니 중얼거렸다. 하지만 표정은 곧 씁쓸해졌다. 진신의 내공이 거의 다 공중으로 날아가 버렸다. 곽여휘는 잠시 씁쓸한 얼굴로 생각에 잠겨 들었다가, 고개를 들어 청명을 바라보았다.

"선인……."

청명은 대답하지 않았다. 잠시 동녘 하늘을 바라보고 있을 뿐이었다. 운혜 사손…….

"운혜 사손이 위험해요……."

곽여휘가 입을 열었다.

"선인. 조금 전의 그 노인… 그 마선이라 함은……."

"저도 모르겠어요."

청명이 중얼거렸다. 청명은 고개를 들고 하늘을 보았다. 서둘러 운혜 사손에게 가야 했다. 인연이 끊어졌지만, 하늘이 인연을 끊어두었지만…….

"나는 인연을 만들겠어요."

청명은 짧게 미소를 지었다.

그리고는 옷을 툭툭 쳐 다듬었다. 그리고는 선언하듯 외쳤다.

“저는 운혜 사손을 보러 갈 거예요!”

경추추는 멍하니 입을 벌렸다. 곽여휘나 양태승 역시 마찬가지였다.

“선인! 지금 어디를……!”

“운혜 사손을 구해야 돼요!”

청명은 다급히 말했다. 그런 청명의 모습에 곽여휘는 멍한 듯 고개를 돌렸다. 조금 전 마선의 대답을 기억해 낸 탓이었다.

‘운혜가 죽으면 강호도…….’

곽여휘는 다급하게 외쳤다. 급하다!

“서두르시오!”

“이보시오, 곽 장로!”

양태승이 재빨리 외쳤다. 마선에 대한 자세한 이야기를 들어야 할 것 아닌가! 선인을 이대로 보낼 수는 없는 노릇이었다. 하지만 곽여휘는 자신을 말리는 소리는 듣지도 않았다.

“서두르시오!”

“알았어요, 곽 도우. 저는 이만 갈게요.”

경추추는 이미 곽여휘의 속내를 짐작한 듯 고개를 끄덕이고 있었고, 양태승은 이해할 수 없다는 듯 곽여휘를 바라보고 있었다. 곽여휘는 고개를 끄덕였다.

청명은 설수진을 바라보았다.

“…….”

설수진은 아직도 경추추를 바라보고 있었다. 청명은 경추추와 설수진의 과거 이야기를 모두 알 수 있었다. 그리고 설수진의 말도 기억해 낼 수 있었다. 운혜 사손도 그런 말을 했었다.

“좋아하는 사람에게는 가장 소중한 것도 주어야 해요.”

청명은 설수진을 보고는 웃었다. 설 도우도 경 도우를 좋아하고 있구나.

설수진도 청명을 바라보고 있었다.

청명은 고개를 끄덕이며 말했다.

"저도 운혜 사손을 좋아하니까, 가장 소중한 것도 줄 거예요."

청명은 그렇게 말하며 다시금 동녘 하늘을 바라보았다. 여유롭게 앉아 있을 때가 아니었다.

"저는 이만 가야 해요. 저……."

청명은 장로들을 바라보고는 조금은 아쉬운 표정으로 중얼거렸다.

"다음에… 또 볼 수 있을 거예요. 인연이 이어질 거니까요. 다시 인연이 이어지지 않더라도 내가 만날 수 있게 할 거예요."

나는 인연을 만들 수 있으니까. 청명은 나직하게 중얼거리고는 검을 띄웠다. 그리고는 웃었다.

장로들은 조금씩 마음을 정리한 듯 청명을 보고 웃었다.

"잘 가시오, 선인!"

"그러니 꼭 다음에 다시 만나요."

청명은 마지막으로 말했다. 청명의 눈에 설수진이 웃으며 손을 흔드는 모습이 보였다.

잘 가요.

청명은 웃었다. 그리고는 검 위에 몸을 실었다. 환한 미소와 마지막 인사말이 이어졌다.

"그럼, 다음에 뵈어요!"

장로들은 신비로움과 그리고 갑작스러운 이별에 황망한 듯 청명을 바라보았다.

청명은 검 운혜에 오른 채로 빠른 속도로 나아가고 있었다. 양태승은 아직도 선인을 그렇게 보낼 수 없다고 생각했는지, 마음 한구석이 불편한 얼굴이었다.

"에잉……."

경추추와 곽여휘는 걱정스러운 듯 청명을 바라보고 있었다. 운혜라는 사람이 누군지는 모르겠지만, 그 사람의 생명에 강호가 달렸다니 꼭 구해야 할 일이다.

오로지 설수진만 청명의 마음을 짐작한 듯 웃고 있었다.

신선은 검을 타고 하늘을 가로질러 동쪽으로 떠났다.

*　　　*　　　*

추걸개는 손을 들어 크게 원을 그렸다. 쫙 펴진 장심이 원의 끝에서 발출되었다.

항룡유회!

강룡십팔장 중에서 가장 강력하다고 알려진 초식이었다.

"쿨럭!"

추걸개와 맞서던 복면인이 뒤로 날아갔다. 추걸개는 복면인에게서 시선을 돌려 좌측을 바라보았다.

복면인과 검을 섞던 운풍자의 옆에 또 다른 복면인이 껴드는 모습이 보였다. 추걸개는 경호성을 내질렀다.

"조심하게, 운풍!"

"무량… 수불!"

운풍자는 재빨리 유운신법을 펼쳐 복면인의 초식을 비껴내고는 검을 들어 자신에게 날아오는 검을 맞받아쳤다.

스윽—

운풍자와 맞부딪쳐 오던 검이 슬쩍 방향을 바꾸었다. 그리고는 갑자기 검의 속도를 높였다.

챙— 운풍자와 복면인의 검이 서로 맞부딪쳤다.

복면인은 아무런 표정 없이 검을 들어올려 기수식을 잡았다.

'고수……'

운풍자의 눈길이 심각해졌다. 잠시 상대의 기수식을 바라보던 운풍자는 천천히 눈을 감았다. 시간이 그리 여유롭지 않건만, 호흡은 절로 길어졌다.

"후읍—"

복면인이 검을 날렸다. 검광과 살기가 번쩍거리며 빛났다.

"후우—"

운풍자는 호흡을 고르며 눈을 떴다. 그리고는 운검을 들어 부드러운 놀림으로 날아오는 빛살에 마주쳐 갔다. 느리다. 날카로운 상대의 속도에 비해 너무나 느리다. 하지만 부드럽게 날아간 검은 슬쩍 흔들리며 빛살을 받아내었다.

"큭!"

신음을 뱉어낸 것은 복면인이었다. 운풍자는 무표정한 얼굴로 검을 수습했다.

복면인의 몸이 천천히 아래로 기울어졌다. 상대의 몸이 허물어지는 것을 확인한 운풍자는 큰 목소리로 외쳤다.

"무량수불! 무당의 제자들은 모두 한 장소로 모이라!"

황우자와 운형자, 그리고 운풍자와 추결개가 운혜를 감쌌다. 운풍자는 묵묵히 아래를 내려다보았다. 장문 사부께서 자신을 바라보고 있었다.

사부께 응급처치를 하던 현성 진인의 정신없는 모습이 보였다.

사부께서는 괴로움 섞인 눈으로 자신을 바라보고 있었다. 그 눈은 믿음을 나타내고 있었다.

'너를 믿겠다.'

"……."

운풍자는 사부께 조용히 목례하고는 앞을 바라보았다.

"모두 검을 들어라."

운풍자의 말을 알아들은 모두의 입이 다물어졌다. 운혜를 습격한 무리의 인원이 늘어나 있었다. 그리고 그들의 살기 역시 마찬가지였다. 그야말로 필사의 기세라고 해도 좋으리라.

"이런 니미럴… 잘 하면 여기서 밥숟갈 놓겠구만."

추걸개의 나직한 음성이 들려왔다. 운형자와 운풍자는 심각한 얼굴로 앞을 주시했다.

"무량수불……."

앞에서는 흑의 복면인이 걸어오고 있었다. 누구인지 짐작이 갔다.

"소요상인……."

"이제 그만 포기하시게."

"…불가합니다."

운풍자는 무표정한 얼굴로 말했다. 위기가 닥쳐왔건만, 그의 무표정한 얼굴은 변하지 않았다. 그 모습에 다른 무당의 제자들은 적지 않은 위안을 얻었다.

"사매를 위해 강호를 희생할 수는 없지만……."

보호를 받던 운혜는 고개를 숙였다. 운풍 사형의 목소리가 아프게 들려왔다.

'내가 죽어야 해.'

운혜는 우울한 표정이 되어 생각했다. 자신이 죽으면, 강호는 아무런 위기 없이 태평할 것이다. 그리고 사형제들과 사부도 살 수 있다. 지금 운풍 사형이 하는 말처럼 나 하나만을 위해 강호를 희생할 수는 없다.

'내가 죽어야 해.'

하지만 생각하고 보니 조금 분통이 터진다. 죽기 직전이라 그럴까? 조금 전까지도 마음의 위안이 되어주던 자그마한 동아줄이 끊겨 버렸다는 것이, 즉 사조께서 이런 위기에 처하도록 오지 않는다는 것이 화가 났다.

어쩐 일인지 목숨을 잃는다는 것에 대한 괴로움보다, 사조님께서 오시지 않는다는 것이 더 화가 났다.

'바보 같은 사조님! 오실 거면 일찍 오시지! 나 죽고 오실 거예요?'

죽음의 위기에 걸맞지 않게 운혜는 화를 내며 생각했다. 그리고 슬픈 눈으로 운풍자를 바라보았다. 운풍 사형의 말이 옳다. 자신이 죽어야 한다.

'하지만……'

운혜는 고개를 숙였다. 이 감정은 섭섭함일까?

운풍자는 슬며시 뒤에 서 있는 운혜를 바라보고는 다시 고개를 돌렸다. 그리고 나직하게 말을 이어나갔다.

"강호를 위해 사매를 포기할 수도 없습니다."

"…이도 저도 아니로군."

흑의 복면인의 비꼬는 목소리가 들려왔다. 운풍자는 슬쩍 미소를 지었다. 운혜는 당혹스러운, 그리고 흔들리는 눈으로 운풍자를 바라보고 있었다.

"후배는 둘 모두를 지키겠습니다."

"……"

흑의 복면인은 잠시 불타는 눈으로 운혜와 운풍자를 바라보았다.

"…그렇다면 더 이상 말을 섞을 필요가 없겠군. 무량수불… 내세에 복이 가득하도록 빌어주지. 그간 덕을 많이 쌓아두었기를 바라네."

"……."

운풍자는 묵묵히 검을 들어올렸다. 황우자와 운형자 역시 마찬가지였다.

황우자가 한숨을 내쉬며 운형자를 불렀다. 이제 여기서 생명이 끝날지도 모른다.

"후우— 사숙."

"왜 부르느냐?"

황우자는 피식, 웃음을 지었다. 늘 같이 붙어 다니던 사숙이다. 평소와도 같은 말 한마디가 마음에 크게 위안이 되었다.

"고마웠습니다."

"……."

운형자는 슬쩍 황우자를 바라보았다. 그리고는 무거운 표정으로 시선을 돌렸다. 무책임한 자신의 사형은 황우를 제자로 들여놓고도 태평히 강호 유람 중이었다. 그 이후로 황우를 보살피고 기르는 것은 모두 자신의 몫이었다, 아주 어린 시절부터.

그런 황우가 죽는 모습을 볼 수는 없었다. 자신이 죽더라도…….

"걱정하지 마라. 너 안 죽어."

황우자는 입술을 비죽였다.

"…그걸 어떻게 장담합니까?"

황우자의 질문에 대답한 것은 운형자가 아닌 운혜였다.

"장담할 수 있어. 내가 죽을 거니까. 사질, 사질은 절대 안 죽어."

운혜는 굳은 얼굴로 말했다. 사형제들의 마음 씀씀이가 고마워서 눈물이 날 것만 같았다. 자신을 살리기 위해서라면, 그들은 아마 목숨까지도 내놓을 것이다.

운풍자와 황우자가 놀란 눈으로 외쳤다.

“사매! 아니 된다!”

“아니 됩니다, 사고!”

“아니야, 난 괜찮아.”

운혜는 굳은 얼굴로 말했다. 이제 혼란스럽지도, 슬프지도 않았다. 오직 결심만이 있을 뿐이었다.

“나도 다른 사형제를 위해 죽겠어.”

운혜는 짧게 말하고는 날카로운 눈으로 소요상인을 바라보았다. 이제 죽음을 맞이할 것이다. 그 이전에 마지막으로 아쉬운 것이 있다면, 사조님이었다.

‘바보 같은 사조님… 이젠 너무 늦었어요.’

운혜는 사조님을 생각했다. 죽기 직전에 하는 생각치고는 어울리지 않았지만, 오로지 그 생각뿐이었다.

‘바보······.’

“잘 생각했군.”

운혜의 얼굴을 바라보던 소요상인은 웃었다. 과정이야 어찌 되었든 결과가 좋게 되었다. 소요상인은 이를 드러내었다.

“이제 귀천하시······.”

“으하하핫, 귀천은 무슨 얼어죽을 귀천! 운혜, 이 맹랑한 여도사야! 자네는 아마 평생 안 죽을 걸세!”

소요상인의 말을 끊은 것은 추걸개였다. 추걸개는 저 멀리 서쪽 하늘을 바라보고 있었다. 그의 입에서 웃음이 터져 나왔다.

“으하하핫! 이제 거지도 아니니 나도 무당의 도사가 되어볼까? 무당이 이리도 멋져 보일 줄은 몰랐네!”

운형자가 뜨악한 표정으로 추걸개를 바라보았다.

“그게 무슨 소리입니까, 막 선배······.”

"저기 선인께서 오고 계시네! 자네들의 사조님 말이야! 청명 진인!"

확—

운풍자, 운혜, 황우자, 운형자의 시선이 한 번에 돌아갔다. 아니나 다를까, 하늘에서 날아오고 있는 것은 한 자루의 검이었다.

"…음?"

의아한 시선으로 서쪽 하늘을 바라보는 것은 무당파의 도사들만이 아니었다. 장내에 있는 모든 복면인들도 모두 서쪽 하늘을 바라보고 있었다.

"저… 저건……."

"거, 검선(劍仙)?"

형산파 문인들 사이로 술렁거림이 들려왔다. 검 위에서 화난 표정으로 장내를 바라보고 있는 것은 다름 아닌 청명이었다.

청명의 검은 공중을 한번 선회했다.

"모두 멈춰요! 안 멈추면 혼내줄 거예요!"

청명은 검을 낮추었다. 정확히 운풍자와 흑의 복면인의 가운데 멈춰 선 청명은 검 위에서 뛰어내렸다. 하지만 마음이 급해 착지를 제대로 못 했는지, 청명은 엉덩방아를 찧고 말았다.

"아야야!"

"……."

운풍자는 무표정한 얼굴로 청명에게 걸어갔다. 그리고는 청명을 부축했다. 청명은 울상을 짓고 있었다. 엉덩이가 아프다.

"아야야, 아파요, 운풍 사손."

"고… 곧 괜찮아지실 겁니다."

운풍자는 난감한 어조로 중얼거렸다. 흑의 복면인의 떨리는 목소리가 들려왔다.

"소문이… 사실이었던가."

“…….”

하늘에서 내려온 청명을 바라보는 운혜의 얼굴이 밝아졌다.

'사조님, 사조님이시다! 사조께서는 늦지 않으셨다! 다행히 나는, 그리고 사형제들은 살 수 있다!'

운혜는 웃음을 지으면서, 그러면서도 화를 토해냈다. 이렇게나 늦다니!

“뭐가 이렇게 게을러요…….”

하지만, 화를 냈다고 생각한 건 자신뿐이었을까? 안도의 울음이 섞인 목소리를 알아들은 사람은 아무도 없었다.

청명은 그런 운혜를 바라보았다. 그리고는 혼자 얼굴을 붉히며 몸을 배배 꼬았다.

“헤헷.”

운혜는 부끄러운지 눈물을 훔치며 고개를 숙였다. 하지만 얼굴에는 미소가 가득했다. 이제 살았다! 폐부 가득 웃음이 솟아와 참을 수 없었다.

“제자 운혜가 사조님을 뵈옵니다!”

“헤헷, 오랜만이에요, 운혜 사손.”

청명은 부끄러운지 얼굴을 붉혔다.

흑의 복면인은 입을 다물었다. 그리고는 재빨리 소매로 손을 가져갔다. 살기 어린 손끝에서는 둥근 모양의 원통이 쥐어져 나왔다.

살기(殺氣).

운풍자의 눈이 커졌다. 하지만 그보다 빨리 청명이 외쳤다.

“움직이지 말아요!”

청명은 몸을 돌려 뒤를 돌아보고는 외쳤다.

“움직이면 혼내줄 거예요!”

뒤에서 운혜의 웃음소리가 들려왔다.

“아, 아하핫! 사조님, 그게 아니라 죽여 버리겠다! 라고 말하는 게 더 효과적이라니까요.”

운혜는 모처럼 웃음을 터뜨렸다. 가슴속 깊이에서 시원한 느낌이 솟아올랐다.

청명은 그런 운혜의 마음을 알았는지 같이 미소를 지었다. 그리고는 운혜의 얼굴을 따라 무시무시한—볼을 부풀리고 눈썹을 위로 올린—얼굴로 복면인을 바라보았다.

“죽여 버리겠다!”

어울리지 않게 인상을 찌푸리며 말하는 청명의 모습에 운혜의 웃음이 커져 갔다.

복면인의 눈이 부릅떠졌다. 그리고는 이를 악물며 원통형의 뿔을 눌렀다.

쐐악—

청명은 타고 왔던 검을 들어 둥글게 원을 그렸다. 선기가 부드럽게 검을 타고 흘렀다.

그리고 청명의 검과 암기가 맞부딪치기도 전에, 암기는 날아가는 모습 그대로 공중에 둥실둥실 떠 움직이지 않았다.

“헉!”

복면인의 입에서 놀람의 비명이 터져 나왔다. 복면인뿐만이 아니었다.

‘사… 사조?’

운풍자의 눈 역시 부릅떠져 있었다. 어떻게 사조께서 검을 저렇듯 부드럽게 움직이는지 알 수 없었다.

검을 둥글게 굴려 침을 막아낸 청명은 검을 들어올렸다. 복면인은 무거운 표정으로 원통형의 뿔을 버렸다. 이대로라면 이 자리에 있는 사람들은 모두 죽는다. 죽음은 두렵지 않으나 정체가 드러날 경우 형산의 미래는, 형산의 명예는…….

"제길!"

복면인, 아니, 소요상인은 장을 날렸다. 자신이 죽더라도, 선인을 공격해야 했다. 그 시간 동안 다른 사람들이 대피할 시간이라도 벌 수 있으리라.

그에게도 문파를 사랑하는 마음은 남아 있었다. 아니, 어쩌면 그것이 그의 전부이리라.

"흡!"

생사를 걸었기 때문일까. 흉흉한 기세의 장이 청명을 향해 부딪쳐 갔다.

그 모습에 운풍자는 이를 악물었다. 사조께서는 검을 하늘에 띄우고 또 검을 수십 개로 나누어 모든 공격을 막아내실 수 있지만, 반사 신경이 둔하시다. 위기에 처했다는 것을 알면 방비할 수 있겠지만, 무림인 앞에서 그럴 시간이 어디 있겠는가! 눈 한 번 감았다 뜨는 순간, 사조님의 목숨은 이 세상에 없을 수도 있다.

누가 뭐래도 소요상인이라면 전 무림의 다섯 손가락 안에 든다는 초고수인 것이다.

"피하십시오, 사조… 헛?!"

운풍자의 입에서 헛바람이 뿜어져 나왔다. 청명 사조께서 검을 들어 부드럽게 장에 마주쳐 가고 있었던 것이다. 검을 하늘로 세워 올리며, 장을 향해 곡선을 그린다.

장에 부딪치기 직전, 청명의 검은 소요상인의 팔을 휘감아갔다.

"헛!"

소요상인은 헛바람을 터뜨렸다. 장이 소년에게 가 박히기는커녕 그 한참 옆으로 움직여져 있었다. 소요상인의 얼굴이 새파랗게 질렸다. 권로가 달라졌으니 빈틈이 많이 생길 수밖에 없다. 지금 공격당한다면…….

"……."

그러나 청명은 검을 들고 자신을 바라볼 뿐이었다.

반면, 운풍자는 기괴한 광경을 본 듯 고개를 젓고 있었다.

'삼재검… 인가?'

무공을 전혀 모르시는 사조께서 당금 강호의 초고수라고 할 만한 소요상인과 직접 맞부딪치고 있었던 것이다. 뒤에서 황우자의 넋 나간 듯한 목소리가 들려왔다.

"저, 정말… 무공을 안 배우신 게 맞대요?"

"그럴… 본인께서 정말 안 배우셨다고 했는데… 농담을 하셨던 건가?"

터무니없는 대답을 멍청히 중얼거리는 것은 운형자였다.

하지만 충격은 현성 진인에게서 치료를 받고 있는 현평 진인이 더 컸다.

'저 검… 저 검은…….'

현평 진인의 귓가에 소요상인이 이를 가는 소리가 들려왔다. 소요상인은 날카로운 눈으로 청명을 바라보았다. 이런 호기를 놓치다니, 나를 놀리는 건가.

하지만 청명은 그저 공격할 때를 모르는 것뿐이었다. 청명은 눈을 말똥말똥 뜬 채로 소요상인을 바라보았다. 공격을 막아내긴 했는데 먼저 공격을 하지는 못하겠다.

"놀리는 건가."

소요상인은 재빨리 몸을 추슬렀다. 그리고 이를 악물었다.

"후읍—!"

내기를 모을 수 있는 만큼 모은다. 생사가 여기 달려 있으니, 절박한 마음이야 이를 말이 있겠는가! 살기 어린, 그리고 처절한 기세로 소요상인은 직선으로 장을 날려갔다.

통천장!

위기의 순간이었기 때문인지, 그 진수가 뿜어져 나오고 있었다.

"지(地)!"

청명은 검을 움직여 옆으로 베어갔다. 커다란 반원이 청명의 검끝에서 그려졌다.

그 반원을 바라보며, 현평 진인은 눈을 부릅떴다. 말도 되지 않는다. 사백께서는 무공을 모르시는데… 무공을 모르시는 사조께서 어찌 진무경(眞武經)을…….

현평 진인은 나지막한 탄성을 내질렀다. 암기에 섞인 독 때문인지, 그 작은 목소리는 아무도 듣지 못했다.

"태극… 혜검……."

쿵—!

육편과 쇠가 부딪쳤는데 어찌 이런 소리가 날까!

장내가 고요하게 가라앉았다.

아니나 다를까, 이번에도 역시 청명의 검은 소요상인의 팔을 비껴갔다. 권로는 또다시 틀어져 있었다.

"…제길……."

소요상인은 이를 악물고 신형을 뒤로 물렸다.

주위는 조용했다. 청명이 검을 타고 날아왔을 때부터 주위는 고요했다.

"뭣들 하는 게냐!"

소요상인의 입에서 짜증스러운 목소리가 새어 나왔다.

"피하라!"

소요상인은 내공을 끌어올려 장을 세웠다. 다시 한 번 거센 목소리가 울려 퍼졌다.

“피하라!”

종남의 제자들은 서서히 몸을 뒤로 뺐다. 승산이 없다. 이대로라면 피하는 것이 나으리라. 하지만 형산의 제자들은 다시 검을 들어올리고 있었다.

“갈 수 없습니다.”

살기가 치솟았다. 죽음을 각오한 사람들의 기세가 느껴졌다.

“함께 죽겠습니다.”

청명의 얼굴이 이해할 수 없다는 듯 변해갔다. 왜 저들은 죽으려 하는 걸까? 자신에게는 저 사람들을 죽일 마음이 조금도 없었다.

“모두 움직이지 말아요.”

청명의 나직한 목소리가 이어졌다. 이번엔 청명은 검에서 손을 떼었다.

둥실—

청명의 검이 떠올랐다. 그리고 검은 부르르 진동했다.

위잉—

검명이 울려 퍼졌다. 그리고 청명의 검이 하나씩, 하나씩 분열되었다. 검이 조금씩 늘어나고 있었다.

소요상인의 입에서 헛바람이 터져 나왔다.

“헛!”

청명은 나직히 중얼거렸다.

“이제 모두 돌아가요.”

“…….”

“돌아가요.”

청명이 다시 중얼거렸다. 그는 우울한 얼굴로 주위를 바라보고 있었다.

현성 진인과 마주쳤던 복면인이 먼저 발을 빼었다.

"나는 이만 감세!"

"제길……."

소요상인은 날카로운 눈으로 운혜를 바라보았다. 그 눈에는 원독이 가득했다. 소요상인은 천천히 뒷걸음질쳤다.

"모두 퇴각하라!"

"뜻을 받드옵니다!"

우렁찬 소리들과 함께 복면인들이 경공을 펼쳤다. 그 짧은 시간에서도 흔적을 지우려 부상당한 제자들과 시체들을 챙기며, 복면인들이 하나씩 사라져 갔다.

모두가 피하는 와중에도 소요상인은 무표정한 얼굴로 현평 진인을 바라보고 있을 뿐이었다.

현평 진인 역시 현성 진인의 어깨 너머로 소요상인을 바라보았다. 귓가에 그의 전음이 들려오고 있었다.

"나는 다시 일을 도모할 것이오. 만약 그사이에 음화신녀의 일이 잘못된다면, 무당은 강호를 살해한 살인범으로서 책임을 져야 할 것이오."

현평 진인의 눈이 심각해졌다. 아직 끝이 난 것은 아니다. 아직은…

"가겠소."

소요상인은 무표정하게 뒤로 몸을 날렸다. 현평 진인은 그 모습을 바라보며 눈을 감았다.

반 각 뒤.

장내는 비교적 말끔하게 치워져 있었다. 그 짧은 시간 안에 복면인들은 시체들도, 부상자들도 하나도 남김없이 모두 데리고 갔다.

남은 사람들은 놀라운 눈으로 청명을 바라보고 있었다. 놀람은 청명을 아는 사람들로서는 더 심했다. 그는 무공을 모르는데 어찌…….

"헤헤."

청명은 미소를 지으며 운혜를 바라보았다. 얼굴은 새빨갛게 붉어져 있었고, 부끄러운 듯 몸을 배배 틀며 말도 제대로 붙이질 못했다. 마음으로 보던 때와 실제로 보는 것의 차이가 이렇듯 클 줄은 몰랐다.

"우, 운혜 사손, 그동안 잘 지냈어요?"

"네? 네…….."

운혜 역시 머뭇거리긴 마찬가지였다. 그간 사조님을 기다렸던 탓일까? 사조님의 얼굴을 보자 조금 전의 화는 눈 녹듯 사라져 버리고, 그 자리에 반가운 마음과 반갑다는 감정만으로는 설명하기 힘든 더 깊은 감정이 채워졌다. 그동안 사조님을 그리워했기 때문일지도 모른다.

'그리워?

운혜의 얼굴이 발갛게 물들었다. 운혜는 멋쩍은 듯 살짝 고개를 돌렸다. 자신이 사조님을 그리워했었나?

청명이 다시 입을 열었다.

"우, 운혜사손…….."

평화로워 보이는 청명의 얼굴에 운혜는 울컥하고 뭔가가 치밀어 오르는 것을 느꼈다. 원망이었다.

"왜 이렇게 늦으셨어요. 왜…….."

긴장이 풀린 운혜의 눈에서 또다시 곡절없는 눈물이 새어 나왔다. 너무나 반갑고, 너무나 그리웠고, 그리고 또…

'보고 싶었어요.'

하지만 운혜는 마지막 말을 내뱉지 않았다. 그저 아무런 말 없이 조용히 서 있을 뿐이었다.

청명은 그런 운혜를 바라보았다. 우는 모습조차 변함없이 예쁘다. 청명이 운혜를 달래려 주저주저 뭐라고 말을 꺼낼 시점이었다.

"저……."

"으하핫, 선인! 초야 치루는 신부처럼 말없이 서서 뭐 하시는 게요?"

추걸개가 신난 듯 걸어왔다. 소요상인 덕택에 큰 상처를 입었지만, 선인께서 조금 전 예의 그 놀라운 힘으로 상처를 모두 치료해 준 후였다.

하지만 청명의 눈은 가늘어졌다. 이유도 없이 볼이 부풀어 올랐다. 못된 거지다.

"흥!"

청명은 뾰로통한 표정이 되어서는 고개를 획 돌렸다. 추걸개의 얼굴이 우울하게 변해갔다. 예전부터 생각했는데, 선인께서는 그다지 자신을 반기지 않는다.

"아니, 도대체 왜 그리 날 미워……."

"사백."

현평 진인 역시 조금이나마 정신을 차린 상태였다. 현성 진인의 치료와 청명의 치료로 독은 수습한 지 오래였다.

현평 진인은 무거운 목소리로 입을 열었다. 이해할 수 없는 일에 그의 머리는 혼란스러웠다. 어찌, 무공을 배우지 않았다는 사백께서 진후경에 수록된 태극혜검을…

"사백, 어찌 진무경을, 아니, 태극혜검을 배우신 겁니까?"

"네? 저는 태극혜검을 배운 적이 없어요."

청명은 고개를 도리도리 저었다. 현평 진인의 눈이 부릅떠졌다. 태극혜검을 배운 적이 없다니! 배운 적도 없는 자가 태극혜검을 사용했다는 것을 무당의 조사들께서 아신다면 아마 조사지동에서 벌떡 깨어 이곳까지 따지러 올 터였다.

"하나, 불가능합니다. 사조께서 사용하신 것은 분명히 태극혜검……."

그때였다. 어디선가 소란스러운 소리가 들려왔다.

"시체다!"

"습격이다, 모두 대비해! 창천일대를 불러!"

"소가주께 보고하라!"

시비들의 시체를 발견했는지, 밖에서 소란이 들려왔다. 웅성웅성 거리는 소리는 물론이거니와, 검을 들고 조심스럽게 달려오는 소리까지 들려왔다.

"그보다, 아까 검을 타고 날아온 검선(劍仙)은! 그는 어디 있소!"

화산파 장문인의 목소리였다.

그는 무슨 일인지 다급히 외치고 있었다. 현평 진인은 당황스러운 시선으로 뒤를 돌아보았다.

'사백께서 모습을 드러내면 아니 된다. 그러면 강호의 일에 얽히게 되고, 그럼 운혜가 몸을 숨길 곳이 사라진다.'

현평 진인은 다급히 청명을 바라보았다. 궁금한 것은 궁금한 것이지만, 일단 지금은 당면한 문제부터 해결해야 한다. 운혜를 이곳에서 피신시키는 것이 제일 낫다.

"사백."

현평 진인은 다급히 말하며 눈을 빛냈다. 청명은 의아한 얼굴로 현평 진인을 바라보았다.

"왜 그러시나요, 장문 사질?"

"이제 어찌하실 겝니까."

"……."

청명은 조금은 우울한 얼굴이 되어 아무런 말 없이 고요히 현평 진인을 바라보았다. 머릿속에는 마선의 모습이 떠올라 있었다. 그는 모든 것을 죽이리라 했다. 모두에게 생사의 도를 가르치리라 했다.

“저는…….”

청명은 고개를 들었다. 하지만 자신이 할 수 있는 선택은 하나밖에 없다.

“저는 평범해야 해요.”

현평 진인은 슬며시 미소를 지었다. 그것은 주위를 둘러보던 추걸개와 운풍자까지 마찬가지였다.

“저는 인간지도를 얻어야 하고, 그리고…….”

청명은 말을 늘리며 운혜를 바라보았다. 청명의 시선을 알아차린 운혜의 얼굴이 붉게 변해갔다.

“…….”

청명은 말을 맺다 말고 다시 현평 진인을 바라보았다.

“어쨌든 저는 평범한 일을 하러 갈 거예요.”

현평 진인은 고개를 끄덕였다. 그리고 재빨리 운풍자를 바라보았다.

“제자 운풍은 들으라.”

“제자가 뜻을 받드옵니다.”

운풍자가 시립하자, 현평 진인이 다급히 말했다.

“지금 당장 자리를 피하라. 창천관에 있는 많은 이들이 죽었으니 자리를 비우는 것은 어렵지 않을 터. 하나 창천관 밖에 적지 않은 사람들이 있으니, 제자는 특히 조심해야 할 것이다.”

운풍자는 고개를 끄덕였다. 사람들은 지금 창천관으로 밀고 들어오고 있을 터였다. 아마도 어렵지 않게 이곳을 찾으리라. 아마, 이곳을 벗어나는 것도 어려운 일이 될 것이다.

현평 진인이 그런 운풍자의 마음을 짐작한 듯 미소를 지었다.

“무당의 장문인이 예 있으니, 그들의 시선을 잠시 묶어두는 것은 어렵지 않은 일이 될 게다.”

태양 아래 반딧불은 가려진다고 했던가! 장문인의 이름이 있으니, 이 목은 그쪽에 쏠릴 것이 뻔했다.

운풍자는 머리를 조아렸다. 현평 진인이 다시 말했다.

"하나, 시간이 많지는 않으니 서둘러야 될 게다."

"뜻을 받드옵니다."

운풍자는 다시 머리를 들었다. 이제 다시, 세상으로 떠날 때가 된 것이다. 운풍자는 청명 사조와 운혜 사매를 바라보았다.

"시간이 없으니, 이만 출발하겠습니다."

청명은 고개를 끄덕이며 크게 웃었다. 다시 세상으로 나간다!

곧 청명의 기운찬 외침이 들려왔다.

"네! 이제 떠나요!"

그리고 한 달여의 시간이 흘렀다.

4장

제1화 선경루(仙境樓)

강호에는 기기묘묘한 소문이 자주 돌곤 한다.

수백 년 전 강호를 종횡했던 전대 고수의 비급이 숨겨져 있다는 장보도의 소문이 돌 때도 있고, 사파 마두의 목을 단번에 베어 버렸다는 신성(新星)의 소문이 돌 때도 있다.

하지만 이번에 강호에 돌게 된 소문은 여태까지와 전혀 달랐다. 그 소문은 마치 전설에나 나오는 이야기였던 것이다.

검선이 나타났다!

강호가 술렁거리기 시작했다.

마교의 무리가 천하제일가를 침범해 그곳에서 묵고 있는 천하제일 검파 무당파를 공격했고, 무당파의 도사들이 생사의 위기에 처했을 때 반로환동한 신선이 나타나 마교를 물리쳤다 했다.

기묘한 소문은 입에서 입을 타고 하나씩 번져 갔다.

소년의 형상을 한 신선이 검을 날렸더니 마교도들 오백 명의 목이 단

번에 떨어졌다고 했고, 그 모습을 바라본 신선은 껄껄껄 웃으며 구름을
타고 날아갔다 했다.

신선이 검을 타고 날아와 선검으로 단번에 마교의 고수들의 내공을 폐
하였고, 악의 도당들에게 일장의 훈계를 하니 모두 감화되어 산으로 숨
어버렸더라는 소문도 있었다.

혹자는 그 소문을 믿을 수 없다고 했고, 한때나마 남궁세가에 있었던
사람들은 검을 타고 하늘을 수놓는 소년의 모습을 보았다며 그 소문이
진실일 것이라고 했다.

강호가 술렁거렸다.

무당산 당허봉(當虛峰).

하늘을 찌를 듯 솟아 있는 무당산의 당허봉은 안개에 휩싸여 마치 구
름 사이에 떠 있는 섬처럼 보였다.

현평 진인은 그 위로 천천히 걸음을 옮겼다.

당허봉을 올라가는 모습은 신비로웠다. 구름 사이로 곧게 뻗은 계단을
오르는 현평 진인의 모습은 하늘로 향하는 계단을 오르는 것만 같았다.

현평 진인은 마침내 중턱에 있는 작은 모옥에 당도했다. 그는 슬며시
미소를 지었다.

"허헛……."

작은 모옥의 앞에는 변함없이 쭈글쭈글한 노인이 굽은 허리를 두드려
가며 텃밭을 다듬고 있었다.

현평 진인은 존경의 염이 담긴 눈으로 노인을 바라보며 시립했다.

"제자 현평이 사부를 뵈옵니다."

"헐헐헐……."

노인은 역시 아무런 말 없이 웃었다. 작고 쪼글쪼글한 노인의 정체는

다름 아닌 청허 진인이었다. 청허 진인은 끙차 하고 자리에서 일어나더니, 허리를 곧게 펴는 일이 힘든지 허리를 몇 번 두드렸다.

그는 아직도 등선하지 않고 있었던 것이다.

청허 진인이 입을 열었다.

"그래, 적지 않게 다쳤을 터인데, 몸은 좀 괜찮으냐?"

"예. 제자는 무탈합니다."

현평 진인이 따뜻한 미소를 지으며 말했다.

"사백께서 계시니 제자의 몸이 상할 까닭이 없지요."

"그래, 다행이니라."

청허 진인은 고개를 몇 번 끄덕거리며 웃었다. 그리고는 생각에 빠져 들었다.

아직까지 자신이 등선을 하지 않고 계속 미뤄온 이유는 어쩌면 하나뿐일지도 몰랐다. 하필이면 자신의 제자들 대에 이런저런 난리가 벌어지게 생겼는데, 자칫하면 제자들의 생명까지 위험하겠다. 도(道)에 이르렀으니 생사(生死)가 여일(如一)함을 알건만, 마음 한구석은 편치 못했다.

그 난리의 중심에는 사손, 운혜가 있었다.

"운혜는?"

"……."

청허 진인의 질문에 현평 진인은 조용히 입을 다물었다. 잠시 당허봉에 고요가 깃들었다.

"운혜는… 사백과 함께 떠나갔습니다."

노인은 고개를 끄덕였다. 얼마 전까지만 해도 청명 사형의 인연을 알수 있었건만 지금은 알수 없다. 사형께서 또 다른 깨달음을 얻은 것이리라. 동시에 운혜의 종적도 놓쳤다. 그리고 환난을 일으킬 또 다른 선인의인연도 알수 없었다.

“어디로 갔더냐?”

현평 진인은 슬며시 미소를 지었다. 사백께서는 평범해지셔야 한다며, 어찌 보면 비천한 직업을 선택하셨다.

“사천(四川)으로 가셨지요.”

*　　　*　　　*

사천에는 작은 객잔이 하나 있다. 사천의 성도 한가운데에서 시작했던 선경루(仙境樓)는 별다른 특징이 없는 것으로도 유명했는데, 첫째로 그 음식이 별다를 것 없었고, 둘째로 그 크기가 별다를 것 없었고, 셋째로 그곳을 출입하는 사람이 별다를 것 없었다.

하지만 그래도 선경루에는 유명한 것들이 있었다.

“여기 죽엽청 셋과 마파두부 한 그릇만 주게!”

수염이 지저분하게 난 나무꾼이 커다란 목소리로 외쳤다. 지저분한 나무꾼은 화통하게 외치고는 자신의 앞에 앉아 있는, 자신보다 더 지저분한 나무꾼을 보고는 미소를 지었다.

“어때, 제법 마음에 드는 풍경이 아닌가?”

“……”

하지만 나무꾼의 앞에 앉아 있는 상대는 그다지 탐탁지 않는 표정이었다.

“별다를 것도 없구만, 뭘……”

그랬다. 사천에 이곳만 한 객잔이 없다며, 가기만 간다면 자네도 이곳에 빠져들 수밖에 없다면서 자신을 데려온 곳은 너무나 평범한 곳이었다. 음식이라도 특별한 것을 시킬 줄 알았더니, 시키는 음식도 거기서 거

기다.

"뭘 그리 칭찬하는 건지 알 수가 없구먼."

"으하하핫, 일단 음식이 나오면 보세, 아니, 나올 때를 보세."

나무꾼은 화통한 웃음을 터뜨렸다. 잠시 잡담을 나누며 기다리자 곧 음식이 배달되어 나왔다.

점소이는 죽엽청과 마파두부가 담긴 그릇을 가지고 커다랗게 외치려 했다.

"네, 마, 마 마푸? 뭐, 뭐더라?"

"마파두부요."

뒤에서 자그마한 목소리가 들려왔다. 그제야 소년은 빙긋 웃으며 외쳤다.

"아, 맞아, 마파두부가 나왔어요!"

열일고여덟쯤 되어 보이는 점소이의 맑은 목소리가 들려왔다. 맑은 목소리는 마치 소년이 자신의 친지라도 된 느낌의 분위기를 풍기고 있었다. 소년은 손에 든 커다란 접시를 가지고 제법 무거운지 비틀비틀 거리며 걸어왔다.

"여기요, 여기 마파두부랑요, 죽엽청이에요."

소년은 그릇들을 내려다놓고는 호기심 어린 눈으로 죽엽청이 담긴 병을 흘끗흘끗 바라보았다. 그 모습을 보니 술이라고는 한 번도 입에 대어본 적이 없는 듯했다.

그 모습에 나뭇꾼은 웃음을 터뜨렸다.

"으하하핫, 그래, 꼬마야. 너도 한번 마셔볼 테냐?"

소년은 볼을 부풀렸다.

"난 꼬마가 아닌데!"

"으하핫, 그래그래, 꼬마가 아니라고 해주지. 그럼 소형제, 한잔 같이

대작하는 것은 어떤가!"

"하지만 저는 일을 해야 돼요."

소년은 시무룩한 표정으로 중얼거렸다.

"여기 주인은 아주 무섭거든요. 못된 마귀처럼 꿀밤도 때려요."

소년의 얼굴을 바라보던 나뭇꾼의 상대는 가슴이 아파 오는 것을 느꼈다. 이렇듯 맑고 순수한 아이를 두들겨 패는 사람이 있다니! 어찌 그런 사람이 있을까! 괜스레 눈시울까지 붉어져오는 듯한 기분까지 들었다.

소년은 낑낑거리며 마파두부와 죽엽청을 내려놓고 고개를 꾸벅 숙여 보이고는 몸을 일으켰다.

"맛있겠다……."

소년의 얼굴에서는 부러움이 묻어져 나오고 있었다. 마파두부가 맵고도 맛있다는 것을 알기 때문일까? 잠시 군침을 흘리던 소년은 부러움 가득한 얼굴로 다시 고개를 숙여 보이고는 몸을 돌려 부엌 안으로 들어갔다.

상대는 괜히 마음이 아파 소년의 뒷모습을 바라보았다.

"저 소년은 명물이지. 하는 일도 없고 깨먹은 그릇만 수십 그릇이 넘는데 하는 짓 하나하나가 귀여워 사람들은 늘 저 아이만 찾는다네."

나뭇꾼이 흥겹게 말하자 상대는 고개를 끄덕였다. 그럴 만도 했다. 저런 소년이라면 평생 가까이 두고 보아도 행복할 듯했다.

"그, 그렇구먼."

"어이쿠, 저기 두 번째 명물이 온다!"

"오, 명물이 또 있는가?"

상대는 얼른 고개를 돌려보았다. 곧 그의 눈에 냉막한 인상의 두 번째 명물이 보였다.

두 번째 명물은 절도있는 걸음걸이를 옮겨 절도있는 동작으로 절도있게 그릇들을 내려놓고 있었다. 그리고 절도있는 목소리로 대단히 딱딱하게 말을 내뱉었다.

"랄초황계가 나왔습니다."

생사대적을 만나 '부모님의 원수를 갚겠다!' 라고 말하는 목소리가 저러하지 않을까? 딱딱하고도 무표정한 얼굴에서 나오는 목소리는 살기가 어려 있는 듯 보였다.

아니나 다를까, 귀여운 소년이 음식을 가져오리라 믿고 행복한 얼굴로 랄초황계를 기다리던 저잣거리의 두 소녀는 당황스런―사실은 몹시 겁먹은―얼굴로 그 사내를 돌아보고 있었다.

상대는 두려움 섞인 얼굴로 무시무시한 점소이를 돌아보았다.

"저, 저 사내는 누군가…….?"

"저 사내에 대한 이야기는 대단히 불분명하네. 어떤 이는 저 사람이 희대의 살인마였다고도 하고, 또 어떤 이는 저 사람이 부모의 복수를 이루고 은거한 무림인이라고 하더군. 다만, 저 사람의 비위를 거슬러 생명을 잃은 사람이 제법 되었다고 하네."

"으음, 명물이라기보다는 손님의 안전을 위협하는 것으로 보이네만."

상대가 걱정스럽다는 듯 말하자 나뭇꾼은 커다랗게 웃음을 터뜨렸다.

"으하하핫, 걱정하지 말게. 저래 봬도 제어할 사람은 있다네!"

"응?"

나뭇꾼의 말이 끝나자마자 부엌에서 귀여운 목소리가 들려왔다.

"아저씨는 부엌을 나가면 안 된다니까요!"

"오오, 나왔구먼."

부엌에서는 열 살도 안 되어 보이는 꼬마 여아가 아장아장―성장이 느린지, 작달막한 소녀는 정말 아장아장 걷고 있었다―걸어나와 무시무시한 점소이 앞에 서서 날카로운 눈으로 점소이를 바라보았다.

"아저씨는 나가면 사람들이 무서워한다니까요!"

"하지만 나도 일을 해야 한다."

사내는 무표정한 얼굴로 딱딱하게 말했다. 그 모습에 여자아이는 눈을 샐쭉하게 뜨고는 깜찍하게 허리에 손을 얹고 뾰족이 대꾸했다.

"그 일은 나무 패는 것 같은 힘쓰는 데나 쓰라고요. 손님들이 무서워서 음식도 안 먹고 나가 버리잖아요."

"무량, 아니, 미안하다."

"홍, 얼른 들어가지 못해요?"

꼬마 아이 앞에서도 사내의 무표정한 얼굴과 무심한 목소리는 변하지 않았다. 하지만 사람들의 눈에는 사내가 소녀에게 쩔쩔매는 것으로만 보였다. 그리고 그 모습은 웃음이 나올 만큼 유쾌했다.

"으하핫, 그래, 정말 제어할 사람이 있구면."

"그래, 저 꼬마 아이가 이곳의 주인의 딸이라네. 사실 말이야, 저 아이가 이곳의 실세라고 봐도 과언이 아니지."

나뭇꾼은 은근한 목소리로 중얼거렸다.

"이제 마지막 명물을 볼 때가 되었군."

"오, 마지막 명물은 무엇인가?"

상대는 이제 제법 기대한다는 음성으로 외쳤다. 과연, 소개할 만한 객잔이다.

"마지막 명물은 소녀지. 그녀는 늘 부엌에서 우울한 얼굴로 앉아 있다네. 그래서 보기가 쉽지 않아."

"아아… 그런가?"

어느새 객잔을 구경하는 재미에 쏙 빠져 버렸던 상대의 입에서 아쉬운 신음이 새어 나왔다.

"그래, 자네 말대로 정말 재미있는 곳이군."

"쉿— 자네는 운이 좋아. 저기 그 소녀가 나오는구나."

핵—

상대는 얼른 고개를 돌려보았다. 새로 나오는 사람이 누군지 관찰하기 위해서였다. 새로 나온 소녀는 앞치마에 밀가루 얼룩을 잔뜩 묻힌 소녀였는데, 그 얼굴에는 과연 시름이 가득했다.

소녀는 멍하니 중얼거렸다.

"내, 내 꿈이……."

"응?"

꿈이라니? 혹시 어제 꿈을 잘못 꾸었던 것일까? 상대가 의아한 듯 나뭇꾼을 돌아보자 나뭇꾼은 조그맣게 속삭였다.

"사실 저 소녀는 강호의 여협을 동경했는데, 일이 시원스럽게 풀리지 않아 이런 객잔의 부엌데기가 되어버렸다네. 하지만 제법 힘이 좋아 어지간한 장사도 거꾸러뜨리니, 자네는 입을 조심하는 게 좋을 걸세."

"운혜 사… 아니지! 혜운 소저!"

상대는 다시 뒤를 돌아보았다. 시무룩한 소녀의 뒤에서 마음을 맑게 만들어주었던 소년이 나타나 조잘조잘대는 것이 보였다.

"그러니까 저는 요, 손님들처럼 맛있는 오리 구이가 먹고 싶은데 가연 도우는 그런 음식들을 주지 않아요. 그러니까 운혜 사… 아니, 혜운 소저가 가연 도우에게 대신 말해서 제게 맛있는 오리 구이를 주세요."

"시끄러워요."

소녀의 대답은 냉혹했다.

자신을 돌아봐 주지도 않는 소녀의 모습에 소년의 얼굴은 금방 울상이 되었다.

“왜 그러나요, 운혜 사… 아니, 혜운?”

소녀는 단호한 얼굴로 말했다. 그 얼굴에는 서릿발 같은 기상이 어려 있었다.

“그러니까, 다 좋은데 왜 점소이가 된 거예요!”

“저는 평범해야 하니까요.”

태평하게 대답하는 소년의 얼굴에 소녀는 다 포기한 얼굴로 중얼거렸다.

“네, 네. 그렇지만 이건 너무……”

소녀의 얼굴이 조금이나마 평화로워지자 소년은 다시 미소를 지었다.

“그러니까 운… 아니, 혜운 소저, 저는 오리 구이가 먹고 싶어요.”

소년이 신이 나서는 조잘대는 가운데 갑자기 객잔의 문이 벌컥 열렸다.

“으하하핫!”

문 뒤에서 허름하게 기워 입은 옷차림에 흰머리를 갈기갈기 뻗친 늙은 노인이 나타났다. 어디를 보아도 거지로 보이는 노인은 흥에 겨운 듯 웃고 있었다.

“으하핫! 내가 왔네! 오늘은 닷 푼이나 구걸하는 데 성공했지!”

늙은 거지는 자랑스럽게 외쳤다.

상대는 그 모습을 보고는 몹시 기대한다는 얼굴로 나뭇꾼을 바라보았다.

“저, 저 거지도 이곳의 명물인가?”

나뭇꾼은 고개를 저었다.

“아니, 저건 그냥 거지일세.”

추걸개는 당당하게 외쳤지만 별다른 관심을 얻지는 못했다. 손님들은 그저 구걸하러 들어온 거지겠거니, 하고 시선을 돌려 버렸고 소년, 청명은 생뚱맞은 얄미운 거지의 모습에 볼을 부풀렸다.

운혜는 한숨을 내쉬었다.

"막 선… 아니, 거지 할아버지. 이곳은 들어오시면 안 돼요. 가연 도, 아니, 주인 어른이 제법 무섭단 말예요."

"응? 그렇지… 그녀는 내게도 몹시 무섭다네. 그런데 보이지를 않는 구먼?"

추걸개는 눈을 가늘게 뜨고는 객잔을 훑어보았다. 아무래도 날카로운 목소리의 주인은 보이지 않는다.

"지금은 잠깐 재료를 사러 출타하셨어요."

"그래? 그렇다면 나는 얼른 자리를 떠나야겠구먼. 그럼 나는 이만 가 보겠네."

추걸개는 고개를 끄덕이고는 몸을 돌렸다. 그리고 곧 새파랗게 질린 얼굴이 되었다.

"그럴 필요 없다!"

뒤에서 날카로운 목소리가 들려왔다. 날카롭고도 뾰족한 목소리에 소녀, 운혜의 뒤에 숨어 있던 청명의 얼굴이 새파랗게 질렸다.

"으앗! 마귀다!"

"이놈의 거지! 또 왔구나!"

새로이 나타난 것은 선경루의 이대째 주인이자 몇 주일 전 새로 나타난 세 명의 점소이 때문에 나날이 괴로워하는 관가연(瓘佳燕)이었다.

표독스러운 평소의 성품 그대로 가연은 추걸개에게 날카로운 공격을 퍼부었다.

"근 몇 주일간 매일 출타하는구나!"

객잔의 주인에게 거지는 적이다. 추걸개 역시 어릴 적부터 굳어져 온 거지의 습관대로 재빨리 자리를 피했다.

"어이쿠, 죄송하오!"

"죄송하긴! 야, 혜운아! 얼른 가서 물 좀 떠와!"

"네?"

시름을 잊고 피식 웃으며 추걸개와 관가연의 실랑이를 구경하던 운혜가 깜짝 놀란 듯 가연을 바라보았다. 추걸개의 안색이 파리해졌다.

"오랜만에 이 거지에게 목욕을 좀 시켜주어야겠구나!"

"으헛! 아니 되오!"

추걸개의 입에서 비명이 터져 나왔다. 저 악독한 주인이 가져오라는 물은 틀림없이 뜨거운 물일 것이다. 하지만 가연은 냉정하게 외칠 뿐이었다.

"얼른 떠 와!"

"알겠어요!"

운혜는 재빨리 대답하고는 대단히 흥거운 걸음으로 부엌을 향해 걸어갔다. 재미있을 것만 같은 일이었다. 그 모습에 추걸개의 얼굴이 팍 굳어졌다.

"으앗! 운혜 도… 아니, 혜운 소저! 너무하지 않소!"

"그러니까 오지 말라니까요!"

운혜는 재빨리 대답하고는 경쾌한 걸음으로 부엌으로 사라졌다. 추걸개는 똥 씹은 표정으로 재빨리 사라졌다.

"알았소, 가면 되잖소, 가면!"

추걸개는 쫓기듯 객잔의 입구에서 사라졌다. 그 모습에 객잔에 있던 손님들은 모두 웃음을 터뜨렸다.

"으하하핫! 저것 보게, 이러니 어찌 이 객잔을 즐겨 찾지 않을 수 있겠는가! 광대패가 없어도 이곳에서는 늘 극이 펼쳐진다네!"

"으하핫, 정말 그렇군!"

나뭇꾼 앞에 앉아 있던 상대도 웃음을 터뜨렸다. 나뭇꾼은 자랑스럽게 말했다.

"그래, 이제 이곳의 별명을 알려주지. 이곳 선경루의 다른 이름은……."

"오오……."

나뭇꾼은 자랑스럽게 외쳤다.

"만상객잔(萬狀客棧)이라고도 불리지!"

"으하하핫, 그렇구나! 이제 나도 자주 와야겠네!"

상대는 웃음을 터뜨렸다.

저녁이 되었다.

흥청망청 술잔을 들고 부어라 마셔라 하던 사람들 모두 슬슬 집으로 돌아갈 때가 되었다. 가끔 삶의 시름에 젖을 대로 젖은 사람들이 고된 하루를 잊기 위해 늦게까지 술을 마시는 경우가 있건만, 오늘은 그런 손님 하나 없이 조용했다.

"자, 오늘의 매상은 어땠니, 혜운아?"

"음, 오늘은 은자 한 냥 가까이 벌었어요, 주인 어른."

"어머, 언니라고 부르라니까."

가연은 미소를 지으며 고개를 들었다. 그리고는 품에 앉아 꼼지락거리는 자그마한 소녀를 추슬렀다.

"얘, 소연(小鳶)아, 그만 움직여."

"응, 엄마."

소연은 순순히 대꾸하고도 계속 꼼지락댔다. 엄마의 품에 안겨 옷자락을 마치 노리개나 된 듯이 만지작거리던 소연은 심심했는지 투정을 부렸다.

"엄마, 나 심심해."

"그래? 저기 명이 오빠에게 가서 놀렴."

청명의 얼굴이 시퍼래졌다.

"가, 가연 도, 아니, 주인 어른. 나는 너무 졸리운데……."

"잠깐 애 좀 봐줘. 별것도 아닌데 왜 그러니?"

가연은 홍겨운 목소리로 소연을 건네주었다. 청명은 울상을 지으며 소연을 받아 들었다. 소연의 얼굴에서 사이한 웃음이 빛났다.

"아, 안녕……."

"응, 안녕, 오빠?"

소연은 웃음을 흘리며 청명의 품에 안겼다.

청명의 무릎께에 자리를 잡은 소연은 곧 청명을 대단히 아프게 만들기 시작했다. 청명의 볼을 주욱 늘여도 보고 청명의 눈을 손가락으로 쿡 찔러도 보고, 청명의 머리카락을 잡아당기기도 했다.

"아야야, 우… 운, 아니, 혜운 소저, 나는 아파요."

청명이 울상을 지으며 운혜를 돌아보았지만 운혜는 별 관심도 없다는 듯 장부를 보기 시작했다.

"그러니까 자포탕이 네 그릇, 당황과가 일곱 그릇 팔렸고요. 마파두부가 여덟 그릇, 죽엽청이 아홉 병 나갔어요."

"으흠, 장사 잘 됐네."

"운, 아니, 혜운… 나 아픈데……."

소연은 이제 청명을 마구 꼬집기 시작했다. 청명은 괴로움에 울상을 지었다.

그 모습을 점잖게 바라보던 운풍자는 입을 열어 점잖게 소연을 탓했다. 청명 사조의 명으로 별다른 행동은 할 수 없지만, 그래도 사조님께 무례한 아이를 가만히 놔둘 수만은 없었던 것이다.

"소연. 저분께 그러면 아니 되느니라."

"엄마, 나 저 아저씨한테 갈래."

"……."

운풍자는 가연을 돌아보았다. 하지만 무표정한 얼굴은 자신의 감정을 제대로 전달하지 못했다.

"응? 그래라. 풍현, 소연이 좀 봐줘요."

가연은 대수롭지 않게 중얼거리며 운혜와 계속 이야기를 나누었다. 운혜는 이제 붓끝을 적셔가며 장부를 정리하고 있었다.

풍현이라고 불린 운풍자는 무표정한 얼굴로 청명에게서 소연을 건네받았다. 그리고 무표정한 얼굴로 소연에게서 꼬집히기 시작했다.

"……."

"아하핫, 엄마, 이 아저씨 얼굴 봐!"

운풍자의 얼굴은 소연에 의해 입이 주욱 늘어나 있었다. 그 와중에도 무표정한 얼굴을 유지하는 운풍자의 얼굴 덕택에, 그 모습을 몹시 우스웠다.

하지만 가연은 신경도 쓰지 않고 있었다.

운풍자는 묵묵히 소연을 안고 온갖 꼬집힘을 다 견뎌내고 있었다.

잠시 따뜻한 고요가 내려앉았다.

잠시 뒤, 운혜와 이것저것을 논의하며 중얼거리던 가연은 곧 모든 것이 정리되었는지, 슬며시 웃으며 운혜를 바라보았다.

"그래, 수고했다, 혜운아. 그래도 너희가 있어서 좀 낫다. 요즘에는 장사도 잘 되는 것 같고."

"오호홋, 별말씀을요, 주인 어른. 아니, 어, 언니."

부끄러운 듯 이야기하는 운혜의 모습에 가연은 웃음을 터뜨렸다.

"오호홋, 뭘 그리 부끄러워하니? 앞으로는 주인 어른이라고 부르면 화 낼 거다, 나."

가연은 대수롭지 않게 중얼거리며 운혜를 바라보았다. 그리고 시선을 돌려 청명도 바라보았다.

"그리고 명이 너도."

청명은 볼을 부풀렸다. 추걸개가 그랬는데, 언니라는 말은 남자가 쓰 면 안 되는 말이라고 했다.

"나는 언니라고 하면 안 되는데."

"음, 그럼 너는 누나라고 부르렴. 그런데 언니도 제법 어울릴 것 같은 데."

가연은 웃음을 터뜨렸다. 소년은 숫기가 없고 행동거지가 아이와도 같 으니, 언니라고 불러도 크게 상관이 없을 것 같았던 것이다. 가연은 신난 듯 중얼거리고는 하품을 크게 했다.

"으하암― 요즘엔 자주 졸리네."

흠칫.

운혜의 얼굴이 딱딱하게 굳어졌다. 소연을 돌보던 운풍자의 무거운 시 선도 가연의 얼굴을 향했다.

"…이만 들어가서 주무시지요, 주인 어른."

"아함― 그래야 할 것 같아요. 아무래도 몸이 예전 같지 않아서. 죽을 때가 다 됐나?"

운혜의 얼굴이 살짝 씁쓸하게 굳어갔다. 운혜는 조그맣게 입을 열었 다.

"주, 죽지 않아요, 어, 언니……."

"응, 그래. 안 죽어야지, 그럼 설마 정말 죽겠니? 그냥 하는 말이지.

잠이 쏟아지는 걸 가지고 그리 심각해할 것도 없는데, 너 좀 이상하다?"

"…아니, 그냥 혹시 몸이라도 안 좋을까 해서 그래요, 언니."

운혜는 씁쓸하게 중얼거렸다. 가연은 피식, 웃음을 짓고는 고개를 끄덕였다.

"여하튼 졸리니까 먼저 잘게. 가게 뒷정리 좀 부탁해도 되지?"

"네, 언니는 얼른 들어가서 자요."

운혜는 얼른 고개를 끄덕였다. 가연은 알았다는 듯 웃으며 소연을 불러들였다.

"소연아, 가서 자자."

"어, 엄마, 나 더 놀면 안 돼?"

"응, 안 돼."

가연의 짧고 단호한 한마디가 이어졌다. 저렇게 말할 때는 하늘이 두 쪽 나도 안 되는 일이다. 소연은 시무룩한 얼굴로 운풍자의 무릎에서 내려왔다.

곧 가연은 소연을 데리고 이층의 방으로 올라가 버렸다.

"그럼, 내일 봐!"

"예, 주인 어른."

잠시 쿵쾅거리는 발소리가 이어졌다. 남은 사람들은 침묵했다.

"…으음."

"어쩌지요, 사형?"

걱정스럽다는 듯 운혜가 중얼거렸다.

"이제 시작되고 있어요."

"…그런 듯하구나."

"사조께서 계시니 별일은 없겠지만……."

운혜의 얼굴이 조금씩 어두워졌다. 가연의 사정은 남 같지 않았다.
정말 남 같지 않았다.

한 달 전…….

『우화등선』 4권에 계속…